SF

ザ・ベスト・オブ・コニー・ウィリス

混沌《カオス》ホテル

コニー・ウィリス
大森 望訳

早川書房

7303

THE BEST OF CONNIE WILLIS

by

Connie Willis

Translated by
Nozomi Ohmori
First published 2014 in Japan by
HAYAKAWA PUBLISHING, INC.
This book is published in Japan by
arrangement with
THE LOTTS AGENCY, LTD
through JAPAN UNI AGENCY, INC., TOKYO.

公共図書館に

目次

ザ・ベスト・オブ・コニー・ウィリス

『空襲警報』目次

混沌《カオス》ホテル

序

「ベスト・オブ」と銘打つ自分の短篇集に自分で序文を書く行為には多少の問題がつきまとう。収録作について語りすぎるとネタバレのおそれがあるし、「ベスト・オブ」部分に焦点を絞ると、なんだか自慢しているように見えて――というか、たいていはじっつ自慢なのだが――具合が悪い。

作品のアイデアをどこで思いついたかを語ることは、たいていの場合、ひどい失望の種になるだけで、なんの説明にもならない。たとえば、「最後のウィネベーゴ」のアイデアが浮かんだのは、ウッドランド公園《パーク》に行く道中、時速二十五キロでとろとろ走るキャンピング・カーのうしろについてじれったい思いをしていたときだし、「まれびとこぞりて」の場合は、教会の聖歌隊席に座って、最低な歌詞のクリスマス・キャロルを歌っているときだけれど、そこからどうやって小説になったかの説明にはならないし、創作の全過程を説明したとしても（そしてその途中で作品のサプライズの半分をバラしたとしても）、マジシャンがどうやって女性の体を鋸《のこぎり》で真っ二つにしたかを説明したときと同じく、説明された側にはだまされたような不愉快な気分が残るだけだろう。

それにわたし自身、すべての過程を知っているわけじゃない。作家は、アイデアがどこからやってくるのか、それが紙の上の物語にどうやって変容するのか、ちゃんとわかっているわけではない。それに、自分がこうしていると思っていたことが、じっさいに起きていることとはぜんぜん違っていたということもよくある。ある短篇を書いているときも、潜在意識はべつの短篇を書くのに忙しい。ということは、ほんとうの意味で小説の成り立ちを説明しようと思ったら、自伝的な細部に立ち入り、子供時代とそれ以降のトラウマを分析しなければならないのだけれど、ここでそんなことをするつもりは毛頭ない。

この本がテーマ・アンソロジーじゃないのが残念だ。テーマ・アンソロジーなら、序文を書くのは造作もない。タイムトラベルとか、H・G・ウェルズ（たとえば宇宙からの侵略）とか、ドラゴンとかがテーマなら、タイムトラベルや地球侵略やドラゴンについて二、三ページちゃちゃっと書けば、それで任務完了。

しかし、この短篇集（本書および続刊の『空襲警報』）の中でウェルズ的な侵略をテーマにしている作品は一篇しかない（宇宙からの侵略テーマの作品はもうひとつあるけれど、エイリアンはだれも殺そうとしない。それどころか、まったくなにもしようとしなくて、それが問題になる。

作中のエイリアンたちは、不興げな顔でただじっと立っているだけなのだ)。タイムトラベルを扱った作品も二篇あるが(もっとも、伝統的な意味での時間旅行を扱っているのは一篇だけだ)、ドラゴンの話はないし、それ以外の作品は、サイキック、RV、ピラミッド、郵便局、アネット・フニチェロ、ミステリ、クールエイド、トマト・プラント、そしてグローマンズ・チャイニーズ・シアター前の足型について語っている。それらすべてに共通するテーマを見つけ出すのは困難だし、物語の舞台背景に関しても右に同じ。フェニックス、エジプト、ロンドンの地下鉄、マサチューセッツ州アマースト、クリスマス・シーズンのショッピングモール——時代設定は過去、未来、死後から、世界の終末まで。

これらの作品に唯一共通するのは、わたしが書いたということだけれど、それさえも、いささか怪しいところがある。しばらく前からインターネットに流れている陰謀理論によれば、〝笑える話〟担当と〝悲しい話〟担当と、ふたりのコニー・ウィリスがいるのだという。もっとも、この理論は、わたしにはまったく理解できない。

つまり、シェイクスピアは喜劇も悲劇も両方書いたのに(歴史劇、ファンタジー、それにすごくいい詩数篇は言うまでもなく)、それがふたりのべつべつの人間によって書かれたという人はだれもいない。ただし、シェイクスピアがだれかべつの人間だという告発は昔からなされてきた。フランシス・ベーコンとか、オックスフォード伯エドワード・ド・ヴィアーとか、エリザベス女王とか。ああ、それに、複数の作家が集まった委員会が書いたという説もあって、これは〝べつべつの人間〟説にカウントされる（わたしの作品を委員会が書いたと主張した人はだれもいないから、その点、わたしはまだ恵まれている）。わたしかにこの短篇集には二種類以上の小説が入っている。でも、それを書くとき、わたしはシェイクスピアの例にならおうとしたわけじゃなく（もっとも、もしみんながシェイクスピアのように書こうとしたら――あるいは、せめてシェイクスピアを読んだら――世界はまちがいなくもっといい場所になる）、むしろお気に入りのSF作家たちの流儀にならったつもりだ。彼らもまた、一種類だけの小説を書くことにこだわらなかった。シャーリイ・ジャクスンは人間の行動を探求したぞっとするような話（「くじ」）も書けば、愉快な話（「ある晴れた日、ピーナッツを持って」）も書いた。ウィリアム・テンも、残酷きわまる「地球解放」から、もの悲しい「死者の国へ」、大笑いの「新ファウスト・バーニー」まで、いろんなタイプの作品を書いた。そしてキット・リードは、ぞっとする話（「お待ち」）や不気味な話（「肥育学園」）から、楽しくもおかしい話（「戦争の歌」）まで、あらゆる傾向の話を書き分けた。

わたしは、彼ら全員と、さらに多くの作家たち――フレドリック・ブラウン、ミルドレッド・クリンガーマン、シオドア・スタージョン、ゼナ・ヘンダースン、ジェイムズ・ブリッシュ、レイ・ブラッドベリ――の洗礼を受けた。当時は、ジュディス・メリルとロバート・P・ミルズとアントニー・バウチャーがそれぞれ編纂する年間ベストSFアンソロジーが刊行されていて、それらの傑作選は、同時期にわたしが発見したロバート・A・ハインラインの作品群をもしのぐほど大きな影響を与えてくれた。

ハインライン氏を引用すれば、「ことの起こりはこうだった」。このときのことを考えると、人間の一生とはいかに偶然の気まぐれに左右されるものかと思わずにいられないのだが、わたしは書店でたまたま、ハインラインの『宇宙服無宿』（原題 Have Space Suit, Will Travel 邦題『スターファイター』創元SF文庫）という本を見つけ、おもしろいタイトルだなと思って手にとった（若い人のためにいっておくと、当時、『拳銃無宿（原題 Have Gun, Will Travel）』というテレビドラマがあったんです——そう、テレビはその頃から存在したのよ！）。

そして、一行目からその本と恋に落ちた。いわく、「そう、ぼくは宇宙服を手に入れたんだ」

わたしは十七歳の主人公キップとも恋に落ちた（当時のわたしは十三歳だった）。その相棒となる十歳の少女〝おちびさん〟（パトリシア）と〝ママさん〟にも恋をした。それに、ユーモアと冒険と科学と文学的言及にも恋をした。キップの父親は第一章でジェローム・K・ジェロームの『ボートの三人男』を読んでいるし、シェイクスピアの『テンペスト』は地球を救う際に重要な役割を果たす（ほら、みんながシェイクスピアを読めばは世界もっといい場所になるっていったでしょ）。

わたしは即座に図書館にあったハインラインの他作品——『宇宙《そら》に旅立つ時』、『ルナ・ゲートの彼方』、『ラモックス』、『夏への扉』、『太陽系帝国の危機』、『栄光のスペース・アカデミー』——を貪り読み、そのあとは、それらに似た作品をさがす旅に出発した。

当時の図書館にはSFコーナーがなかったので(暗い抑圧の時代だったのよ)、これは意外とたいへんだった。でもわたしは、ハインラインの本の裏表紙に宇宙船と原子のシンボルマークがついていることに気づき、それと同じマークがある本を漁った。そうやって見つけたのが、忘れもしない、『宇宙の小石』、『宇宙商人』、『第四惑星の反乱』、そして年間ベストSFアンソロジー群だった。わたしにとって、それはまさに天の恵みだった。ページとページを接して、ジョン・コリアとC・M・コーンブルースとレイ・ブラッドベリとC・L・ムーアの短篇が並んでいる。物語と文体とテーマの万華鏡。笑える話(フレドリック・ブラウンの「人形芝居」)から、ぞっとするようなディストピアもの(E・M・フォースターの「機械が止まるとき」)や心が痛むほど悲しい話(ダニエル・キイスの短篇版「アルジャーノンに花束を」)まで。

徒歩で月面を旅する男が、失われた時を求める叙情的な回想と〝いい生活《グッド・ライフ》〟の悪夢版との板挟みになる、リアルな話。それに、干潟や、百貨店や、遊園地や、「世にも希なる趣向の奇跡」を見物できるアリゾナ砂漠のスポットに関する物語があった。

ロボットと時間旅行者と宇宙人の話、物理宇宙の冷たい方程式や、技術的進歩の代償にまつわる話、なにが人間かを決めることの果てしない困難と、いかにして人間になるかについての話。ＳＦの無限のバリエーションが、わたしの目の前に、まるで祝宴のように広がっていた。

しかも、どの話もすばらしかった。つまるところ、それらは全盛期にある作家たちが腕によりをかけた短篇や中篇ばかりだった。最近のＳＦ作家は、短篇のことを、出版の世界に足がかりを得るための手段とか、ほんとうに書きたい三部作を出すための練習走行みたいに考えて、首尾よく念願の第一長篇を出版したあとは、もう書かなくなる傾向がある。でも、わたしがＳＦを読みはじめたころは、出版される長篇の数はとてもすくなく（ほんとうに暗い抑圧の時代だったのよ）、才能ある新人はもとより、ジャック・ウィリアムスンやフレドリック・ポールのようなベテランまで、みんなが雑誌に作品を発表していた。ハインラインもそのひとり。「かれら」や「輪廻の蛇」、わたしのお気に入りの「地球の脅威」などなど、綺羅星のごとき名作群がアンソロジーに収録されていて、わくわくしながらそれを読んだ。

小説の書き方をちゃんと心得ている作家たちばかりで、わたしはその収穫をかたっぱしから刈りとって、「宵待草」、「夜来たる」、「ヴィンテージ・シーズン」、「アラテの山」などのクラシックに読みふけった。

そういう名作群の中でも、さらに傑出した作品がいくつかある。そのひとつがウォード

・ムーアの「ロト」。パパが一家の車に荷物を積んで出発する、一見、なんでもない話としてはじまった小説が、ぞっとするような（しかもリアルすぎる）核戦争の悪夢へと切り替わる。文明の喪失だけではなく人間性の喪失までもありありと描き出すことに成功した作品で、はじめて読んだとき以来、その読後感がずっと心に残っている。

もうひとつの傑作は、フィリップ・K・ディックの「凍った旅」。コールド・スリープに入って、はるか遠くの惑星に旅する男が、つねに到着を夢に見続けているという物語。この小説が描くのはまったく違う種類の悪夢だ。そこでは、なにが現実でなにが夢なのか、もはや区別できない。

でも、わたしの一番のお気に入りは、ボブ・ショウの「去りにし日々の光」だ。夏の日の午後、夫婦が自分たちのアパート用の窓ガラスを買うために車で出かける、ごくあっさりした小品だが、結婚や、喪失や、哀しみや、テクノロジーが諸刃の剣になるという苦い認識を、わずか二、三千語（四百字詰原稿用紙で二十枚ほど）の分量であますところなく描き切っている。短篇小説にそんなことが可能だなんて思いもしなかった。

わたしは昔から、あの頃、そうした傑作選に出会えた自分が、信じられないほどラッキーだったと思ってきた（これもまた、例の〝偶然〟話）。ハインラインは最高だけれど、宇宙を驀進《ばくしん》して、いくつも眼があるモンスターが棲む惑星を発見するような長篇群は、わたしの心の琴線に触れる部分がそれほど多くないし、図書館にあるSF長篇の大半はそういうタイプだった。SF映画のほうは、なお悪かった（『スター・ウォーズ』の公開はまだ何年も先の話だ）。

もしも読むものが『空の勇敢な戦士たち』だけで、観るものが『金星からの攻撃』だけだったとしたら、わたしのSF熱は短命に終わっていたかもしれない。しかし、ボブ・ショウやフィリップ・K・ディックをはじめとする作家たちのおかげで、わたしはSFの持つ可能性を垣間見《かいまみ》ることができた。だからSFを読みつづけ、サミュエル・R・ディレイニーや、J・G・バラードや、ジェイムズ・ティプトリー・ジュニアや、ハワード・ウォルドロップや、その他のすばらしい作家たちに出会うことができ、ますます深くSFに恋するようになった。そしてやがては、自分なりに短篇を書きはじめた。

いや、もしかしたら完全に自分なりにではなかったかもしれない。「クリアリー家からの手紙」をいま読み返してみると、ウォード・ムーアの「ロト」にいかに強く影響されているかがよくわかる。「空襲警報」には、ハインラインとその不運な主人公がわたしに与えた衝撃が見てとれる。「女王様でも」と「混沌《カオス》ホテル」には、ハインラインの快活なスタイルとふざけ好きの登場人物たちの影響がある。

でも、その二人の作家だけじゃない。彼ら全員がわたしに影響を与えた。短篇に使うことができる、ありとあらゆる手管《てくだ》を教えてくれた。ダニエル・キイスのタマネギの皮を剝くように少しずつ真相を明かしてゆく多層構造の語り、キット・リードの過小評価されているアイロニー、台詞のたった一行にいくつもの意味を詰め込むシャーリイ・ジャクスンの会話術。さらに重要なことに、彼らは、短篇がかならずしも閃光や花火でなくてもいいということを教えてくれた（もっとも、閃光や花火にするやりかたも教えてくれたけれど）。飾りけなく、まっすぐに短篇を語り、その背後に深みを隠すことができると教えてくれた。

しかし、いちばん大きかったのは、彼らのおかげで短篇SFと恋に落ち、彼らのようになりたいと願ったことだろう。あんまり深く愛してしまったために、わたしはそれから四十年以上にわたってSF短篇を書いてきたし、いまも書きつづけている。

今年、わたしは、これまでの作品とSF歴に対し、デーモン・ナイト記念グランド・マスター賞を授与される栄誉に浴した。この賞がデーモン・ナイトにちなんで名づけられていることは、じつにぴったりだ。年間ベストSFアンソロジーで読んだお気に入りの短篇のいくつかはナイトの作品だったし――「王者の祈り」や「おみやげはこちら」など――わたしとしては、長篇群と同様、本書に収められているような短篇群によって、この賞を与えられたのだと思いたい。

受賞スピーチで、わたしはここに来るまでに助けてくれた作家や編集者やエージェントたち全員に感謝を捧げた。その言葉をもって、この序文の結びとしたい。

……しかしなによりも、いちばん恩のある人たちに感謝しなければなりません。キップとおちびさん、『ボートの三人男』、そしてすばらしいSFの世界に出会わせてくれたロバート・A・ハインラインに。SFの驚くべき可能性を教えてくれたキット・リードとチャールズ・ウィリアムズとウォード・ムーアに。SFをどう書くべきかを教えてくれた、フィリップ・K・ディックとシャーリイ・ジャクスンとハワード・ウォルドロップとウィリアム・テンに。そして、「去りにし日々の光」と「アルジャーノンに花束を」と「海を失った男」によってSFを愛することを教えてくれたボブ・ショウとダニエル・キイスとシオドア・スタージョンに。

彼らがいなかったら、わたしはここに立っていませんでした。

彼らがいなかったら、わたしがこれまでになしとげてきたことはなにひとつできなかったし、ある意味では、この短篇集を読むとき、あなたはわたしの小説を読むのと同時に、彼らの小説を読んでいる。すくなくともわたし自身は、彼らのほんの一部でも、自分の作品に伝わっていることを願っている。

なぜなら彼らの作品こそ、年間の――どの年でもいい――ベストだから。わたしの短篇が喜劇的だったり悲劇的だったりするのは、それに、トマス・モアからクリスマス・キャロルまで、殺人から怒れる母親まで、さまざまなテーマを扱っているのは、彼らの足跡をしっかりと踏みしめているからだ。そして彼らは、シェイクスピアの足跡をしっかりと踏みしめている。

だから、楽しんで！　それと、本書の収録作をぜんぶ読んでしまったら、フィリップ・K・ディックの「トータル・リコール」と、C・L・ムーアとヘンリイ・カットナーが合作した「ボロゴーヴはミムジイ」と、キット・リードの「時間旅行株式会社」（"Time Tours, Inc." 未訳）と、シオドア・スタージョンの「孤独の円盤」を読んでほしい。そしてその他の最高に素敵なSFをぜんぶ！

コニー・ウィリス

混沌《カオス》ホテル

At the Rialto

まじめさは、ニュートン物理学を理解するために欠かせない資質です。しかし、量子論を理解するには、それが仇になるかもしれません。

——一九八九年、カリフォルニア州ハリウッドで開催された国際量子物理学会年次大会におけるゲダンケン博士の基調講演より

一時半ごろハリウッドに着いて、リアルト・ホテルにチェックインしようとしたら、フロントデスクの女の子にすげなく断られた。「あいにく部屋がなくて。予約がいっぱいなんですよ、科学なんちゃらのせいで」
「わたしは、その科学なんちゃらのメンバーなの。ルース・バリンジャー博士。ダブルを一室予約してる」

「あと、共和党員の団体と、それにフィンランドの観光ツアーの予約も入ってて。ここで働きはじめたとき、映画スターが山ほど来るっていわれたのに、いままでに会えたのは、なんとかって映画でなんとかって男の友だち役をやったなんちゃらって俳優だけ。お客さん、映画の人じゃないですよね？」

「だから、わたしは科学なんちゃらの人だって。ルース・バリンジャー博士」

「あたしはティファニー。ほんとはホテルのフロント係とかじゃぜんぜんなくて。超越ポーズのレッスン代を稼ぐためのバイトなんです。本職はモデル／《スラッシュ》女優」

「わたしは量子物理学者」話を本題にもどそうと、「名前はルース・バリンジャー」

ティファニーはしばらくコンピュータをいじってから、「ご予約が見つかりません」

「メンドーサ博士の名前になってるかも。彼女と相部屋の予定だから」

またしばらくコンピュータをいじり、「その名前の予約も見つかりません。ディズニーランド・ホテルとまちがえてたりとかしません？　うちとごっちゃにする人が多くて」

「リアルト・ホテルよ」ハンドバッグをかきまわして手帳を探した。「予約番号もある。W37420」

ティファニーはその番号をキーボードから打ち込んだ。「ゲダンケン博士ですか？」

「失礼」と、初老の男性がそこで口をはさんだ。

「すぐご用件をうかがいますので」ティファニーは男性に向かってそういってから、「何泊のご予定ですか、ドクター・ゲダンケン？」とわたしにたずねた。

「失礼」さっきの男性が切羽詰まった口調でくりかえした。もじゃもじゃの白髪に茫然とした表情。まるで、なにかおそろしい体験をしたばかりに見える。それとも、リアルトにチェックインを試みたせいか。

男は両足ともはだしだった。もしかして、ゲダンケン博士だろうか。

ゲダンケン博士は、わたしがこの大会に参加を決めた一番の理由だった。去年の大会で彼がやった波／粒子の二重性に関する発表は聞き逃したが、国際量子物理学会誌に載った再録を読むと、ちゃんと意味がわかるように見えた。量子論に関する文章ではめったにないこと。今年の大会はゲダンケン博士が基調講演をおこなう予定で、わたしは是非ともそれを聴くつもりだった。

けれど、はだしの男はゲダンケン博士ではなかった。「ウェドビー博士だがね、部屋が違っている」

「当ホテルの部屋はどれもだいたいおんなじです」とティファニー。「ベッドがいくつ入ってるかとか、違いはそんな程度で」

「うちの部屋には人間がひとり入ってたんだ！　それも、テキサス大学オースティン校のドクター・スリースが！　彼女は着替え中だった」そうまくしたてるあいだにも、ウェドビー博士の髪の毛がどんどん逆立っていくように見えた。「連続殺人鬼だと勘違いされたんだぞ！」

「ええと、ドクター・ウェドビーですね？」ティファニーはまたコンピュータのキーボードをカチャカチャやって、「ご予約が見つかりません」

ウェドビー博士は泣き出した。

ティファニーはペーパー・タオルをとりだしてカウンターを拭き、わたしのほうに向き直った。「ご用件は？」

木曜日19：30～21：00　開会式　メリーランド大学カレッジ・パーク校のハルヴァード・オノフリオ博士による講演「ハイゼンベルクの不確定性原理にまつわる疑念」ボールルームにて

ようやく部屋にありついたのは、ティファニーの勤務時間が終わったあと、午後五時半のことだった。それまでのあいだは、ウェドビー博士といっしょにロビーのソファにすわって、アビー・フィールズがハリウッドについて文句を垂れるのに耳を傾けていた。

「学会なんか、ラシーンで開けばいいじゃないか。どうしていつもいつも、変わった場所に集まる必要がある？　ハリウッドとか。去年のセントルイスも大差なかった。アンリ・ポワンカレ研究所の連中は、ゲイトウェイ・アーチやらブッシュ・スタジアムやらの観光にしじゅう出歩いていた」

「ねえ、セントルイスといえば」とタクミ博士がわたしのほうを向いて、「デイヴィッドにはもう会った？」

「ううん」

「ほんとに？」とタクミ博士。「あんたたちふたり、去年の大会ではべったりだったじゃない。リバーボートのムーンライト・クルーズに出かけたりとか」

「今夜のプログラムは、どんなのがあります？」わたしはアビーにたずねた。

「デイヴィッドは、ついさっきまでここにいたのよ」とタクミ博士。「ウォーク・オブ・フェイムにスターの手型を見物に行くって、あんたに会ったら伝えといてくれって」

「それこそまさにわが論点だ」とアビー。「リバーボートにハリウッド・スター。量子論となんの関係がある？　ラシーンなら、物理学者の団体を迎えるのにうってつけの舞台だ。こんな……こんな場所は……通りをはさんで真向かいがグローマンズ・チャイニーズ・シアターだと知ってるかね？　それに、目の前の通りは、ギャング連中がうろつくハリウッド・ブールヴァードだ。赤や青を着て歩いているところをギャングに見つかったら――」

アビーは口をつぐみ、「あれはゲダンケン博士では？」と、フロントデスクのほうを見つめていう。

わたしはそちらをふりかえった。口ひげをたくわえたまるっこい体つきの背の低い男性がチェックインを試みている。「いいえ」とわたし。「あれはオノフリオ博士」

「ああ、そうだった」アビーは自分のプログラムブックを見ながら、「今夜の開会式で講演する予定になってる。ハイゼンベルクの不確定性原理についてだ。行くかね？」

「予定がまだ不確定で」ギャグのつもりだったが、アビーは笑わなかった。

「ゲダンケン博士に会わねば。彼は新しいプロジェクトのための助成金を得たばかりだよ」

ゲダンケン博士の新しいプロジェクトってなんだろう。ぜひいっしょに仕事がしたいところだけれど。

「すばらしき量子物理学の世界に関するわたしのワークショップに、彼が来てくれないかと思っていてね」アビーはまだフロントのほうを見ながらいった。驚くべきことに、オノフリオ博士はルームキーを確保したらしく、エレベーターのほうに歩き出した。「ゲダンケン博士のプロジェクトは、量子論理解に関係することだと思う」

ふうん、それじゃわたしは用なしだ。量子論なんてまるで理解できない。ときどき、アビー・フィールズも含めて、ほかのみんなもだれひとり理解してないのに、それを認めたくないだけなんじゃないかと疑わしく思うことがある。

つまり、電子は粒子だけど、波のようにふるまうとか。それどころか、中性子はふたつの波のようにふるまって、自分自身に（あるいはおたがい同士に）干渉するとか。ただし、こういうことは、ハイゼンベルクの原理のせいで、なにひとつちゃんと測定できない。しかも、最悪なのはそこじゃない。電子がどんな規則に従っているかをつきとめようとして障壁をつくると、電子はジョセフソン効果によって向こう側に通り抜けてしまう。それに、光の速度を超えられないという制限もあんまり気にしていないみたいだし、シュレーディンガーの猫は箱を開けてみるまで生きているのでも死んでいるのでもなくて、ティファニーがわたしにドクター・ゲダンケンと呼びかけるのとおなじくらい意味不明だ。

それで思い出したけど、おなじ部屋に泊まる予定のダーリーンにルームナンバーを伝える約束だった。まだ部屋番号がわからないけれど、これ以上待っていたら、ダーリーンが出発してしまう。彼女はデンヴァーに飛んでコロラド大学で講演してから、あしたの午前中、ハリウッドに着く予定になっている。わたしは、冬のラシーンがどんなに美しいかを語るアビーの長広舌をさえぎり、ちょっと失礼と断って、ダーリーンに電話をかけにいった。

「まだ部屋が決まらないの」電話に出たダーリーンに、わたしはいった。「あんたんちの留守番電話に伝言を残そうか。それとも、デンヴァーのホテルに電話する？」

「気にしなくていいから」とダーリーンはいった。「デイヴィッドにはもう会った？」

波動関数という概念が抱える問題をわかりやすく示すために、シュレーディンガー博士は以下のような思考実験を考案しました。一匹の猫を入れた箱の中に、ラジウム片と、毒ガスの瓶と、ガイガーカウンターを入れる。ラジウムの原子核が崩壊して放射線を出すと、ガイガーカウンターが作動して、毒ガスの瓶が割れる。一定時間のあいだにラジウム原子核が崩壊する確率が五〇パーセントだとすると、箱を開けるまで、猫は生きているのでも死んでいるのでもなく、生きている状態と死んでいる状態が重なり合っていることになります。

——A・フィールズ物理学博士（ネブラスカ大学ワフー校）。国際量子物理学会年次大会で開催された分科会「すばらしき量子物理学の世界」より

ダーリーンに、モデル／女優のティファニーについて警告するのをころっと忘れていた。「どういう意味、デイヴィッドを避けてるの？」電話のあいだに、すくなくとも三回はそう訊かれた。「なんでそんな莫迦《ばか》なことするわけ？」

なぜなら、デイヴィッドといっしょに行動した去年のセントルイスでは、リバーボートに乗ってムーンライト・クルーズに出たきり、大会が終わるまで会場にもどらなかったからよ。

「学会のプログラムに参加したいからよ」とこれまた三度めの答えを返した。「蠟人形館に行くんじゃなくて。わたしは中年女なの」

「そしてデイヴィッドは中年男で、いわせてもらえば最高にチャーミング。それどころか、もしかしたらこの宇宙に残った最後のチャーミングな男かもしれない」

「チャームはクォークの名前」といって電話を切り、してやったりの気分になってから、ティファニーのことを言い忘れたのを思い出した。わたしは、オノフリオ博士の成功が変化の兆しかもしれないと考えて、フロントにもどった。

「ご用件は？」とティファニーがたずね、わたしはフロントの前で立ちっぱなしを余儀なくされた。

しばらくしてあきらめると、赤と金色のソファにもどった。

「デイヴィッドがまた来てたわよ」とタクミ博士。「蠟人形館に行くって伝えてくれって」

「ラシーンには蠟人形館などない」とアビー。

「今夜のプログラムは？」といいながら、わたしはアビーのプログラムを奪いとった。

「六時半からボールルームで懇親会、それから開会式。そのあと分科会がいくつか」

分科会の説明に目を通した。ジョセフソン接合に関するものがひとつ。電子は、そのために必要とされるエネルギーを持っていないにもかかわらず、絶縁された障壁をどうにかして通り抜けることができる。

もしかしたらわたしも、フロントでチェックインしないまま、どうにかして部屋にたどりつけるかもしれない。

「もしラシーンで大会を開いていれば」とアビーが腕時計を見ながらいう。「とっくにチェックインを済ませて、ディナーに向かっているころだ」

オノフリオ博士が旅行かばんを提げたままエレベーターから降りてきた。こちらにやってくると、ソファのアビーのとなりにぐったりと座り込む。

「あんたも半裸の女性がいる部屋を割り当てられたのか？」とウェドビー博士。

「わからん」とオノフリオ博士。「部屋を見つけられなかった」悲しげな顔でルームキーに目をやり、「1282を渡されたんだが、部屋番号は75までしかないんだ」

「やっぱりカオスの分科会に出ようかしら」とわたしはいった。

こんにち、量子論が直面するもっとも深刻な困難は、測定技術に内在する限界でも、EPRパラドックスでもなく、パラダイムの欠如です。量子論には、有効なモデルも、それをうまく表現するメタファーも存在しないのです。

——ゲダンケン博士の基調講演より

午後六時、わたしのスーツケースをどこにしまったか思い出せないベルボーイ／俳優との短いひと悶着を経て、どうにか客室に入り、荷物をほどいた。

ＭＩＴからの長い道中、ずっと圧迫されてきた服は、スーツケースを開けたとたん、波動関数の完全な収縮を起こし、シュレーディンガーのほとんど死んでいる猫のような状態で出てきた。

ハウスキーピングに電話してアイロンを頼んでからシャワーを浴び、届かないアイロンに見切りをつけ、シャワーの湯気をあててドレスのしわをとっているあいだに〝軽食つき懇親会〟に参加しそびれ、オノフリオ博士の基調講演に三十分遅刻した。

ボールルームのドアを可能なかぎり静かに開け、中に滑り込んだ。開始時間が押していることに期待していたが、見覚えのない男性がすでに登壇者を紹介しはじめていた。「──であり、この分野に関わるわれわれ全員にインスピレーションを与えてくれます」

わたしは最寄りの空席を見つけてすばやく腰を下ろした。

「やあ」とデイヴィッドがいった。「ほうぼう捜しまわったんだよ。どこにいたんだい？」

「蠟人形館以外のところ」と囁き返した。

「きみも来ればよかったのに」とデイヴィッドも囁き声で、「最高だったよ。ジョン・ウェインにエルヴィス。それに、豆／アメーバサイズの脳みそしかないモデル／女優のティファニー」

「しいっ」とわたし。

「――これからお話をしていただく、リンギット・ディナーリ博士です」

「オノフリオ博士はどうしたの？」とわたし。

「しいっ」とデイヴィッド。

ディナーリ博士はオノフリオ博士とよく似ていた。彼女も背が低く、まるっこい体つきで、産毛が濃く、虹色ストライプのカフタンを着ている。「今宵、みなさんを奇妙な新しい世界にご案内したいと思います。その世界では、みなさんが知っていると思っていたことすべて――あらゆる常識、あらゆる既成概念を捨てていただく必要があります。すべてのルールが一変し、ときにはルールなどまるで存在しないんじゃないかと思えるような世界です」

しゃべりっぷりもオノフリオ博士そっくりだった。二年前、シンシナチで、オノフリオ博士はこれとおなじスピーチをしている。1282号室を探索するあいだに奇妙な変身を遂げて、いまは女性の姿になってしまったとか。

「本題に入る前にうかがいますが」とディナーリ博士はいった。「みなさんの中で、すでにチャネリングを経験されているかたはどのぐらいいらっしゃいますか？」

ニュートン物理学には、機械というモデルがありました。ギアやホイールなどの部品、原因と結果が組み合わさってできた機械というメタファーを使って、ニュートン物理学を理解することが可能でした。

——ゲダンケン博士の基調講演より

「会場をまちがえたこと、知ってたんでしょ」ようやくロビーに出たところで、デイヴィッドに嚙みついた。

ボールルームを出ようと席を立ったとき、ディナーリ博士は虹色ストライプの袖に包まれた丸ぽちゃの手を伸ばし、チャールトン・ヘストンそっくりの声で、「おお、信ぜざる者よ！ 立ち去るな、現実はここにしかない！」と叫んだ。

「じっさい、チャネリングでいろんなことが説明できるよ」といって、デイヴィッドはにやっと笑った。

「基調講演の会場がボールルームじゃないとしたら、いったいどこ？」

「さっぱりだね」とデイヴィッド。「ねえ、キャピトル・レコードの本社ビルを見にいかないか？ LPレコードを積み重ねたみたいなかたちなんだぜ」

「わたしは基調講演を聴きたいの」

「最上階のネオンがモールス信号でHollywoodって点滅するんだ」

わたしはフロントに歩み寄った。

「ご用ですか？」フロント係がいった。「わたしはナタリー。本業は女——」

「今夜の国際量子物理学会《ICQP》の会場は？」

「ボールルームです」

「きっと、夕食もまだなんだろ」とデイヴィッドが口をはさむ。「アイスクリームおごるよ。『ペーパー・ムーン』でライアン・オニールがテイタムにアイスクリームを買ってやった、有名な店があるんだ」

「ボールルームはチャネリングの会場だったのよ。ＩＣＱＰを探してるの」

ナタリーはコンピュータをかちゃかちゃいじり、「あいにくですが、ご予約が見つかりません」

「グローマンズ・チャイニーズ・シアターは？」とデイヴィッド。「望みは現実？　チャールトン・ヘストン？　量子論の実践が見たい？」

デイヴィッドがわたしの腕をつかみ、真剣な口調で、「いっしょに来てくれ」といった。

セントルイスでは、さっきスーツケースを開けたときに着替えの服に起きたのとよく似た波動関数の収縮を経験した。あのときは、気がつくと、ニューオリンズ行きのリバーボートに揺られていた。それとおなじことがまた起きて、次に気がつくと、アイスクリームを食べながらグローマンズ・チャイニーズ・シアターの中庭をそぞろ歩き、マーナ・ロイの足型に自分の足を合わせようとしていた。

この女優、ものすごくチビだったか、子供の頃に纏足《てんそく》していたにちがいない。どうやら、デビー・レイノルズ、ドロシー・ラムーア、ウォーレス・ビアリーも右におなじ。なんとか自分の足をはめられそうな足型は、ドナルド・ダックだけだった。

「これはミクロコスモスの地図だと思うね」足型や手型やサインが刻まれた四角いセメントのタイルがいくらか凸凹に敷き詰められた前庭を片手で示しながら、デイヴィッドがいった。「ほら、この痕跡を見たまえ。これを見れば、かつてここにいたもののことがわかる。手型や足型はどれもたいして変わりばえしない。ただ、ときおりこういうのとか――」ひざまずいて、ジョン・ウェインの握りこぶしの手型を指さし、「あるいは、こんなのとかがある」切符売り場のほうに引き返して、ベティー・グレイブルの脚型を指さした。「それに、サインを解読できる。でも、どのタイルにも書いてあるこの〝シド〟っていうのはなんだろうな。それにどういう意味なんだろう？」

デイヴィッドはレッド・スケルトンのタイルを指さした。『ありがとよ、シド。あんたのおかげだ』と書いてある。

「よし、これで配列のパターンがわかったぞと思うんだけど」デイヴィッドは反対側に渡りながら、「ヴァン・ジョンソンのタイルは、エスター・ウィリアムズとカンティンフラスに斜めにはさまれていたりする。それに、いったいぜんたいメイ・ロブソンってだれだ？　それに、こっちのタイルはどうしてぜんぶ空白なんだ？」

デイヴィッドに誘導されて、アカデミー賞受賞者の展示パネルのうしろに追い込まれてしまった。年度別に並んだ鋳鉄製のパネルが金屛風《きんびょうぶ》みたいにジグザグに連なっている。わたしが立っているのは、一九四四年と一九四五年のあいだの谷折り部分だった。

「それでも足りないというみたいに、自分が前庭に立っていることにふと気がつく。劇場の中にも入っていない」

「量子論もそれとおなじだっていいたいの？」と弱々しくたずねる。『我が道を往く』で主演男優賞を射止めたビング・クロスビーに退路を断たれた。「わたしたちは、まだ劇場の中にも入ってないって？」

「ぼくらが量子論について知っていることなんて、足型からメイ・ロブソンについて推測できることと同程度なんだよ」デイヴィッドは、イングリット・バーグマン（『ガス燈』で主演女優賞）の頰に片手を置いて、わたしの脱出路をふさいだ。「量子論のことなんか、なんにもわかっていない。トンネル効果も。相補性も」わたしのほうに身を乗り出し、「受動《パッション》も」

一九四五年の最優秀作品賞は『失われた週末』。「ゲダンケン博士は量子論を理解してる」アカデミー賞受賞者パネルとデイヴィッドから脱出しようとしながら、「ねえ、知ってた？　彼が量子論理解に関する大きなプロジェクトのために新しい研究チームを集めてるって？」

「ああ」とデイヴィッド。「映画観る？」

「九時からカオスについての分科会なのよ」わたしはそういって、マルクス兄弟をまたぎこした。「もどらなきゃ」

「カオスが望みなら、ここにとどまるべきだよ」デイヴィッドは立ち止まってアイリーン・ダンの手型を見下ろし、「映画を観てからディナーでもいいよ。ハリウッド・ブールヴァードとヴァイン・ストリートの角からすぐのところなんだけど、『未知との遭遇』でリチャード・ドレイファスがマッシュポテトのデビル・タワーをつくった店があるんだ」

「わたしの望みはゲダンケン博士に会うこと」といって、つつがなく歩道に到達した。デイヴィッドのほうをふりかえる。彼は前庭の反対側にもどって、ロイ・ロジャースのサインを眺めている。

「冗談だろ。ゲダンケン博士だって、ぼくらとおなじくらい量子力学がわかってないよ」

「でも、すくなくともわかろうと努力してる」

「ぼくもだよ。問題は、一個の中性子がいかにして自分自身に干渉しうるか、そしてなぜここにはトリガー（歌うカウボーイ、ロイ・ロジャースの愛馬）の蹄《ひづめ》のあとが二個しかないのかだ」

「八時五十五分」とわたし。「カオス分科会に行くわ」

「もし見つけられたらね」デイヴィッドは片ひざをついてサインを眺めた。

「見つけるわよ」とむっつり答えた。

デイヴィッドは立ち上がり、両手をポケットに突っ込んでにっこり笑った。「すばらしい映画なんだよ」

またあれが起こりかけている。わたしはきびすを返すと、走るようにして通りを横断した。

「『ベンジー9』をやってる」と背中にデイヴィッドの叫び声。「偶然、シャム猫と体が入れ替わっちゃうんだ」

木曜日21：00〜22：00「カオスの科学」ライプツィヒ大学I・ドゥルヒャイナンダー博士。カオス構造に関する分科会。バタフライ効果、フラクタル、散逸構造などを含め、カオス原理について討議する。クララ・ボウの間にて

カオス分科会が見つからない。会場のはずのクララ・ボウの間は無人だった。となりのファッティ・アーバックルの間ではベジタリアンの会議。他の会議室はすべて閉まっていた。チャネラーはまだボールルームにいて、うっかりドアを開けたわたしに向かって、「来なさい！」と叫んだ。「理解が待っている！」

もう寝よう。そう思って客室に上がった。

ダーリーンに電話するのを忘れていた。もうデンヴァーに出発しただろうが、彼女が出先から伝言を再生した場合に備えて、留守番電話にホテルの部屋番号を吹き込んだ。彼女にキーを渡すよう、朝になったらフロントに頼んでおかないと。わたしはベッドに入った。あまり眠れなかった。夜のあいだに空調が止まったおかげで、朝起きてからスーツに湯気をあてる手間が省けた。服を着て、階下に降りた。プログラムは九時からはじまる。メアリ・ピックフォードの間ではアビー・フィールズの「すばらしき量子物理学の世界」ワークショップ、ボールルームでは朝食バイキング、中二階のセシル・B・デミルAでは「遅延選択実験に関するスライド発表」。

どうせたいていの場合はポットのコーヒーにドーナッツだとわかっていても、朝食バイキングに心惹かれた。きのうの昼から、アイスクリームしか口にしていない。でも、もしデイヴィッドがいるとしたら、きっと食べものの近くだ。なるべくなら避けて通りたかった。ゆうべはチャイニーズ・シアターだった。きょうは、気がつくとナッツ・ベリー・ファームにいたっていうことにもなりかねない。いくら彼がチャーミングでも、そういう事態は願い下げだ。

セシル・B・デミルAは真っ暗だった。正面のスクリーンに映るスライドも真っ暗に見えた。「ごらんのとおり」とルヴォフ博士が話している。「レーザー・パルスは、実験者が波もしくは粒子の検出装置を設定する前に作動しています」カチャリと音がして次のスライドが映る。ダーク・グレイだった。「われわれは、ふたつの平面鏡を備えたマッハ・ツェンダー干渉計と、波動検出器もしくは粒子検出器を使用しました。最初の実験では、どんな手順でどちらの検出器を使って実施するかを実験者の判断にまかせました。第二の実験では、サイコロ二個を使って――」

またカチャリとスライドが切り替わり、白地に黒の水玉模様が映った。おかげでかなり明るくなり、十列先に空席があるのが見てとれた。次のスライドになる前にと早足でそちらへ向かい、腰を下ろした。

「――もっとも単純な無作為化をおこないました。アリーの遅延選択実験によって、装置の選択がいつなされるかにかかわらず、粒子検出器を使えば光は粒子としてふるまい、波動検出器を使えば波としてふるまうということがすでにわかっています」

「やあ」とデイヴィッドがいった。「黒のスライド五枚と灰色のスライド二枚と黒の水玉模様入りの白のスライド一枚を見逃したね」

「しいっ」とわたし。

「この二種類の実験を通して、われわれは、意識的選択が結果に影響するかどうかをたしかめたいと考えました」またカチャッと音がして真っ黒のスライドが映し出された。

「このグラフからおわかりのとおり、実験者が意識的に検出器を選択した場合と、無作為に選択された場合とで、有意な差は見られませんでした」

「いっしょに朝食でもどう?」とデイヴィッドが囁いた。

「もう食べた」と囁き返し、おなかが鳴って嘘がばれるのを覚悟した。おなかはぐうと鳴った。

「ハリウッド・ブールヴァードとヴァイン・ストリートの角のそばにいい店がある。『女性No.1』でキャサリン・ヘプバーンがスペンサー・トレイシーのためにつくった、あのワッフルが食べられるんだ」

「しいっ」

「朝食のあとは、フレデリックス・オブ・ハリウッドのブラジャー博物館を見にいこう」

「静かにして。これじゃ、なにも聞こえない」

「おまけになにも見えないし」といったものの、デイヴィッドは、残り九十二枚の黒とグレイと水玉のスライドが上映されるあいだ、多少なりとも静かになった。

ドクター・ルヴォフが会場の照明を点灯し、目をしばたたきながら、笑顔で聴衆を見渡した。「人間の意識が実験結果に影響を与えるという証拠は認められませんでした。うちの研究助手の言葉を借りれば、『これからどうするか、本人がまだ決めていなくても、小さな悪魔はすでに結果をお見通し』というわけです」

ジョークのつもりらしいが、たいして面白いとは思えない。わたしはプログラムを開き、デイヴィッドとぜったい鉢合わせしそうにない企画を探した。

「おふたりはこれから朝食ですの？」ティボドー博士の声がした。

「ええ」とデイヴィッド。

「いいえ」とわたし。

「あたくし、これからドクター・オタールと、どこかとっても《ヴレマン》ハリウッドなお店でお食事したいと思ってるんですの」

「それならデイヴィッドがちょうどいい店を知ってますわ」とわたし。『民衆の敵』でジェイムズ・キャグニーがメイ・クラークの顔に押しつけたグレープフルーツを出す、すばらしい店の話を聞かせてもらってたところなんです」

カメラとガイドブック四冊を抱えたドクター・オタールがあわてて会話に加わり、デイヴィッドに向かって、「それから、グローマンズ・チャイニーズ・シアターにも案内していただければと」

「もちろんだいじょうぶですわ」とわたし。「ごいっしょできないのが残念です。ブール論理に関するヴェリコフスキー博士の講演を拝聴するとご本人に約束してしまったので。そうそう、チャイニーズ・シアターのあとは、フレデリックス・オブ・ハリウッドのブラジャー博物館に案内してもらうといいんじゃないかしら」

「それにブラウン・ダービー・レストランにも」とティボドー博士。「山高帽のかたちだそうですわね」

ふたりはデイヴィッドをひきずるようにして連れ去った。三人がつつがなくホテルの外へ出たのを見届けてから、わたしはスキップで二階に駆け上がり、ウェドビー博士の情報理論の講演に飛び込んだ。ウェドビー博士の姿はなかった。

「オーバーヘッド・プロジェクターを探しにいっちゃったのよ」とタクミ博士が教えてくれた。片手にかじりかけのドーナツをのせた紙皿、反対の手にスタイロフォームのコーヒーカップ。

「それ、朝食バイキングの？」とわたし。

「ええ。最後の一個。コーヒーも、これを注いですぐに切れちゃった。ねえ、アビー・フィールルズの分科会に出なかったでしょ」タクミ博士はカップを置いてドーナツをかじった。

「まあね」ドーナツを奪うには不意打ちがいいだろうか、それとも腕力に訴えるべきか。

「出なくて正解。最初っから最後まで『この学会はラシーンで開くべきだった』って、ずっと力説してただけ」タクミ博士はドーナツの最後のひとかけらを口に放り込んで、「デイヴィッドとはもう会った？」

金曜日9：00～10：00　J・ルヴォフ（ユリーカ大学）による「ユリーカ実験のスライド発表」。ル

ヴォフの意識的/無作為遅延選択実験に関する解説と結果および結論　セシル・B・デミルAにて

やっとウェドビー博士がもどってきた。オーバーヘッド・プロジェクターを両手に抱え、うしろにずるずるコードをひきずっている。プラグをコンセントに差し込んだ。ライトはつかなかった。

「まかせてちょうだい」タクミ博士がわたしに紙皿とコーヒーカップを預け、すっくと立ち上がると、「カルテックでもおなじのを使ってるから。フラクタル引力圏境界《ベイスン》の調整が必要なのよ」といって、プロジェクターの横っ腹を一発、ガツンと殴りつけた。

タクミ博士の紙皿にはドーナツのくずさえ見当たらない。カップの底を覗くと、コーヒーが一ミリほど残っていた。奈落の底に身を落としかけたとき、タクミ博士がもう一発プロジェクターを叩いた。今度こそライトがついた。

「ゆうべのカオス理論分科会で勉強したの」タクミ博士はわたしからカップを取り返すと、残りの一ミリを飲み干した。「来ればよかったのに。クララ・ボウの間は超満員だったわよ」

「さて、はじめる準備ができたようです」とウェドビー博士。

タクミ博士とわたしは腰を下ろした。

「情報とは、意味の伝達です」博士が緑のマジックマーカーで書いた〝意味〟（ひょっとしたら〝情報〟かも〟という文字がスクリーンに映し出された。「情報がランダム化されると意味は伝達されない。つまり、エントロピーが生じるわけです」博士は〝意味〟の下に赤いマジックマーカーでおそらく〝エントロピー〟と書いたらしいが、筆跡がひどくて判読不能だった。

「エントロピーの度合いはさまざまで、カー・ラジオに雑音が混じる程度の低エントロピー状態から、完全な無秩序と混乱により情報伝達がまったく不可能になる高エントロピー状態まで、広い範囲に及びます」

しまった。ホテルにダーリーンのことを頼んでおくのを忘れてた。ウェドビー博士がまたかがみこんでヒエログリフを綴りはじめた隙に、わたしは会場を抜け出し、ティファニーがデスクにもどっていないことを祈りながら、フロントに急いだ。ティファニーはもどっていた。

「ご用件をどうぞ」とティファニーがいった。

「663号室の者だけど」とわたし。「ダーリーン・メンドーサ博士と相部屋の。彼女はきょうのお昼までに着くはずだから、キーが必要なの」

「なんのために？」

「部屋に入るために。わたしが分科会に出ているあいだに着くかもしれないから」

「その方、なんでキーがないんですか？」

「まだ来てないから」

「相部屋じゃないんですか？」

「相部屋になるのはこれから。663号室。名前はダーリーン・メンドーサ」

「お客さまのお名前は？」ティファニーがキーボードの上で両手をかまえた。

「ルース・バリンジャー」

「あいにく、ご予約が見つかりません」


プランク定数の発見以来の九十年間で、量子物理学はめざましい進歩を遂げました。しかし、それらはおおむね技術の進歩であって、理論の進歩ではありません。量子物理学について考える手がかりになるようなモデルがないかぎり、理論を進歩させることは不可能なのです。

——ゲダンケン博士の基調講演より

部屋の予約と空調の問題について、ティファニーとしばし高エントロピー状態を維持したあと、いきなりダーリーンのルームキーをめぐる問題に話題を切り替えてみた。不意をつく作戦だったが、結果はアリーの遅延選択実験と大差なかった。ダーリーンが空調の修理工ではないことを説明しているとき、アビー・フィールズがあらわれた。

「ゲダンケン博士を知らんかね？」

わたしは首を振った。

「ぼくの『すばらしき量子物理学の世界』にきっと来てくれると思ってたのに、けっきょく顔を見せなかった。ホテルに聞いたら、そんな人間の予約は見つからないといわれたし」アビーはロビーを見渡した。「ところで、例の新プロジェクトの中身が判明したんだがね。まさにぼくのためにあるようなプロジェクトだよ。量子論のパラダイムを探すんだそうだ。お、あれがゲダンケン博士かな？」といって、アビーはエレベーターに乗り込もうとする年配の紳士を指さした。

「あれはウェドビー博士だと思うけど」と答えたときにはもう、アビーはとっくにエレベーターめがけてロビーを突っ走っていた。

残念。アビーがたどりつくと同時にエレベーターのドアが閉まった。アビーは扉を開けようと何度もボタンを押したが、反応なし。いまは、ボタンのフラクタル引力圏境界の調整を試みている。わたしはフロントに向き直った。

「ご用件をどうぞ」とティファニーがいった。

「ご用件はね、わたしと相部屋の、ダーリーン・メンドーサのこと。お昼前にこのホテルに着く予定なんだけど、彼女、プロデューサーなのよ。ロバート・レッドフォードとハリソン・フォードが共演する新作映画の主演女優をさがしてて、その件でこっちに来るの。

だから、ダーリーンが着いたらキーを渡してちょうだい。それから空調も直しておいて」
「はい、かしこまりました」とティファニーはいった。

ジョセフソン接合において、電子がエネルギー障壁を通り抜ける際には、余分のエネルギーが必要になるはずです。ところが、電子の中には、トンネルを抜けるようにやすやすと障壁を通過するものがあることが判明しました。ハインツ・パージェルの言葉を借りれば、〝あっさり壁抜けする〟のです。

——A・フィールズ（ネブラスカ大学ワフー校）「すばらしき量子物理学の世界」より

アビーはエレベーターのボタンを殴るのをやめて、いまは無理やり扉をこじあけようとしている。わたしはホテルの横手から外に出て、ハリウッド・ブールヴァードを歩き出した。デイヴィッドのおすすめレストランは、たしかヴァイン・ストリートとの交差点のそばだった。わたしはチャイニーズ・シアターのほうにくるりと方向転換し、最初に目についたレストランに飛び込んだ。
「いらっしゃいませ。ステファニーがうけたまわります」とウェイトレスがいった。「何名様ですか？」

目の届く範囲には、わたし以外だれもいない。「あなた、モデル／女優？」とたずねてみた。

「そうなんです」とステファニー。「ウェイトレスは、ホリスティック・ヘアスタイリングの授業料を稼ぐためのアルバイトで」

「わたしはひとり」誤解の余地がないように、人さし指を一本立てて、「窓際から離れた席にして」

ステファニーは窓の真ん前の席にわたしを案内すると、拡大模型サイズのメニューをよこし、向かいの席の前にもうひとつメニューを置いた。「本日の朝食スペシャルは、パパイヤのサーモンベリー詰めと、バルサミコ酢でいただくキンレンカ／赤チコリ《ラディキオ》のサラダでございます。お連れさまがお見えになってから、ご注文をうかがいにまいります」

わたしは、窓から見えないように余分のメニューをテーブルの上に立てて顔を隠してから、自分のメニューを開いて朝食のページを眺めた。あらゆる料理の名前にコリアンダーもしくはレモングラスが入っているようだ。本日の朝食スペシャルの〝ラディキオ〟というのが、ひょっとするとカリフォルニア語でドーナツの意味なのかも。

「やあ」デイヴィッドが向かいの席に腰を下ろし、テーブルに立ててあったメニューを開いた。「ウニのパテがよさそうだな」

正直な話、彼に会えてうれしかった。「どうやってここにたどりついたの？」

「トンネル効果でね」とデイヴィッド。「ねえ、エクストラ・ヴァージン・オリーヴオイルって、具体的になに?」

「ほんとはドーナッツが食べたかったのよ」わたしはみじめな口調でいった。

デイヴィッドはわたしの手からメニューをとってテーブルに置き、立ち上がった。

「すぐとなりにいい店がある。『或る夜の出来事』で、クラーク・ゲーブルがクローデット・コルベールにドーナッツをコーヒーに浸して食べるやりかたを教えるだろ。あのドーナツが食べられるんだ」

すぐとなりの店というのは、どうせロングビーチかどこかにあるんだろうけれど、空腹のあまり抵抗する気力もなかった。わたしが立ち上がると、ステファニーがあわててやってきた。

「ほかになにかご注文は?」とステファニーがたずねた。

「もう出るよ」とデイヴィッド。

「承知しました」ステファニーは伝票を一枚破りとって、ぴしゃりとテーブルに置いた。

「ご朝食をお楽しみいただけましたでしょうか。またのご来店をお待ちしております」

このようなパラダイムを発見することは、不可能とはいわないまでも困難でしょう。プランク定数のおかげで、わたしたちの目に映る世界は、おおむねニュートン力学にしたがっています。粒子は粒子、波は波であり、物質が壁を通り抜けていきなり反対側に出現することはありません。量子力学にしたがうのは、原子以下のレベルだけなのです。

——ゲダンケン博士の基調講演より

問題のレストランはグローマンズ・チャイニーズ・シアターのとなりだった。その点が多少気がかりだったものの、とにかく卵とベーコンとトーストとオレンジ・ジュースとコーヒーにありついた。それに、ドーナッツにも。

「朝食の相手は、ティボドー博士とオタール博士のはずじゃなかった？」わたしはドーナッツをコーヒーで飲み下しながらたずねた。「ふたりはどうしたの？」

「フォレスト・ローン墓地へ行ったよ。オタール博士が、ロナルド・レーガンの結婚式を挙げた教会を見たいといって」

「レーガンって、フォレスト・ローンで式を挙げたの？」

デイヴィッドはわたしのドーナッツをかじり、「ウィー・カーク・オー・ザ・ヘザー・チャペルでね。ねえ、フォレスト・ローンには世界最大の油彩の宗教画があるって知ってた？」

「じゃあ、いっしょに行けばよかったのに」

「映画の予定があるのに？」デイヴィッドはテーブル越しにわたしの両手を握りしめた。「二時の回がある。ねえ、いっしょに行こうよ」

またしても事態が収縮しはじめている気がする。「もどらなきゃ」手を振りほどこうとしながら、「二時からはEPRパラドックスに関するパネルがあるの」

「五時の回は？　八時の回もあるよ」

「八時からはゲダンケン博士の基調講演」

「なにが問題かわかる？」デイヴィッドは手を放してくれない。「問題はね、ほんとはもうグローマンズ・チャイニーズ・シアターじゃなくて、マンズ・チャイニーズ・シアターなんだってこと。経営が変わったんだよ、シド・グローマンから、マン・シアター・チェーンに。つまり、シド・グローマンはもういないってこと。いろいろ質問してみたかったのに。たとえば、ジョアン・ウッドワードとポール・ニューマンはふたりで一枚のタイルなのに、ほかのペアはどうしてそうじゃないのか。ジンジャー・ロジャースとフレッド・アステアとか」

「なにが問題かわかる？」わたしはやっとのことで両手をもぎ離し、「問題は、あなたが四六時中いつも不真面目だってこと。国際学会の年次大会に来てるっていうのに、あなたはプログラムにまるで無関心。ゲダンケン博士の講演を聞こうとか、量子論を理解しようとか、ちっとも思ってない！」わたしは食事代を払うために、財布から何枚か紙幣をとりだした。

「ずっと量子論の話をしてるつもりだったのに」デイヴィッドが驚いた口調でいった。「問題は、チャイニーズ・シアターの正面玄関を守る二体の獅子の石像はいったいどこに置けばうまく調和するのかってこと。それと、手型も足型もサインもないタイルばかり集まってる一角は？」

金曜日14：00〜15：00　EPRパラドックスについてのパネル・ディスカッション。出演：I・タクミ（司会）、R・アイヴァーソン、L・S・ピン。単項状態の相関関係に関する最新研究をめぐって（非局所的影響、カルカッタ提案、受動を含む）キーストン・コップスの間にて

ホテルにもどると、ダーリーンが着いたかどうかたしかめるべく、部屋へ直行した。まだ来ていない。フロントに電話しようと受話器をとったが、回線が死んでいる。一階に降りて、直接フロントデスクに行ってみたが、だれもいない。十五分待ってから、EPRパラドックスに関するパネル・ディスカッションの会場に向かった。

「アインシュタイン－ポドルスキー－ローゼンのパラドックスは、量子論とは相容れませんよ」タクミ博士が発言中だった。「実験がなにを示唆しているように見えても、そんな

ことは問題じゃない。宇宙の端と端にある二個の電子が瞬時に相手に影響を及ぼせるなどということを認めたら、時空連続体に関するすべての理論を根底から覆すことになる」

彼女のいうとおりだ。量子論のモデルを見つけることができたとしても、ＥＰＲパラドックスのモデルは？

一個の素粒子が崩壊して生まれた二個の電子のうち一方を観測すれば、両者の距離が何万光年離れていようと、その瞬間に、もう片方の状態が変化する。それはまるで、その二個の粒子が生まれたときから永遠の絆で結ばれていて、たとえ宇宙の両端に離ればなれになろうと、いつまでもおなじタイルを共有しているとでもいうような感じだ。

「もし二個の電子が瞬時に情報を伝達するというなら、そのとおりかもしれない」とアイヴァーソン博士がいった。「しかし、そうではない。電子はたんに影響を及ぼしあうだけだ。アブナー・シモニー博士が受動《パッション》に関する論文でこの影響を定義しているし、わたしの実験でも明らかに――」

この説明を聞きながらわたしが思い出したのは、デイヴィッドのこと。あのとき、一九四四年と一九四五年のアカデミー作品賞にはさまれたわたしを見下ろしながら、「ぼくらが量子論について知っていることなんて、足型からメイ・ロブソンについて推測できることと同程度なんだよ」と彼はいった。

「新しい用語をつくれば、それでうまく説明できるというものじゃないのよ」とタクミ博士。

「その点については百パーセント反対だね」ピン博士が口をはさんだ。「シモニー博士のいう遠距離受動《パッション・アット・ア・ディスタンス》は、ただの造語ではない。実証された現象だ」

たしかに。拡大模型みたいなメニューをとって、「ウニのパテがよさそうだな」といったデイヴィッドを思い出した。いったんペアになった電子は、そのあと相手がどこに行こうと関係ない。ハリウッド・ブールヴァードとヴァイン・ストリートの角から反対方向へ行こうが、窓際にメニューを立てて姿を隠そうが、片割れの電子はかならずやってきて、相手の電子をチコリのサラダから救い出し、ドーナツをおごってくれる。

「実証された現象？　はっ！」と叫んで、タクミ博士が司会用の小槌で机を叩いた。

「受動《パッション》が存在しないとでも？」と、顔を真っ赤にしてピン博士がいう。

「たかが一回の実験を『実証された現象』だなんていえるもんですか」

「たかが一回だと？　五年がかりのプロジェクトだぞ！」アイヴァーソン博士がタクミ博士の顔の前でげんこつをふりまわした。「遠距離受動を実演してやろうか！」

「やれるもんならやってみなさい！　あんたのフラクタル引力圏境界を調整してやるから！」といって、タクミ博士が小槌でアイヴァーソン博士の頭をぶん殴った。

それでも、パラダイムを発見することは不可能ではありません。ニュートン物理学は機械そのものではない。機械の性質をいくらか備えているだけです。われわれは、量子物理学の風変わりな性質を備えたモデルを、目に見えるこの世界のどこかに見つけ出さなくてはならない。ありそうもない話だと思うでしょうが、そうしたモデルはきっとどこかに存在しますし、それを見つけ出すことがわれわれのつとめなのです。

——ゲダンケン博士の基調講演より

警官が駆けつける前に、わたしは部屋に引き上げた。ダーリーンはまだ来ないし、電話と空調はまだ復旧しない。ほんとうに心配になってきた。デイヴィッドをさがしにチャイニーズ・シアターへ行ってみたが、こんなときにかぎって見つからない。そのかわり、ウェドビー博士とスリース博士がアカデミー賞受賞者パネルのうしろに隠れていた。

「デイヴィッドの姿を見ませんでした？」と声をかけた。

ウェドビー博士がノーマ・シアラーの頬から手をどけた。

「見たけど、もう行っちゃった」スリース博士は一九二九〜三〇年度の作品賞受賞作から身をほどいた。

「フォレスト・ローンに行くと言っていたがね」ウェドビー博士がぼさぼさの白髪を撫でつけながらいった。

「メンドーサ博士は見ませんでした？　昼までには着いてるはずなんだけど」

ふたりはそろって首を振った。ホテルにもどると、ロビーでオタール博士とティボドー博士に呼び止められ、エイミー・センプル・マクファーソンのお墓の絵葉書を見せられたが、このふたりもダーリーンを見ていなかった。ティファニーの勤務時間は過ぎていた。ナタリーはわたしの予約を見つけられない。ダーリーンから連絡があるかもしれないと考えて、部屋にもどって待つことにした。

空調はまだ直っていなかった。ハリウッド観光案内のパンフレットを団扇《うちわ》がわりにして扇ぎ、ついでに中身も眺めてみた。裏表紙にチャイニーズ・シアターの前庭の見取り図がついている。『王様と私』のデボラ・カーとユル・ブリンナーも同じタイルを共有してはいなかった。キャサリン・ヘプバーンとスペンサー・トレイシーにいたっては、見取り図に載ってもいない。『女性No.1』でヘプバーンはトレイシーにワッフルをつくってあげたというのに、そんな仲のふたりがタイルの一枚ももらえないなんて……。もしかしたら、タイルの割り振りを担当したのはティファニー（モデル／女優）だったのかも。ぽかんとした顔でスペンサー・トレイシーを見ながら、「ご予約が見つかりません」と宣告するティファニーの姿が目に浮かんだ。

そもそも、モデル／女優というのは、具体的になにを指してるんだろう。モデルまたは女優ということなのか、それともモデル兼女優なのか？　ともかく、ホテルのフロント係じゃないのはたしかだ。もしかしたら、電子はミクロコスモス版のティファニーたちなのかもしれない。だとすれば、波／粒子の二重性も説明がつく。もしかしたら、そもそも電子は本職じゃないのかもしれない。一重項状態のレッスン代を稼ぐためにアルバイトで電子をやっているだけだったりして。

七時になっても、ダーリーンからはまだ連絡がない。パンフレットで扇ぐのに疲れて、窓を開けようとした。びくともしない。問題は、だれも量子論のことをさっぱりわかっていないことだ。手がかりになるのは、衝突する電子二、三個だけ。その電子にしても、目には見えないし、ハイゼンベルクの不確定性原理のおかげできちんと測定することもできない。それに、カオスも考えに入れなきゃいけない。それにエントロピーも。手型も足型もサインもない空白のタイル群も。わたしたちは、メイ・ロブソンがだれなのかさえ知らないんだ。

七時半に電話が鳴った。ダーリーンだった。

「どうしたの？　いまどこ？」とわたし。

「ベヴァリー・ウィルシャー・ホテル」

「ベヴァリーヒルズの？」

「そう。いろいろあったのよ。リアルトに行ったら、ティファニーとかいうフロント係に、ルース・バリンジャーなんて人は泊まってませんっていわれて。科学の会かなんかで満室だから、あぶれたお客はほかのホテルにまわしてる、その人の部屋はベヴァリー・ウィルシャーの1027号室だって。デイヴィッドは元気？」

「絶好調よ。国際学会の最中なのに、やることといったら、グローマンズ・チャイニーズ・シアターでディアナ・ダービンの足型を眺めたり、わたしを映画に誘ったり」

「行くの？」

「無理。あと三十分でゲダンケン博士の基調講演が始まるの」

「ほんとに？」ダーリーンが驚いた声で、「ちょい待ち」

しばしの沈黙。やがて、ダーリーンが電話口にもどってきた。「映画に行ったほうがいいよ。デイヴィッドはこの世界に残された最後の魅惑的な男ふたりのうちのひとりなんだから」

「でも彼、量子論のこと真面目に考えてないのよ。ゲダンケン博士がパラダイムを設計する研究チームのメンバーを募集してるのに、キャピトル・レコード・ビルのてっぺんのネオンの話ばっかり」

「でも、それも一理あるかもよ。つまり、ニュートン物理学なら真面目なのもいいけど、量子論にはべつのアプローチが必要かもしれない。シドは――」

「シド？」

「今夜、映画に連れてってくれる男。いろいろあったんだってば。ティファニーが教えてくれたルームナンバーが違ってて、その男がパンツ一丁でいるところに踏み込んだわけ。彼も量子物理学者で、リアルト・ホテルに泊まる予定だったのが、ティファニーに『ご予約が見つかりません』って断られたんだって」

波／粒子の二重性から導かれる重大な事実は、電子は正確な位置を持たないということです。とりうる可能性がある位置群の重ね合わせの中に存在しています。観察されたときはじめて、電子は特定の位置に〝収縮〟するのです。

——A・フィールズ「すばらしき量子物理学の世界」より

ダーリーンの電話を切ってからハリウッド観光案内をチェックすると、フォレスト・ローン墓地は五時閉園だった。ディヴィッドがどこに行ったのか、もうこれで手がかりはない。ブラウン・ダービーか、ラ・ブレア・タールピッツか、それとも『エイリアン』の中でジョン・ハートが胸を食い破られる直前に食べたアルファアルファのサラダを食べさせる、ハリウッド・ブールヴァードとヴァイン・ストリートの交差点近くのおすすめレストランか。

すくなくとも、ゲダンケン博士の居場所ならわかっている。服を着替えてエレベーターに向かいつつ、粒子／波の二重性とフラクタルと高エントロピー状態と遅延選択実験に思いを馳せた。問題は、ジョセフソン接合と遠距離受動と空白のタイルを考慮に入れたうえで、量子論を可視化できるようなパラダイムが、どこで見つかるかだ。そんなの、見つかりっこない。二、三の足型やベティー・グレイブルの脚線美だけでは、材料がとても足りない。

エレベーターの扉が開いて、アビー・フィールズが飛び出してきた。「おお、ここにいたか。ほうぼう捜しまわったんだよ。ゲダンケン博士を見かけなかったかね？」

「ボールルームにいないの？」

「いない。すでに定刻を十五分も過ぎているが、だれも博士の姿を見ていない。そうそう、これに署名してくれ」アビーがクリップボードを突きつけてきた。

「なに、これ？」

「嘆願書だ」アビーはクリップボードをいったんひっこめ、『我々、以下に署名した者は、向後、国際量子物理学会が適切な場所で開催されることを要求する』と読み上げてから、またクリップボードをこちらに突きつけ、こうつけ加えた。「たとえば、ラシーンみたいな場所でね。ハリウッドみたいな場所じゃなく」

ハリウッド。

「知ってるか？　今回の大会参加者のチェックイン所要時間は平均二時間三十六分だと。

グレンデールのホテルにまわされた連中までいるらしい」

「ベヴァリーヒルズにも」と、半分うわのそらで答えた。ハリウッド。ブラジャー博物館と、マルクス兄弟と、赤または青の服を着ている相手を殺しまくるギャング団と、ティファニー／ステファニーと、宗教的主題を扱った世界最大の油彩画。

「ベヴァリーヒルズね」アビーはそうつぶやくと、胸ポケットからシャープペンシルをとりだしてメモした。「嘆願書はゲダンケンの講演のときに提出するつもりだ。さあ、署名してくれ」シャープペンシルをこちらに差し出し、「来年もリアルト・ホテルがいいというなら別だがね」

わたしはアビーにクリップボードを突っ返して、「これからは毎年ここになるかもよ」といって、グローマンズ・チャイニーズ・シアターのほうへ駆け出した。

量子論の論理的な面とナンセンスな面の双方を包含するパラダイムが得られたときこそ、数学や衝突する電子の向こうに目を向け、ミクロコスモスの驚くべき美を観賞できるようになります。

——ゲダンケン博士の基調講演より

『『ベンジー9』一枚」と、チケット売り場の女の子に告げた。

女の子の胸の名札には『ハリウッドへようこそ。わたしはキンバリーです』とある。

「どちらの劇場で？」

「グローマンズ・チャイニーズ・シアター」高エントロピー状態に入っている暇はない。

「どちらの劇場で？」

わたしは案内板を見上げた。『ベンジー9』は、真ん中の大劇場でも左右の小さめの劇場でも、三つのスクリーンすべてで上映されている。

「お客さまの反応調査を実施中で」とキンバリー。「それぞれ結末が違うんです」

「真ん中の劇場のは？」

「さあ。あたし、アルバイトなんで。腹式呼吸法の授業料を稼がなきゃいけなくて」

「サイコロある？」とたずねてから、気がついた。考えかたが根本からまちがってる。これはニュートン物理学じゃなくて量子物理学なんだから、わたしがどの劇場を選ぼうと、どの席に座ろうと関係ない。これは遅延選択実験だ。そして、デイヴィッドはすでに投射されている。

「ハッピーエンドのにする」とわたし。

「中央劇場になります」とキンバリーがいった。

獅子の石像のあいだを通ってロビーに入った。化粧室のドアの脇にガラスケースがあり、ロンダ・フレミングと三人の中国人をかたどった蠟人形が陳列されている。売店の細長いカウンターのうしろには、派手な模様の巨大な衝立《ついたて》が飾ってあった。レーズンチョコレートひと箱、ポップコーン一カップ、フルーツゼリーひと箱を買って入場した。

場内は、想像以上に大きかった。ゆるやかな弧を描いて連なる無人の赤い座席が何列も何列も無数に並び、スクリーンを隠す正面の赤い幕までずっとつづいている。左右の壁には巨大な柱が立ち並び、そのあいだには緻密な絵が飾られていた。レーズンチョコとポップコーンとゼリーを両手に抱えたまま、わたしは茫然と頭上のシャンデリアを見上げた。精巧にかたどられた黄金の日輪のまわりを、銀色の竜が何匹も飛翔している。チャイニーズ・シアターの中がこんなすごいことになっているなんて、想像もしなかった。

場内が暗くなる。赤い幕がそろそろと開きはじめた。内側にもう一枚、薄い紗幕がかかっていて、スクリーンをベールのように覆っている。闇に包まれた通路を進み、適当に選んだ座席に腰を下ろして、「はい、これ」と、デイヴィッドにレーズンチョコを差し出した。

「いままでどこにいたんだい？　もうはじまるよ」とデイヴィッド。

「うん」わたしはデイヴィッドの体越しに身を乗り出し、ダーリーンにポップコーンを、ゲダンケン博士にフルーツゼリーを渡した。「量子論のパラダイムを研究してたの」

「で？」と、ゲダンケン博士がゼリーの箱を開けながらたずねた。

「で、あなたたちはふたりともまちがってた。チャイニーズ・シアターじゃないわ、デイヴィッド。映画でもありませんよ、ドクター・ゲダンケン」とわたし。

「シドでいいよ」とゲダンケン博士。「せっかく研究チームを組んだから、ファーストネームで呼んでほしい」

「チャイニーズ・シアターでも映画でもないなら、いったいなに?」と、ポップコーンを頬張りながらダーリーンがいう。

「ハリウッドよ」わたしはきっぱりいった。

「ハリウッドか」ゲダンケン博士が感慨深げに応じる。

「ハリウッドなの」わたしはくりかえした。「ウォーク・オブ・フェイムの映画スター、レコードの山や山高帽みたいな形のビル、赤チコリ、観客の反応調査、ブラジャー博物館。それに映画。それからグローマンズ・チャイニーズ・シアター」

「あと、リアルト・ホテル」とデイヴィッド。

「リアルト・ホテルはとくに」とわたし。

「国際量子物理学会も」とゲダンケン博士。

そのとおり。ルヴォフの真っ黒とグレイと水玉のスライド、行方不明のカオス分科会、オーバーヘッド・プロジェクターに映し出されたウェドビーの〝意味〟(ひょっとしたら〝情報〟かも)という手書きの文字。

「国際量子物理学会も」とわたし。

「タクミ博士が小槌でアイヴァーソン博士の頭をぶん殴ったって、ほんと？」とダーリーンがたずねた。

「しいっ」とデイヴィッド。「はじまるよ」

デイヴィッドがわたしの手を握った。ダーリーンがポップコーンを抱えて座席に身を沈め、ゲダンケン博士が前の席の背もたれに足を載せた。内側の紗幕がそろそろと開く。スクリーンが明るくなった。

「混沌《カオス》ホテル」を書いたのは、ある年のネビュラ賞授賞パーティーに参加したすぐあとだった。そこで実際に体験したことが小説の中にたくさん生かされている。ＳＦＷＡ（アメリカＳＦファンタジー作家協会）主催の授賞パーティーが開かれたローズヴェルト・ホテルは、グローマンズ・チャイニーズ・シアターの真向かいだった。わたしたちは実際にフレデリックス・オブ・ハリウッドのブラジャー博物館に行って、マドンナが着用した金色の円錐形ブラやエセル・マーマンのガードルを見学した。ホテルのフロント係はモデル／女優だったし、マクロレベルで量子効果が起きていることを示す徴候はたしかにあった。ただし、わたしたちがチャイニーズ・シアターで観た映画は『ベンジー9』じゃなくて『ウィロー』だったし、フォレスト・ローン墓地には行かなかった。

でも、わたしたちは大いに楽しんだ。ハリウッドなんだから、もちろんでしょ？　わたしはこの街の大ファンだ。すばらしくいかれている。ハリウッドじゅうのフロント係とウェイトレスと駐車係が俳優／ほにゃららだというだけじゃない。トレードマークになっているサンタモニカ丘陵の HOLLYWOOD のサインにしても、もとはと言えば新しい住宅開発地を宣伝する HOLLYWOODLAND という看板から最後の四文字を撤去したものだし、ショッピングモールのハリウッド&ハイランド・センターは、うしろ脚で立つコンクリート製の二頭の象まで含めて、D・W・グリフィス監督の一九一六年のサイレント映画『イントレランス』に出てくるバビロンのセットを再現した巨大レプリカを擁している。

ハリウッド・フォーエヴァーと命名された霊園では、夏のあいだ、霊廟《れいびょう》の側面をスクリーンにして映画が上映され（正真正銘ほんとの話）、地元住民はピクニック・バスケット持参でやってきて、ダグラス・フェアバンクスやセシル・B・デミルやジェーン・マンスフィールドの墓のあいだの芝生に腰を下ろす。

そして、いかれた監督や莫迦なプロデューサーや番組会議に関するうわさ話はみんな真実だ。ブロードウェイの舞台『英国王ジョージ三世の乱心』（The Madness of King George Ⅲ）を映画化したとき、ハリウッド人種はどうしてもと言い張って、タイトルを『英国王ジョージの乱心』（The Madness of King George）に変更した（邦題『英国万歳！』）。というのも、うしろにⅢとついていると、観客が『スパイダーマン３』みたいなシリーズものだと誤解してしまうんじゃないかと心配したからだとか。いやまったく、こんな土地を愛さずにいられるわけがない。

女王様でも

Even the Queen

電話が歌ったのは、却下すべき弁護側の申し立てについて検討しているときだった。

「汎用コールですね」と、裁判官付き調査官のビッシュがいって、電話のほうに手をのばした。「たぶん、被告人でしょう。刑務所からだと識別《サイン》コールは使わせてくれないから」

「いいえ」とわたし。「うちの母親」

「おやおや」ビッシュは受話器に手をかけた。「どうしてサインを使わないんです？」

「自分だとわかったら、わたしが電話に出ないのを知ってるから。パーディタがしでかしたことをとうとう突き止めたのね」

「パーディタって、お嬢さんの？」ビッシュは手にした受話器を自分の胸に押しつけたま、「ちいさい娘さんのいる？」

「いいえ、そっちはヴァイオラ。パーディタは下の娘。常識ゼロのほう」

「なにをしたんです？」

「サイクリストに入会したの」

ビッシュはぽかんとした顔でこちらを見たが、彼を啓蒙《けいもう》してやる気分ではなかった。それをいうなら、母と話をする気分でもない。

「母がなんというか、一語一句見当がつくわ。まず最初に、どうして話してくれなかったのかと文句をいって、次に、わたしがどうするつもりなのかと問いただす。でも、わたしにできることなんかなにもないのよ。あればとっくにやってる」

ビッシュはとまどった顔で、「出廷してると伝えましょうか」

「いいえ」と答えて受話器に手をのばす。「遅かれ早かれ話さなくちゃいけないから」

ビッシュから受話器を受けとった。

「もしもし、母さん」

「トレイシー」と母は芝居がかった口調でいった。「パーディタがサイクリストになっちゃったんだよ」

「知ってる」

「どうして話してくれなかったの？」

「パーディタが自分で話すのが筋だと思ったから」

「パーディタが！」と、母は鼻を鳴らした。「あの子が話してくれるわけがないよ。あたしがなんというかくらい、あの子もわかってるだろうからね。で、おまえ、カレンには話したんだろうね」

「カレンは留守。いまはイラク」

今回の騒動で唯一ありがたいのは、世界共同体の責任ある一員であることを示そうとするイラクの熱意と、イラクが過去に示してきた自傷傾向とのおかげで、わが義母が、この地球でもっとも歓迎すべき場所のひとつ――すなわち、電話通信網が劣悪をきわめ、電話したんだけどつながらなかったの、という言い訳が通用する地域――に滞在していることだった。

〈解放〉はわたしたちをあらゆる種類の憤懣《ふんまん》や苦しみから自由にしてくれた――イラクのサダムたちからも。しかし、世の姑《しゅうとめ》たちはその中に含まれていないし、この絶妙のタイミングについては、パーディタに感謝してもいいくらいだ。つまり、わたしだってなにも義母を殺したいわけじゃないんだから。

「カレンはイラクでなにをしてるの？」と母。

「パレスチナ人伝来の土地についての交渉」

「そしてそのあいだに、カレンの孫娘は自分で自分の人生をめちゃめちゃにしかけているんだね」母はいらだたしげにいった。「ヴァイオラには話したのかい？」

「いったでしょ、母さん。パーディタが自分でみんなに話すべきだと思ったの」

「で、あの子は話さなかったと。それで今朝、うちの患者のキャロル・チェンから電話があって、なにか隠してるだろうって、あたしはさんざん責められたんだよ。いったいなんの話だか、まるきりわからなくて」

「キャロル・チェンはどうやって突き止めたの？」

「娘から聞いたそうだよ。その娘っていうのが、去年、もうちょっとでサイクリストにはいりそうになったんだって。家族みんなで説得してやめさせたそうだけど」と、母はあてつけがましい口調でつけくわえる。「ところが今度はうちの孫娘がサイクリストになったと聞いたもんだから、キャロルは、医学界がアムネロールのひどい副作用を発見しながら隠してるんだと信じこんじゃって。まったく、おまえが話してくれなかったなんて信じられないね、トレイシー」

わたしとしては、出廷中だと居留守を使わなかった自分が信じられない。

「いったでしょ、母さん。パーディタが自分で話すのが筋だと思ったの。けっきょく、あの子が自分で決めたことなんだから」

「まあ、トレイシー！」と母はいった。「まさか、本気じゃないだろうね！」

〈解放〉直後、わたしはすばらしい自由の興奮の渦《うず》に呑《の》まれ、これですべてが変わるという希望に酔いしれた——つまり、不平等も、女家長制も、〝マンホール〟だの三人称単数代名詞だのを抹殺する使命感に燃えたユーモア感覚ゼロの女たちも、これできれいさっぱりかたづくだろうと思ったのだ。

もちろん、そうはならなかった。男はいまだに金を儲《もう》けているし、〝女の歴史《ハーストーリー》(historyに含まれるhisをherに替えたフェミニストの造語)〟はいまだに意味論上の風景に暗い影を落としているし、母はいまだに、わたしを思春期前に連れもどす口調で「まあ、トレイシー!」ということができる。

「あの子が自分で決めたこと、だって!」と母はいった。「まさかこのまま手をこまねいて、実の娘が人生をあやまるのを傍観するつもりじゃないだろうね?」

「わたしになにができるっていうの? あの子はもう二十二歳で、健全な精神の持ち主なのよ」

「健全な精神の持ち主ならこんなことをしでかすわけがありませんよ。やめろと説得しようとしなかったのかい?」

「もちろんしたわよ」

「それで?」

「それで、うまくいかなかった。あの子、なにがなんでもサイクリストになる決意みたい」

「それにしたって、あたしたちにできることがぜったいあるはずだよ。裁判所の禁止命令をとりつけるとか、脱洗脳者《デプログラマー》を雇うとか、サイクリストを洗脳のかどで告訴するとか。おまえは判事なんだから、こういう場合に援用できる法律のひとつやふたつ――」

「その法律は、個人主権と呼ばれるものなのよ、母さん。そもそもそれが〈解放〉を可能にしたんだから、パーディタの意志を変えさせるのに使うのはどだい無理な話。あの子の決断は、個人主権が適用できる訴訟事件のあらゆる基準を満たしてる。個人の決断であり、独立した成人によってなされたものであり、他人にはいっさい影響をおよぼさず――」

「あたしの患者はどうなんだい？　キャロル・チェンは、いまじゃシャントが癌《がん》を誘発すると信じてるんだよ」

「その人に対する影響は、すべて間接的な影響だと考えられる。副流煙みたいなものね。適用は無理。母さん、わたしたちが好むと好まざるとにかかわらず、パーディタにはサイクリストになる権利が完璧にあるし、わたしたちにそれを止める権利はまったくないの。自由な社会の基盤は、それぞれが他人の意見を尊重し、たがいの行動に干渉しないことにある。わたしたちは、パーディタが自分で決断する権利を尊重しなきゃいけない」

すべて真実だった。パーディタが電話してきたとき、こういうことをただのひとつもいってやれなかったのは返す返すも残念だ。わたしが口にしたのは、「まあ、パーディタ！」のひとことだけ――それも、さっきの母とまったくおなじ口調で。

「なにもかもおまえのせいですよ、わかってるだろうけど」と母はいった。「あの子がシャントの上に刺青《いれずみ》したとき、そんなことを許しちゃいけないといっただろう。それに、自由な社会なんて話は聞きたくないね。孫娘が自分の人生を好き勝手にめちゃめちゃにできるっていうんなら、自由な社会にどんな利点があるんだい？」母は電話を切った。

わたしは受話器をビッシュに返した。

「お嬢さんが自分で決断を下す権利を尊重するって話は最高でしたね」と、ビッシュはいった。こちらに法服をさしだしながら、「それに、彼女の人生に介入すべきじゃないってのも」

「デプログラミングの先例について調べといてちょうだい」わたしは法服に袖を通しながらいった。「それと、いままでサイクリストがなんらかの自由意志侵害——洗脳、恫喝《どうかつ》、強要——で告訴されたことがあるかどうかも」

電話が歌った。また汎用コール。

「もしもし、どちら様でしょう？」とビッシュが用心深くいった。その口調が急にあいそよくなり、「ちょっと待ってください」というと、受話器をこちらにさしだした。

「ヴァイオラさんです」

わたしは受話器を受けとった。「あら、ヴァイオラ」

「いまお祖母《ばあ》ちゃんと話したんだけど」とヴァイオラ。「パーディタが今度はなにをしでかしたと思う？　いっても信じないわよ。サイクリストにはいったんだって」

「知ってる」とわたし。

「知ってる？　なのに黙ってたの？　ああもう、信じられない。ママったら、いつだってなんにも話してくれないんだから」

「パーディタが自分で話すべきだと思ったのよ」とわたしはうんざりした気分でいった。

「冗談でしょ。あの子もおんなじ。いつだってわたしにはなんにも話さないのよ。眉《まゆ》にインプラントを入れたときだって、三週間もわたしに黙ってたんだから。それに、レーザー・タトゥーを入れたときは、最後まで隠してた。トウィッジが教えてくれたのよ。電話してくれればよかったのに、ママ。カレンお祖母ちゃんには話したの？」

「いまバグダッド」とわたし。

「知ってる」とヴァイオラ。「電話したから」

「まあ、ヴァイオラ！　まさか！」

「わたしはママとちがって、家族みんなに関係のあることは、家族みんなに伝えるべきだというのが信念だから」

「なんていってた？」最初の衝撃が薄れたいま、頭の中が一種の麻痺《まひ》状態に陥っている。

「つながらなかったの。あそこの電話サービスって最低ね。だれか英語のできない人が電話に出て、それから回線が切れちゃった。もう一回かけなおしたら、今度は全市の電話が不通だって」

ありがたや、と胸の中で安堵《あんど》の息をついた。ありがたや、ありがたや、ありがたや。

「カレンお祖母ちゃんには知る権利があるのよ、ママ。だって、トウィッジにどんな影響があるか知れたもんじゃないでしょ。あの子はパーディタを崇拝してるんだから。パーディタが眉にインプラントを入れたときなんか、あの子ったら自分の眉にLEDを接着剤で貼りつけちゃって、一生とれないかと思ったわ。トウィッジまでサイクリストになるといいだしたらどうするつもり？」

「トウィッジはまだ九歳でしょ。シャントをつける年齢になるころには、パーディタはとっくの昔に足を洗ってる」そう祈ってるわ、と胸の中でつけくわえた。パーディタはあのタトゥーをもう一年半もつけていて、まるで飽きる気配がないけれど。「それに、トウィッジのほうがずっと常識があるし」

「それはそうだけど。ああ、ママ、パーディタったら、どうしてこんなことができたのかしら。あれがどんなに悲惨なものか、ちゃんと説明してやらなかったの？」

「したわよ」とわたし。「それに、どんなに不便なものかもね。それに、どんなに不愉快でどんなに気にさわってどんなに痛いかってことも。どれもこれも、あの子にはまるでショックじゃないみたいだったけど。きっとおもしろいわっていったのよ、あの子」

ビッシュが腕時計を指さしながら、口だけ動かして、「出廷時間」といっている。

「おもしろい!?」とヴァイオラ。「あの当時、わたしがどんな目にあったか、ちゃんと見てたくせに。正直いってママ、あの子は完璧に脳が死んでるんじゃないかと思う。禁治産者を宣言して閉じこめるとかなんとかできないの？」

「無理よ」なんとか片手で法服のファスナーを上げようと奮闘しながら答えた。「ヴァイオラ、もう行かなきゃ。法廷に遅れそうなの。とにかく、なにをしてもあの子を止めるのは無理だと思う。パーディタは理性を持つ成人なんだから」

「理性！」とヴァイオラはいった。「眉毛が電気でぴかぴか光るのよ。〃カスター将軍の最後の抵抗〃を腕にレーザーで焼きつけてるのよ」

わたしは受話器をビッシュにわたした。

「あした電話するってヴァイオラにいっといて」法服のファスナーを上げる。「それから、バグダッドに電話して、電話の不通がいつまでつづくかたしかめてちょうだい」法廷に向かって歩きながら、「それと、また汎用コールの電話があったら、出る前に長距離じゃないことを確認してね」

ビッシュはバグダッドに電話をつなぐことができなかった。わたしにとってはいい前兆。姑のほうからも連絡はない。母のほうは午後になってまた電話してきて、ロボトミーは合法なのかいと質問した。

翌日にも電話があった。わたしは個人主権の講義の最中で、自由な社会において市民はいくらでもバカな真似《まね》をする生得的な権利を有することを説明していた。学生たちは信じようとしなかった。

「お母さんだと思います」ビッシュが電話をさしだしながら耳もとでささやいた。「あいかわらず汎用コールですね。でも、市内通話ですよ。チェックしました」

「もしもし、母さん」とわたしはいった。

「ぜんぶ手配したわ」と母はいった。「マグレガーズでパーディタと昼食。場所は十二丁目とラリマーの角」

「講義中なのよ」

「ええ。すぐ切るわ。ただ、もう心配ないって伝えておきたかっただけ。なにもかもちゃんと手を打っておいたから」

その言葉の響きが気に入らなかった。「なにをしたの？」

「パーディタをあたしたちとの昼食に招待しただけ。いったでしょ。店はマグレガーズ」

「〝あたしたち〟ってだれよ、母さん」

「家族だけだよ」と母は無邪気にいった。「おまえとヴァイオラ」

ふむ、すくなくともデプログラマーを手配したわけではなさそうだ。とりあえずいまのところは。

「いったいどういう魂胆なの、母さん」

「パーディタにもおなじことをいわれたよ。孫娘を昼食に誘っちゃいけないのかい、まったく。十二時半に来ておくれ」

「ビッシュとわたしは三時に裁判日程の打ちあわせがあるんだけど」

「あら、それまでには終わりますよ。それと、ビッシュも連れてきてちょうだい。男性の意見も参考にしたいからね」

母は電話を切った。

「昼食につきあってもらうことになったわ、ビッシュ」とわたし。「悪いけど」

「なんです？　昼食の席でなにがあるんです？」

「謎」

マグレガーズまでの道すがら、ビッシュがサイクリストに関する調査結果を報告してくれた。「カルトじゃありませんね。宗教的な背景はまったくありません。どうやら〈解放〉前の女性グループから発展した組織のようです」メモに目をやり、「ただし、妊娠中絶合法化運動、ウィスコンシン大学、ニューヨーク近代美術館ともつながりがあります」

「はあ？」

「彼らはグループ・リーダーたちを〝導師《ドーセント》〟と呼んでるんです（docentは、大学の講師、または美術館などで見学ツアーの鑑賞指導を担当するガイドを指す）。サイクリストの主張は、〈解放〉前のラディカル・フェミニズムと八〇年代の環境原始主義のミックスのようですね。彼らは花食主義者《フローラタリアン》で、靴をはきません」

「それにシャントもつけない、と」マグレガーズの正面で、わたしたちは車を降りた。

「マインドコントロールに対する有罪判決は？」と、期待をこめてたずねてみた。

「いいえ。個々のメンバーに対する訴訟はかなりの数にのぼりますが、すべてサイクリスト側が勝ってます」

「個人主権の前提にもとづいて」

「ええ。それに、家族が脱洗脳《デプログラム》を試みたメンバーによる刑事訴訟が一件。デプログラマーは二十年の刑、家族は十二年の刑を宣告されています」

「母にその話をするのを忘れないで」といって、わたしはマグレガーズのドアをあけた。

マグレガーズは、朝顔の蔓《つる》が案内デスクのまわりやテーブルのあいだの菜園に這《は》わせてあるタイプのレストランだった。

「パーディタの提案なの」ビッシュとわたしを先導し、玉葱《たまねぎ》の前を通って、予約してあるテーブルへと歩きながら、母が説明した。「サイクリストにはフローラタリアンが多いっていうもんだから」

「もう来てるの？」と、胡瓜《きゅうり》の苗《なえ》の温床をよけて歩きながらたずねる。

「まだ」母は薔薇《ばら》の木の向こうを指さして、「あたしたちのテーブルはあそこ」

籐《とう》製のテーブルは、桑《くわ》の木の下にしつらえてあった。その向こう側、ベニバナインゲンを這わせたトレリスの横に腰を下ろしてメニューを開いているのは、ヴァイオラとトウィッジだった。

「なにしてるの、トウィッジ？」とわたし。「どうして学校に行ってないの？」

「行ってるもん」とトウィッジは液晶パッドを持ち上げて、「きょうはリモート授業」

「この子にも議論に加わる権利があると思って」とヴァイオラがいった。「けっきょく、トウィッジももうすぐシャントをつける年齢になるわけだから」

「友だちのケンジーはつけないんだって、パーディタといっしょ」とトウィッジがいった。

「その時が来たら、ケンジーだってまちがいなく気が変わりますよ」と母がいった。「パーディタもね。ビッシュ、あなたはヴァイオラのとなりにすわったらどうかしら」

ビッシュは従順にトレリスのわきをすりぬけ、テーブルのいちばん奥の籐椅子《とういす》に腰を下ろした。トウィッジが身を乗りだし、ヴァイオラの向こうのビッシュにメニューをわたした。

「このレストランって最高なの。靴はかなくてもいいし」トウィッジはそういって、はだしの足を上げてみせ、「待ってるあいだにおなかがすいたら、そのへんのをつまめばいいんだよ」

トウィッジは椅子の中で体をひねり、サヤインゲンをふたつちぎりとって、ひとつをビッシュにわたし、もう片方にかじりついた。

「賭けてもいいけど、ケンジーは気が変わったりしないよ。シャントは歯列矯正器より痛いっていってたもん」

「シャントはぜんぜん痛くなんかないのよ。つけてないときとおんなじ」ヴァイオラはそういいながら、ほらね、わが妹の行動の結果がこれよ、という視線をこちらに投げた。

「トレイシー、おまえはヴァイオラの向かいにすわりなさい」と母がいった。「パーディタが来たら、おまえのとなりにすわらせるから」

「もし来たらね」とヴァイオラ。

「あの子には一時といってあるの」母はテーブルの手前側の椅子に腰を下ろした。「パーディタがあらわれる前に、あたしたちだけで戦略を練る時間が必要だと思って。キャロル・チェンとも話したんだけど——」

「その人の娘さんが、去年もうちょっとでサイクリストにはいるところだったの」わたしはビッシュとヴァイオラに説明した。

「キャロル・チェンの話では、ちょうどこんなふうに家族会議をもって、みんなで娘に話して聞かせたら、けっきょくその子は、サイクリストになんかならないと決断したそうだよ」母はテーブルを見まわした。「だから、あたしたちもパーディタに対しておんなじことができるんじゃないかと思ってね。これはあたしの考えだけど、まず最初に、〈解放〉がどんなに重要なことだったかを説明してから、それ以前の暗い抑圧の時代の話をして——」

「わたしの考えは」とヴァイオラが口をはさんだ。「いきなりシャントをはずすんじゃなくて、まず二、三ヵ月アムネロールをやめるところからはじめてみたらどうかと説得すべきだと思う。もしパーディタが来ればだけど。来ないわね、でも」

「どうして？」

「お祖母ちゃんだったら来る？　つまり、これって異端審問みたいなもんでしょ。パーディタがそこにすわって、わたしたち全員が彼女に〝説明〟する。パーディタは頭がいかれてるかもしれないけど、バカじゃないわ」

「異端審問なんかじゃありませんよ」と母がいった。わたしの頭ごしに、入口のほうに気づかわしげな視線を投げる。「パーディタはまちがいなく――」

母は途中で口をつぐんで立ち上がると、やにわにアスパラガスのあいだを抜け、向こうのほうに突進していった。

電飾唇の――あるいは全身タトゥーの――パーディタの姿を半分予期してふりかえったが、桑の葉がじゃましてなにも見えない。枝を押しのけてすきまをつくる。

「パーディタ？」とヴァイオラが身を乗り出した。

わたしは桑の葉むらをすかして向こうをのぞいた。「ああ、そんなまさか」

姑のカレンだった。黒のチャドルに絹のヤムルカ姿。ローブを波打たせ目を光らせながら、カボチャ畑を突っ切ってこちらにやってくる。母はラディッシュの畝《うね》を踏みしだいて小走りにそちらへ向かいつつ、突き刺すような視線をわたしに向けた。

わたしはおなじ視線をヴァイオラに向けて、「カレンお祖母ちゃんよ」と非難がましい口調でいった。「電話はつながらなかったといったくせに」

「つながらなかったわよ」とヴァイオラ。「トウィッジ、ちゃんと背すじをのばして。パッドはテーブルに置きなさい」

薔薇の木のほうから不吉な葉ずれの音が聞こえた。薔薇の葉が恐怖に縮み上がる音。そして、わが姑が登場した。

「カレン！」わたしは喜んでいる声に聞こえるべく努力した。「いったいどうして？　バグダッドだと思ってたのに」

「ヴァイオラの伝言を聞くなり帰国の途についたわ」カレンはテーブルの全員を順番ににらみつけ、「その男はだれ？」とビッシュを指さして詰問する。「ヴァイオラの新しい同棲相手？」

「まさか！」ビッシュが恐怖の表情で叫んだ。

「わたしの調査官です、お義母《かあ》さん」とわたし。「ビッシュ・アダムズ＝ハーディ」

「トウィッジ、学校はどうしたの？」

「行ってるもん。リモート授業中」トウィッジはパッドを持ち上げて、「ほらね？　いまは数学」

「なるほど」義母はじろりとわたしをねめつけ、「曾孫《ひまご》を学校から呼び出し、法曹関係者の助力を仰がなければならないほど深刻な問題だということね。なのにあなたは、わたしに伝えるほど重要なことだとは考えなかったと。もちろん、あなたはいつだってわたしにはなにひとつ教えてくれないけどね、トレイシー」

義母はテーブルのいちばん端の椅子に竜巻のごとく着席し、葉っぱとスイートピーの花を宙に舞い上がらせ、ブロッコリーのテーブル飾りの首を折った。

「きのうになるまで、ヴァイオラの助けを求める悲鳴はわたしの耳に届かなかった。ヴァイオラ、ハシムに伝言を残したりしてはだめよ。彼の英語力は事実上ゼロだから。電話の呼び出し音をハシムにハミングさせて、ようやくおまえの識別コールだとわかったのだけれど、電話回線が不通だったから、ただちに飛行機に飛び乗ってまっすぐ帰ってきました。念のためいいそえれば、交渉の最中にね」

「交渉はどんな調子なの、カレンお祖母ちゃん？」とヴァイオラがたずねた。

「きわめて順調に進んでいた。イスラエルはパレスチナ人にエルサレムの半分を与え、ゴラン高原については両者がタイムシェアリングすることで合意した」義母はまた一瞬だけわたしをにらみ、「彼らはコミュニケーションの重要性をわきまえているから」

それからまたヴァイオラのほうを向いて、

「それでおまえはどうして責められているの、ヴァイオラ？　みんな、おまえの同棲相手のことが気に入らないとか？」

「ぼくはお孫さんの同棲相手じゃありませんって」とビッシュが抗議した。

むかしから不思議でならないが、どういう風の吹きまわしで姑が調停人などという職につくことになったんだろう。セルビア人とカトリック教徒と北朝鮮代表と韓国代表とプロテスタントとクロアチア人が同席する交渉のテーブルで、カレンがいったいどんな役割をはたしていることやら。えこひいきし、結論にとびつき、いちいち話を誤解し、ろくに人の話を聞こうともしない人なのに。にもかかわらずカレンは、南アフリカを説得して中国政府を承認させたし、たぶん今度はパレスチナ人に断食の日《ヨム・キプール》を守らせる。きっと義母はただ全員をおどしつけて服従させるのだろう。あるいは、義母から身を守るために、他のみんなが一致団結しなければならなくなるのかもしれない。

ビッシュはまだ抗議をつづけている。「お孫さんとはきょうが初対面なんですよ。二、三度電話で話をしたことがあるだけで」

「なにかやらかしたのね」カレンがヴァイオラに向かっていった。「どうやらみんな、おまえを血祭りにあげたがっているようだから」

「わたしじゃないわ」とヴァイオラ。「パーディタよ。あの子、サイクリストにはいったの」

「サイクリスト？　パーディタが自転車クラブにはいるのを認めたくないという、ただそれだけの話のために、わたしはパレスチナ西岸交渉を放り出してきたわけ？　イラク大統領にどう説明すればいいのかしら。彼女がわかってくれるとは思えない。わたしだってわからないもの。まったく、自転車クラブとは！」

「サイクリストは自転車に乗るわけじゃないんですよ」と母がいった。

「サイクリストは生理になるのよ」とトウィッジがいった。

すくなくとも一分間、死んだような沈黙がつづいた。わたしは頭の中で、とうとう現実にこの日がやってきたんだと考えていた。親族会議の席上で、姑とわたしがおなじ側に立って議論する……。

「この大騒動の原因は、パーディタがシャントを除去することなんだね」カレンがようやくいった。「あの子はもう成人している。しかも、個人主権が適用されるケースだということは明白。そんなことぐらいわかっているはずよ、トレイシー。あなたは裁判官なんだから」

……そんな夢みたいなことがあるわけないとわきまえているべきだった。

「あの子が時計の針を二十年も逆転させて〈解放〉前にもどすのを認めるとおっしゃるんですか」と母がいった。

「そんなに深刻な話だとは思えません」とカレン。「中東にも反シャント・グループはたくさんある。でも、それをまじめに受けとっている人間なんてひとりもいない。イラク人だってそう——いまだにベールをつけているというのに」

「パーディタは真剣に受けとってるんです」

義母は黒の袖をひと振りしてそれを却下した。

「トレンドでしょ。ただのファッション。マイクロスカートのようなものね。でなければ、あの気色悪い電飾眉みたいなもの。しばらくのあいだ、そういう愚かなファッションにうつつをぬかす女がたまにいるけれど、女性全体がパンツをはくのをやめたり、また帽子をかぶりはじめたりするわけじゃない」

「でもパーディタは……」とヴァイオラ。

「パーディタが生理になりたいっていうんなら、好きにさせなさい。女性はシャントなしで何千年も完璧にうまくやってきたんだから」

母がテーブルにこぶしをたたきつけた。「妾《めかけ》やコレラやコルセットとだって、女性はずっと完璧にうまくやってきましたよ」と、一語一語をこぶしで強調しながらいう。「でも、そんなものを自分から進んで受け入れる理由なんかないし、なにがあろうとあたしはパーディタの思いどおりにさせるつもりは――」

「パーディタといえば、かわいそうなあの子はどうしてるの？」とカレン。

「もうすぐ来ます」と母がいった。「昼食に呼んであるんですよ、みんなであの子と話し合おうと思って」

「はっ！」とカレン。「つまり、みんなであの子をおどしつけて考えを変えさせようってこと。まあ、すくなくともわたしは、それに協力するつもりはないけれどね。わたしは、かわいそうなあの子の意見に、興味をもって虚心坦懐に耳を傾けるつもり。敬意をもってね。それがキーワード。あなたたちはみんな忘れてしまってるようだけど。敬意と礼儀ですよ」

花をあしらったスモックをまとい、左腕に赤いスカーフを巻いたはだしの若い女が、ピンク色のフォルダーの束を持ってテーブルにやってきた。

「そろそろいい時間」カレンはそういうと、女からフォルダーをひとつひったくった。

「ここのサービスは最低ね。わたしは十分も前からここにすわってるのに」乱暴にフォルダーを開くと、「どうせスコッチは置いてないんでしょうね」

「わたくしはエヴァンジェリン。パーディタの導師です」若い女はフォルダーをカレンからとりかえすと、「パーディタはみなさんと昼食をごいっしょできませんが、わたくしが代理で出席して、みなさんにサイクリストの考えかたを説明するようにと頼まれたんです」

女はわたしのとなりの籐椅子に腰かけた。

「サイクリストは自由に一身を捧げています。人工性からの自由、体をコントロールする薬物やホルモンからの自由、それらをわれわれに強制する家父長制からの自由。すでにごぞんじでしょうが、われわれはシャントをつけていません」

エヴァンジェリンは腕に巻いた赤いスカーフを指さして、

「そのかわり、われわれは自由と女性性のあかしとして腕にこれをつけます。きょうこれをつけているのは、わたくしの豊饒《ほうじょう》の時が来ていることを示すためです」

「それならあたしたちだってつけてましたよ」と母がいった。「ただし、あたしたちのころは、スカートの下につけたもんだけど」

わたしは笑った。

導師はこちらをきっとにらみつけ、

「女性の肉体に対する男性の支配は、いわゆる〈解放〉のはるか以前からはじまっていました。政府による中絶規制と胎児の権利の主張、科学的な排卵の抑制……。そしてついにアムネロールが開発され、それが生殖サイクルを抹殺してしまったのです。これらはすべて、周到に計画された、家父長制による女性の肉体の乗っ取りであり、さらには女性のアイデンティティの剝奪《はくだつ》なのです」

「なんてユニークな見かた！」とカレンが感動の声をあげた。

たしかにそうだ。じっさいには、アムネロールは月経を除去するために発明されたわけでもなんでもない。悪性の腫瘍《しゅよう》を縮小するために開発された薬で、子宮内壁を吸収する特質は偶然発見されただけだった。

「つまり、男が女にシャントを強制したといいたいのかい？」と母がいった。「あたしたちは、シャントをＦＤＡ（食品医薬品局）に承認させるために、無数の敵と戦ってきたんだよ！」

そのとおり。代理母も反堕胎主義も胎児の権利問題も実現できなかった女たちの団結を、月経から自由になれるという展望が実現した。女たちは大会を組織し、嘆願運動に励み、上院議員を送り出し、修正条項を通過させ、教会から破門され、刑務所にはいった。そしてそのすべてが〈解放〉の名のもとにおこなわれた。

「男たちは反対したのよ」と母が顔を紅潮させていった。「それに宗教右翼もナプキン・メーカーもカトリック教会も――」

「いずれ女の司祭を認めなきゃならなくなるのがわかってたから」とヴァイオラ。

「そしてそのとおりになった」とわたし。

「〈解放〉はあなたたちを自由にしたわけではありません」と導師が声高にいった。「生命の自然のリズム、女性性の源泉そのものから切り離しただけなのです」

導師は身を乗りだして、テーブルの下に生えていた雛菊《ひなぎく》を摘《つ》みとった。

「われわれサイクリストは、月経のはじまりと肉体の恵みをことほぎます」といって雛菊をかざし、「われわれのいう〝開花の時〟を迎えたサイクリストは、花と詩と歌とで祝われることになります。そしてわれわれは手に手をとって輪をつくり、月経についてそれぞれがいちばん気に入っていることを語るのです」

「むくみとか」とわたし。

「月に三日、電気毛布かぶって寝てることとか」と母。

「わたしは、情緒不安定がいちばんだと思うわ」とヴァイオラ。「トウィッジを産むためにアムネロールをやめてたあいだじゅう、頭の上から宇宙ステーションが落ちてきそうな気がしてしょうがなかったもの」

ヴァイオラがしゃべっているあいだに、オーヴァーオールに麦わら帽子をかぶった中年女性がやってきて、母の椅子の横に立つと、

「それに気分の振幅がすごくて。すごく元気いっぱいだったと思ったら、つぎの瞬間にはリジー・ボーデンみたいな気分になってるの」

「リジー・ボーデンってだあれ？」とトウィッジ。

「自分の両親を殺したひと」とビッシュ。「斧《おの》でね」

カレンと導師は、ふたりをきっとにらみつけた。「数学の勉強をしてるんじゃなかったの、トウィッジ」とカレンが叱《しか》りつける。

「前から思ってたんだけど、リジー・ボーデンってPMSだったんじゃないかしら」とヴァイオラ。「そのせいで――」

「いいえ」と母がいった。「あれは、タンポンやイブプロフェンがなかった時代の悲劇。明らかに正当な理由のある殺人事件だった」

「こういう軽口をたたきあってなにかの役に立つとはとても思えないけれど」カレンが全員の顔を睥睨《へいげい》しながらいった。

「あなたはこのテーブル担当のウェイトレスさん？」と、わたしは早口で麦わら帽子の中年女性にたずねた。

「はい」といって、女性はオーヴァーオールのポケットから携帯端末をとりだした。

「ワインはある？」とわたし。

「はい、ございます。蒲公英《たんぽぽ》、黄花九輪桜《きばなくりんざくら》、桜草」

「ぜんぶお願い」とわたし。

「それぞれひと瓶ずつですか？」

「とりあえずね。樽で出してるんならべつだけど」

「本日のスペシャル・メニューは西瓜《すいか》のサラダとカリフラワーのグラタン《シュフルール・グラティネ》です」といいながら、ウェイトレスが全員に笑顔を向けた。カレンと導師は笑みを返さなかった。「カリフラワーは、前の畑からそれぞれお摘みください。フローラタリアン・スペシャルは、百《ゆ》合《り》の蕾《つぼみ》の金盞花《きんせんか》バター炒《いた》めです」

全員が注文を済ませるまで、しばし休戦になった。

「わたしはスイートピーを」と導師はいった。「それに薔薇水をグラスで」

ビッシュがヴァイオラのほうに身を乗り出し、「さっきはごめん。お祖母さんに同棲相手かと訊かれたとき、ぞっとしたような口調で否定しちゃって」

「いいのよ」とヴァイオラ。「カレンお祖母ちゃんはときどき、ほんとにこわいから」

「ただ、きみのことが嫌いだとは思ってほしくないんだ。そうじゃないよ。つまり、きみのことは好きだ」

「大豆バーガーないの？」とトウィッジがいった。

ウェイトレスがいなくなると、導師は携えてきたピンク色のフォルダーを全員にまわしはじめた。

「これに目を通していただければ、サイクリストの現在の考え方がご理解いただけるはずです」といってわたしに一部さしだし、「それに、月経周期に関する実用的な情報も」導師はトウィッジにも一部わたした。

「中学校のころにもらった小冊子とそっくりだね」と母が自分の分を見ながらいった。

「〝スペシャル・ギフト〟っていう名前で、髪にピンクのリボンをつけた女の子がにこにこしながらテニスをしてる写真とかがいっぱい載ってた。真っ赤なウソ」

そのとおりだ。中学生時分、授業中に映画で見せられた卵管の絵とそっくりおなじイラストまで載っている。この絵を見るたび、エイリアンの幼体を思い出してしまう。

「げげげ」トウィッジがいった。「気色わるーい」

「数学をやってなさい」とカレンがいった。

ビッシュがぞっとした顔で、「女性はほんとにみんなこういうことに耐えてたんですか？」

ワインが来た。わたしは大ぶりのグラスに全員の分を注いだ。導師は拒絶の表情で唇をぎゅっと結び、首を振った。

「サイクリストは家父長制が女性を従順で扱いやすい存在にするべく強制していた人工的な刺激物やホルモン剤はいっさい使用しません」

「生理ってどのくらいつづくの？」とトウィッジがたずねた。

「ずっと」と母。

「四日から六日」と導師がいった。「みんなそのパンフレットに書いてあるわ」

「ううん、そうじゃなくて、一生つづくのかどうかってこと」

「女性は平均して十二歳で月経がはじまり、五十五歳で閉経します」

「わたしの初潮は十一歳のときでした」ウェイトレスがわたしの前にブーケを置きながら口をはさんだ。「学校にいるあいだにはじまっちゃって」

「あたしの最後の生理は、FDAがアムネロールを承認したその日だったわ」と母。

「三百六十五割る二十八」とトウィッジが液晶パッドに書きながらいう。「かける四十三年」顔を上げて、「生理は五百五十九回ね」

「そんなわけないでしょ」母がパッドをトウィッジの手からひったくった。「すくなくとも五千回になるはずですよ」

「しかも、旅行に出かけた日にかぎってはじまるのよね」とヴァイオラ。

「新婚初夜とか」とウェイトレス。

母はパッドになにか書きはじめた。

わたしはこの停戦期間を利用して、全員のグラスに蒲公英のお酒を注ぎたした。

母がパッドから顔を上げて、「知ってたかい、一回の生理が五日つづくとすると、一生のあいだに合計で三千日近くのあいだ生理になってるんだよ。まるまる八年」

「しかも、生理と生理のあいだにはＰＭＳ」とウェイトレスが花を配りながらいう。

「ＰＭＳってなあに？」とトウィッジ。

「月経前症候群《プレメンストラル・シンドローム》は、男性支配の医学的権威が、月経開始の合図となるホルモン・レベルの自然変動に対して押しつけたでっちあげの名称にすぎません」と導師がいった。「おだやかで完璧にノーマルなこの変化は、男によって誇張され、一種の衰弱であると考えられるようになったのです」

「わたしはよく髪を切ったわ」とカレン。

導師はおちつかない表情になった。

「一度、髪のこっち側をばっさりぜんぶ切ってしまってからは」とカレンがつづけた。

「ボブが毎月はさみを隠すようになって。車のキーも隠されたわね。赤信号にひっかかるたびにわたしが大声でわめくものだから」

「体がむくんだり？」と母がカレンのグラスに蒲公英のお酒を注ぎたしながらたずねた。

「オーソン・ウェルズそっくりになったものよ」と姑。

「オーソン・ウェルズってだあれ？」トウィッジがたずねた。

「あなたがたの見解は、男性社会から押しつけられた自己嫌悪の反映ですね」と導師がいった。「男が女を洗脳して、月経が邪悪で不潔なものであると思いこませたのです。女性は、男性の判断を受け入れて、メンスを〝呪《のろ》い〟と呼んだことさえありました」

「わたしが生理を呪いと呼んだのは、魔女に呪いをかけられたんだと思ったからよ」ヴァイオラがいった。『『眠れる森の美女』みたいに」

全員がヴァイオラの顔を見た。

「ええ、そう信じてた」とヴァイオラ。「こんなおそろしいことが自分の身にふりかかる理由なんてほかに考えつかなかったから」ヴァイオラはフォルダーを導師に返した。「いまもおんなじ気持ち」

「ほんとに勇気があったんだね」ビッシュがヴァイオラにいった。「トウィッジを産むためにアムネロールをやめるなんて」

「ほんとにひどかった」とヴァイオラ。「とても信じられないくらい」

母がためいきをついた。「あたしが生理になったときは、アネットもなるのって母さんにたずねたものよ」

「アネットってだあれ?」とトウィッジがいった。

「マウスケティアのメンバーよ」と答えてから、母はトウィッジのぽかんとした顔を見て、

「テレビの」とつけくわえた。

「むかしのHDV」とヴァイオラが説明する。

「『ミッキーマウスクラブ』（一九五五～五九年に米ABCで放送されたディズニーの子供番組。出演する子供たちは、Mouseketeer（ネズミ銃士）と呼ばれた。アネット・フニチェロは、番組開始当初からの中心メンバーだった）」と母。

「『ミッキーマウスクラブ』っていうHDV番組があったの?」トウィッジが疑り深げにたずねた。

「いろんな意味で、暗い抑圧の時代だったのよ」とわたし。

母がわたしをひとにらみしてから、トウィッジに向かって、

「アネットは女の子みんなの憧《あこが》れだったの。髪の毛はカールしてて、ちゃんと胸があって、プリーツスカートはいつもしわひとつなくってね。そのアネットの身に、こんなに悲惨で不名誉なことが起きるなんて、とても想像できなかった。ミスター・ディズニーはきっと許さないはず。もしアネットが生理にならないのなら、あたしだって生理になんかなりたくない。だからお祖母ちゃんは、アネットも生理になるのかって、お祖母ちゃんのお母さんに――」

「なんて答えだったの?」とトウィッジが口をはさむ。

「女ならだれにだって生理があると、お母さんは答えた」と母。「そこでお祖母ちゃんは、『イギリスの女王様でも?』ときいてみた。そしたらお母さんはいった。『女王様でも』って」

「ほんとに?」とトウィッジ。「でもすっごく年寄りなのに!」

「いま生理があるわけじゃないのよ」と導師がいらだたしげにいった。「さっき説明したでしょう、五十五歳で閉経するの」

「それからホットフラッシュがあって」とカレン。「骨粗鬆症《こつそしょうしょう》にかかり、鼻の下に毛が生えてきて、マーク・トウェインそっくりになる」

「マーク・トウェインって――」とトウィッジ。

「あなたは男性による否定的プロパガンダをくりかえしてるだけです」導師は顔を真っ赤にしてカレンをにらみつけた。

「ひとつ、前から思ってたんですけどね」と、カレンは謀議をこらすように母のほうへ身を寄せて、「マギー・サッチャーの閉経がフォークランド紛争の原因なんじゃないかって」

「マギー・サッチャーってだあれ?」とトウィッジがいった。

いまやスカーフとおなじ真紅に顔を染めた導師は、椅子を蹴って立ち上がった。

「あなたたちにいくら話をしても明らかに無意味ですね。全員、家父長制社会に骨の髄まで洗脳されているから」ひったくるようにしてフォルダーを回収しながら、「みんな目が見えてない、あなたたちみんな！　生物学的アイデンティティを——女であることそのものを剝奪しようとする男性の陰謀の犠牲者であることさえ見えてない。〈解放〉はそもそも解放などではまったくなかった。べつの種類の隷属《れいぞく》にすぎないのよ！」

「たとえそれが真実でも」とわたしはいった。「たとえそれが、わたしたちを男性の支配下に置こうとする陰謀だったとしても、たぶんそれだけの価値はあったわ」

「まったくトレイシーのいうとおりですよ。ね？」とカレンは母に向かっていった。「トレイシーの言葉は百パーセント正しい。そのためにならなにをあきらめてもいいもの、自分の自由さえ投げだしてかまわないものが、この世には存在するの。生理からの解放はまちがいなくそのひとつ」

「あわれな犠牲者たち！」と導師は叫んだ。「女性性を奪われているのに、それを気にもかけていない！」

導師は数個のカボチャとグラジオラスの畝を踏みにじり、足どりも荒く去っていった。

「〈解放〉前で、あたしがいちばんいやだったのは」カレンは蒲公英酒の最後の残りを自分のグラスに注ぎながらいった。「生理帯」

「それと、あのボール紙でできたタンポン用アプリケーター」と母。

「あたし、ぜったいサイクリストにはならない」とトウィッジ。

「よかった」とわたし。

「デザート食べていい?」

わたしはウェイトレスを呼び、トウィッジはすみれの砂糖漬けを注文した。

「どなたかほかにデザートをご注文なさいますか?」とウェイトレス。「それとも、桜草ワインをもう一本お持ちしますか?」

「妹さんを救おうとするきみの姿勢はとってもすばらしいと思うよ」ビッシュがヴァイオラのほうに身を寄せていった。

「それに、あのモデスの広告」と母がいった。「覚えてるでしょ、サテンのイブニングドレスに長い白の手袋をしたグラマーな女たちの写真。で、写真の下には、『モデスに決めたのは……』あたし、てっきりモデスが香水だと思ってた」

カレンはくすくす笑った。「わたしはシャンペンのブランドだと思ってた!」(モデスは生理用ナプキンの商品名。一九四〇年代末から七〇年代にかけて、"Modess...because"のコピーを使った広告キャンペーンで全米に名を知られた)

「これ以上ワインを注文するのはよしたほうがよさそうね」とわたしはいった。

翌朝、執務室に着いたとたん、電話が歌いはじめた。汎用コール。

「カレンはイラクにもどったんじゃなかった?」とわたしはたずねた。

「ええ」とビッシュ。「ヴァイオラの話では、ディズニーランドを西岸地区に置くかどうかで、交渉が暗礁《あんしょう》に乗り上げかけてるとかで」

「ヴァイオラはいつ電話してきたの？」

ビッシュはおどおどした目つきになり、「ええとその、けさ、ヴァイオラのところで朝食を」

「あら」わたしは受話器をとった。「たぶん、母がパーディタ誘拐計画を立案したんだわ。もしもし？」

「エヴァンジェリンです、パーディタの導師の」と電話の声がいった。「たぶん大喜びでしょうね。あなたたちはパーディタをおどしつけて、女を奴隷にする男性社会への服従を受け入れさせたんですから」

「そうなの？」

「明らかにマインドコントロールを使ったようですね。われわれが告訴を計画していることだけは伝えておきますから」

エヴァンジェリンは電話を切った。が、すぐまた電話が鳴った。今度も汎用コール。

「だれも使わないんならサインになんの意味があるのよ」といいながら、わたしは電話をとった。

「おはよ、ママ」とパーディタがいった。「サイクリストの件で気が変わったの、いっといたほうがいいかと思って」

「ほんとに？」歓喜の声に響かないよう努力しながらいった。

「サイクリストって、赤いスカーフみたいなの腕に巻くでしょ。そうすると、シッティング・ブルの馬が隠れちゃうのよね」

「それは問題ね」とわたし。

「ええと、それだけじゃないの。昼食会の話は導師から聞いた。カレンお祖母ちゃん、ほんとにママのいうとおりだっていったの？」

「ええ」

「あちゃあ！　そこだけはウソだと思ったんだけどな。とにかく、導師の話だと、生理がどんなにすばらしいかって話にママたちがぜんぜん耳を貸さなくて、みんな否定的なことばっかりまくしたてたって。むくみとか腹痛とか憂鬱《ゆううつ》とか。で、あたしはきいたわけ、『腹痛って？』って。そしたらさ、『月経による出血はしばしば頭痛や下腹部の不快感をともなうことがあるの』っていうじゃない。で、あたしはいったわけ、『出血!?　なにそれ、聞いてないよ！』って。どうして血が出るって教えてくれなかったの、ママ」

教えましたとも。でも、いまは沈黙を守るほうが賢明な気がした。

「それに、痛いだなんてひとこともいわなかったじゃない。それにホルモンの変動とか！　必要もないのにわざわざそんな目にあいたがるなんて、頭がおかしい人間だけだって！

〈解放〉の前はいったいどうやって耐えてたの？」

「暗い抑圧の時代だったのよ」

「だよね！　ま、とにかく、それであたしはいち抜けて、導師は怒り狂ってる。でも、個人主権の問題だっていってやった。あたしの決断を尊重しなきゃいけないんだって。でも、やっぱりフローラタリアンにはなるつもり。その件に関しては、ぜったい説得されるつもりなんかないからね」

「そんなこと夢にも思ってないわ」

「ねえ、この騒ぎ、もとはといえばみんなママのせいなんだからね！　最初っから、痛いってことさえ教えてくれてたら、こんな騒動にはならなかったのに。ヴァイオラのいうとおりよ。ママはいつだってなんにも話してくれないんだから！」


この二十年のあいだに、おおぜいの人たち（ほとんどは男性）から、『女王様でも』のアイデアはどこから思いついたんですか？」という質問を受けた。たいていの場合は「ええっと、冗談ですよね？」とか、「願望充足ですよ。純粋な願望充足小説」とか答えてきた。しかし、実際はもっと込み入っている。おおもとのアイディアにはいくつかの出どころがある。ひとつ目は、作中にも出てくる「モデスに決めたのは……」の広告。子供のころ、わたしはあの広告が大好きだった。白い長手袋とスキャパレリやイヴ・サン・ローランの豪華なイブニングドレスを着た女性の全ページ写真が載っていたからだ。

わたしはその写真を切り抜いてスクラップブックに整理していた。当時のわたしの目に、それはまるで魅惑の結晶のように見えた。作中の女性たちとおなじく、わたしも〝モデス〟がなんなのかぜんぜん知らなかった。香水のブランド名か、ティファニーみたいな宝石のブランドだろうと思っていた。とうとう真実を知ったときのショックと、裏切られたような気持ちは、いまでもはっきり覚えている（男性諸氏には、ラルフィーがオヴァルティーン提供「アニー」暗号解読リングを手に入れたときのことを思い出してほしい（クリスマス映画の定番、*A Christmas Story* の主人公の小学生、ラルフィーは、麦芽飲料のオヴァルティーンを飲みまくって、同社が提供するラジオドラマ「アニー」の聴取者プレゼント用暗号解読ディスクを手に入れるが、それを使ってついに解読した暗号は、ただの宣伝文句だった））。

「女王様でも」の発想源その二は、祖母から聞かされた言葉だ。ティーンエージャーのころ、わたしは、『赤毛のアン』や『若草物語』や、少女たちがロングスカートにペチコートを着けていた〝古《いにし》えの時代〟が大好きだった。ある日のこと、もし自分がその時代に生きていたらどんなに楽しかったかを熱っぽく語っていると、祖母がそれをさえぎり、こういった。「あなたに思い出してほしい言葉がふたつあるわ。クリネックスとタンポンよ」

その三は、クラリオン・ウェスト（SF作家養成のための本格的なワークショップ）で受講生たちとエレベーターでいっしょになったときの会話。乗っていたのは全員女性で、中のだれかが、生理痛がひどいので、もしイブプロフェンを持ってる人がいたら一錠ちょうだいと頼み、それをきっかけに話がはずんで、もし男にも生理があったら、イブプロフェンの発明者がきっとノーベル賞を受賞しただろうということで全員の意見が一致した。

しかし、このことを小説に書く必要があると本気で思ったきっかけは、とくに名を秘す、あるフェミニスト系のSFコンベンションに出たときのことだ。なんのパネルだったか忘れてしまったが、パネリストのひとりがこういったのを覚えている。いわく、女性が月経を〝呪い〟だと思っているのは、男性支配の父権社会がそう教え込んできたからでしかなく、もし女性だけの社会だったら、女性は生理を歓迎し、喜んで受け入れただろう。

いままで耳にした中でいちばんばかげた主張のひとつだと、わたしは思った（いまもそう思っている）。第一に、わたしが月経を憎むのに、誰にも何もいってもらう必要なんかなかった。第二に、わたしの世代の人間は誰も、月経のことを〝呪い〟だなんて呼んでいなかった。それでも、とうとうその言葉に（たぶん、いつも読んでいた古えの時代／ロングスカート本のどれかで）出くわしたときは、完璧な呼び名だと思ったものだ。

パネルが終わってから調べてみたところ、問題の理論がひとりの変人のたわごとではなく、フェミニスト業界ではかなり一般的な説だということが判明した。そこで、（万一、風潮が変わっていた場合を考えて）まわりの若い女性にかたっぱしからどう思うか訊いてみたが、全員、わたしと同じように激怒するか、茫然とするか、あるいはその両方だった。そして、タンポンが存在しない時代もあったのだという事実を知って、彼女たちはぞっとしていた。

さらにもうひとつ、同業の女性SF作家の数人から、わたしが時間旅行者や古い映画や世界の終わりの話ばかり書いて、〝女性問題〟を扱った小説を書いていないと文句をいわれていたという事情もある。そこで、そういう作品を書いてみることにした。

インサイダー疑惑

Inside Job

1

「アメリカ国民の知性を見くびって破産した人間はいまだかつてひとりもいない」

——H・L・メンケン

「わたしよ、ロブ」受話器をとると、キルディがいった。「今度の土曜日、いっしょに来て。見てもらいたい人がいるの」

ふつう、キルディが電話してくるときは、細かいことをべらべらまくしたてる。「このサイキック美容外科医はどうしても取材しなきゃだめよ」前回はそういって強要した。「専門は脂肪吸引。袖から管が出てるのがはっきり見える。それだけじゃないの。患者の太腿から脂肪を吸引しているという触れ込みなんだけど、吸いとったっていう脂肪は、マクドナルドのバニラシェイクに入ってるドロドロなのよ。バニラのにおいがするんだから！　五歳の子どもでもだませない。だからもちろん、ハリウッドの女性の半数はすっかり真に受けてる。彼のことを記事にしなきゃ、ロブ！」

　いつもはぼくのほうから「キルディ――キルディ――キルディ！」と叫んでなんとか長広舌をさえぎり、問題の人物がどこで実演をおこなうのか教えてもらうことになる。

　しかし今回、キルディは、「セミナーはベヴァリーヒルズ・ヒルトンで午後一時から。駐車場で落ち合いましょう」とだけいって電話を切り、見せたいという相手がペット・チャネラーなのか、それともヴェーダ・パワー・セラピストなのか、セミナー受講料はいくらかかるのか、そんなことをたずねるひまも与えてくれなかった。

　こちらから電話をかけ直した。

「チケット代はわたしが持つから」とキルディはいった。

　キルディのいうとおりにしていたら、チケット代はつねに彼女持ちになる。キルディは懐に余裕があるどころではない。父親はドリームワークスの映画監督で、現在の義母は自分のプロダクションを持ち、実母は二度のオスカー女優。そしてキルディは、自分自身の稼ぎでも大金持ちだった――映画四本に出演しただけで女優のキャリアをあっさり捨てて、インチキ《デバンキング》を暴く商売に転身したが、四本のうちの一本は大方の予想を裏切ってその年ナンバーワンの大ヒットになり、しかも彼女は出演料を歩合で受けとる契約を結んでいた。

　しかし表向き、彼女はうちの社員だ。ぼくが払う給料程度では、彼女がネイルサロンで足の指の爪を磨くにも足りないとしても。せめて実費くらいはこちらで負担したい。ろくに知られていないチャネラーなら、そう法外な料金じゃないだろう。ハリウッド族の現在の一番人気、霊媒チャールズ・フレッドでさえ、降霊会一回につき二百ドルしかとらない。

「チケット代は《ジョーンディスト・アイ（「色眼鏡」「偏見を抱いた目」などの意味）》で持つよ」ときっぱりいった。「いくら？」

「グループ・セミナー参加料はひとり七百五十ドル。一対一のプライベート啓発セッションは一万五千ドル」

「やっぱりきみ持ちで」

「よかった。ソニーのビデオカメラ持ってきて」

「小さいほうじゃなく？」サイキック・イベントのほとんどは録画を認めないが――イヤピースやケーブルを使っているのがあっさりバレてしまうためだ――ハサカのサイズならこっそり持ち込める。

「いいえ。ソニーを持ってきて。じゃあね、ロブ。土曜日に」

「待って。その男がなにをやるのか聞いてないぞ」

「女よ。チャネラー。イシス《アイシス》っていう霊体とチャネリングするの」といってキルディは電話を切った。

驚いた。うちの雑誌では、ふつう、チャネラーで時間を無駄にすることはない。チャネラーはもう流行遅れだ。いま人気を集めているのは、チャールズ・フレッドやヨギ・マガプートラのような霊媒と、各種の（アロマ、ソニック、オーラ）知覚セラピー。

実演に関してもイライラが募る。というのも、ほんとうにだれかとチャネリングしているかどうか、証明しようがないからだ。もっとも、チャネリングの相手がエイブラハム・リンカーンだとか（ランドル・マーズの場合）、ネフェルティティだとか（ハン・ナーの場合）主張するなら話はべつだ。その場合は、彼らの作り話に対して史実をもとに反論できるが——アレクサンダー大王が生まれたのは千年もあとだから、ネフェルティティが彼と情事を楽しめたはずはないとか、ネフェルティティはクレオパトラの従姉妹ではないとか——たいていのチャネラーは、十万歳の賢者だのレムリアの大神官だのとチャネリングするだけで、物理的な顕現はなにひとつない。

ヴィクトリア朝の降霊術者たちの失敗（彼らはインチキの現場をしょっちゅう押さえられた）から学習した結果、現代のチャネラーは、エクトプラズムも不気味な物音も二重露光させた写真乾板も使わない。使うのは、オビ＝ワン・ケノービとバジル・ラスボーンの中間みたいな深くうつろな声色だけ。チャネリングで接触する〝霊体〟は、どうしてみんな英国風のアクセントで、欽定聖書の英語をしゃべるんだろう。

そしてキルディはどうして千五百ドルをどぶに捨ててまで——いや二千二百五十ドルだ、すでに一度、ひとりでセミナーに参加してるんだから——ぼくにアイシスを見せようとするのか？ きっと新しいギミックを使うチャネラーなんだろう。地元のサイキック紙に、〝エンジェル・チャネラー〟を自称する広告を出している人間がふたりいるのは目にしていた。しかし、アイシスは天使の名前じゃない。エジプトのチャネラー？ 女神の導管？

アイシスとチャネラーをネットでクロス検索した。最初は、Googleを使っても、言及は一件も見つからなかった。そこでskeptics.orgをチェックし、最後に、サイキック情報サイトを運営しているマーティ・ランボルトに当たってみた。

「スペルが違うよ、ロブ」とメールに返信があった。「Isus《アイスース》だ」

自分で考えついてもよさそうなものだった。ラザリスやコチースやマーリンとチャネリングしていると称するチャネラーたちは、全員、実在する歴史上の名前の綴りをちょっとだけ変えたものを使っているし（おそらく、霊から名誉毀損訴訟を起こされるのを恐れてのことだろう）、創意あふれるスペリングを採用したがるチャネラーはひとりやふたりではない。ジョイ・ワイルド（Joye Wildde）とか。イマニュエル（Emmanual）とか。

〝アイスース〟をググってみた。彼は――悪いしるしだ。このチャネラーはイシス《アイシス》が女神だということを知らないんだろうか――アリオーラ・ケラーとかいう人物とチャネリングしている〝霊体〟だった。アリオーラはマサチューセッツ州セーラム（サイキックのメッカ）でチャネラーとしてのキャリアをスタートさせ、セドナ（第二のメッカ）に引っ越し、それから西に向かい、シアトル、もうひとつのセーラム（オレゴン州セーラム）、ユージーン、バークレーと海岸線に沿って南下して、いまはベヴァリーヒルズにいる。LAでは、午後のセミナーが六回と、二週間におよぶ〝スピリチュアル浸礼〟、それにアイスースと一対一の、〝おひとりで予約できるプライベート啓発セッション〟を予定している。著書は二冊。『アイスースの声』と、『受け容れるということ』（ともにamazon.comへのリンクつき）。自筆の略歴（「子どものころから、わたしは〈真実〉とチャネリングする運命にあると知っていました」などなど）や、講演の抜粋（「地球は、否応なく変革を起こさせるスピリチュアルな出来事を目撃する運命なのです」）もオンラインで読める。アリオーラの口調は、これまでに話を聞いたことがある他のチャネラーとそっくりだった。

そういうチャネラーの相当数と、じっくりつきあったことがある。チャネラー人気が絶頂だったころ（それに、ぼくに分別がつく前）、《ジョーンディスト・アイ》で、チャネラーに関する全六回の記事を連載した。M・Z・ロードにはじまり、ジョイ・ワイルド、トッド・フェニックス、タリン・クライム（その〝霊〟は、くすくす笑うアトランティスの四歳児だった）。ぼくの人生でもっと長い六カ月だった。しかしこの連載は、チャネリング商売に微塵も影響しなかった。流行に幕を引いたのは、うちの雑誌の痛烈な暴露ではなく、脱税と郵便詐欺の罪状による告発だった。

アリオーラ・ケラーに（少なくともこの名前では）前科はなく、彼女に関する記事もそう多くは見つからなかった。ギミック使用に関する言及はゼロ。「刺激的な、驚くべきアイスースは、霊の叡智《えいち》を人間に分け与え、あなた自身の内なる中心性と魂のいましめをほどくことに対する気づきを手助けします」新味はどこにもない。

　まあとにかく、彼女のなにがキルディの興味を引いたにしろ、土曜になればわかることだ。それまでのあいだ、十二月号用に、チャールズ・フレッドに関する記事と、人類や宇宙は知性ある設計者によって生み出されたのだという知的設計論《インテリジェント・デザイン》（学校で進化論のかわりに創造説を教えるようにさせるための最新の戦略）に基づく新刊の書評を書かなければならない。それに、前世カイロプラクティック療法師の取材が一件。彼は、患者の腰痛の原因が、ストーンヘンジまたはピラミッドもしくはその両方に石材を引きずっていったことにあると主張している（ピラミッドはたしかに大事業だが、彼はこの商売をはじめてから三年間で、二千人以上の患者に対し、あなたが椎間板ヘルニアになったのはストーンヘンジのせいですと説明してきた。しかも全員、祭壇の石を積んでいるときの出来事だという）。

　しかしこの人物でさえ、チャールズ・フレッドにくらべればまだ信用できる。フレッドは、嘆き悲しむ親族に対して、故人からのきわめて具体的なメッセージを伝えることで驚くべき成功をおさめている。おきまりのコールド・リーディング（会話や観察を通じて相手の情報を読み取り、それを言い当てることで特殊な能力の持ち主だと錯覚させるような話術）やサクラに加えて、なにか独自の手を使って数百万ドルを稼いでいるのだが、いまのところ、それがなんなのかつきとめられず、思いついた手がかりはすべて行きどまりだった。

〝刺激的な、驚くべきアイスース〟のことを次に考えたのは、土曜日、ヒルトンに向かって車を走らせているときだった。そのときになってようやく、あの電話以来、キルディから連絡がないことに思い当たった。ふつうは毎日オフィスに顔を出すし、いっしょに取材に行くときは、三回か四回電話してきて、いつどこで落ち合うかを確認するのに。セミナー参加の予定はまだ生きているんだろうか。もしやキルディはきれいさっぱり忘れてしまっているのでは。それとも暴露稼業《デバンカー》にとつぜん飽きて、映画スターの仕事に復帰したとか。いつそうなってもおかしくないとは思っている。八カ月ちょっと前、彼女がボギー映画に出てくるゴージャスなレディさながらオフィスに入ってきて、ここで働かせてもらえないかとたずねたその日以来ずっと。

懐疑主義《スケプティック》業界には三つの基本法則がある。第一の法則は、「とてつもない主張にはとてつもない証拠が必要」。第二の法則は、「現実とは思えないほどすばらしいことは、たぶん現実ではない」。現実とは思えないほどすばらしいといえば、それはキルディだ。金持ちで、映画スター級の美女というだけでない。知的で、(初日に本人が語ったところでは)赤ん坊のころシャーリー・マクレーンのひざに抱かれてあやされた経験があるうえに、実の母親はどんなばかばかしいことでもあっさり信じ込むタイプ(キルディいわく、「父との結婚生活が六年近くつづいたのはたぶんそのおかげ」)だったにもかかわらず、キルディ自身は、他のすべてのハリウッド人種と違って、百パーセントの懐疑論者だった。

ちなみに現在の母親は義母四号だそうで、そのコネで出演した映画が例の思いがけない大ヒットとなり、『ロード・オブ・ザ・リング』に迫るくらいの興収をあげたおかげで、わたしは早めに引退できることになったわけ」とキルディはいった。

「引退？」と、そのときぼくはたずねた。「どうして引退なんか考える？　きみだったら――」

「『ハルクⅣ』の主演女優になれる。それに、ベン・アフレックと並んでグローブ誌の表紙を飾れる。それとも、弁護士と並んで薬物中毒更生施設の前に立つ写真か。ええ、わかってる、それだけのことをぜんぶあきらめるのはつらかったわ」

なるほどもっともな話だが、《ジョーンディスト・アイ》のようなカツカツでやっているマイナー雑誌でなぜ働きたいのかという説明にはならない。

本人にそういってみた。

「〝マッサージ、アルダーニのランチ、トレーナーとのセックスで過ごす一日〟のシーンはもうぜんぶ消化したのよ。『ハルク』よりひどかった。プラス、照明とメイクでお肌がくすむし」

そういわれても、信じるのはむずかしい。彼女の肌は蜂蜜のようだった。

「そんなとき母親に連れていかれたのが問題のルミネッセンス・リーディング。うちの母は、サイキック、前世退行、直観ヒーリングとなんにでも首を突っ込んでいて、今度の男は――」

「ルーシャス・ウィンドファイア。うちではこの二カ月、彼の正体を暴く調査をしてる」

「そう、ルーシャス・ウィンドファイア。ヴェーダ断層線を決定することで相手の心が読めると主張してる。つまり、相手のまわりにろうそくを山ほど立てて、炎の揺らぎを〝読む〟のよ。インチキなのは一目瞭然なのに――外部から情報を耳打ちしてもらっているイヤピースが見えた――その場にいた人間はみんな、彼の話を鵜呑《うの》みにしていた。とくに、うちの母親がね。母はまんまといいくるめられて、料金一万ドルのプライベート・セッションを受けることになっていた。そのとき思ったのよ、だれかがこの男に引導を渡さなきゃだめだって。そしてそのとき、わたしがやりたい仕事はこれだと気がついて、ネットで〝デバンカー〟を調べて、あなたの雑誌を見つけ、ここにやってきたというわけ」

「うちではとてもじゃないけどきみが稼いでいたような金額は――」

「規定の原稿料を払っていただければ、それでけっこうです」といって、キルディはジュリア・ロバーツ越えの笑みを閃かせた。「わたしはただ、自分の人生を使って、なにか有意義で分別のあることがしたいだけなの」

こうして過去八カ月、キルディはうちの雑誌の仕事をしてきた。彼女は最高の人材だった――ハリウッドのあらゆる人間と知り合いだったから、招待者オンリーの催しにも顔パスで入れたし、スピリチュアル系の新しい流行にはぼく以上に早耳だった。しかも、催眠術の被験者となってサイキック外科医から鶏の内臓を盗むことから校正刷りのチェックにいたるまで、どんなことでも自分から進んでやった。話はおもしろいし、ゴージャスだし、とにかくすばらしすぎて、ぼくみたいな無名の懐疑論者《スケプティック》にはとても釣り合わない同僚だ。だから、遅かれ早かれデバンキング業に飽きて、プレミア試写会とジャグァーのドライブにもどることになるのはわかっていた。ところが、彼女はもどらなかった。「ベン・アフレックと仕事したことある?」あるとき、きみみたいな美女が映画界から引退するのはまちがっているといったら、彼女はそう答えた。「いくらお金をもらっても、あの生活にはもどらないわ」

駐車場にはキルディの姿も、愛車のジャグァーもなかった。毎日思うことながら、キルディはとうとう今日、この仕事をやめることにしたのかと考える。いや、キルディはいた。いまタクシーから降りてくるところ。髪とおなじ色合いの蜂蜜色のパンツスーツをまとい、デザイナー・サングラスをかけ、いつものように、現実とは思えないほど美しい。ぼくに気づいて手を振ったあと、タクシーの後部座席から大きなクッションを二個ひっぱりだした。

くそ。ということは、また床にすわらされるわけか。こういう連中は、裕福な客の不労所得をかすめとってひと財産を築いている。椅子を買う金ぐらいありそうなものなのに。

キルディのそばに歩み寄った。「つまり、ふたりいっしょに入場するのかい？」クッションは、四隅に房飾りがついた紫の錦織りの二個セットだった。

「ええ。ソニーは持ってきてくれた？」

「ああ。ハサカのほうがよかったと思うけど」

キルディは首を振った。「ボディチェックがあるの。追い出す口実を向こうに与えたくないから。受付で名札をもらうときは、本名をいって」

「身許を明かすのかい？」聴衆の中にスケプティックがいると、サイキックはそれを失敗の口実にすることが多い。ネガティヴな波動のせいで霊体とのコンタクトが不可能になったうんぬんかんぬん。信じることを拒む者の存在が調和《コスモス》を乱すと主張して、ぼくを出入り禁止にしたサイキックもふたりいた。

「ほんとにいいのか？」

「ほかに選択の余地がないのよ。先週来たときはマネージャーといっしょだったから、自分の名前を使うしかなくて。どっちみち、それは問題にならないでしょ――うちの雑誌はチャネラーを扱わないから。それにもう、受付でわたしの顔に気づかれてる。だから今回は、前のセミナーでアリオーラに感心したわたしが無理やりあなたをひっぱってきたという設定」

「設定どころか、ほとんどそのままじゃないか。具体的にどういうものなんだい、ぼくに見せたいっていう、彼女のギミックは？」

「先入観を与えたくないの」キルディはヴェラ・ウォンの腕時計に目をやり、クッションの片方をこちらにさしだした。「行きましょう」

ロビーに入ると、受付のテーブルに向かった。頭上には、薄紫《ライラック》と銀《シルバー》の縁どりをした横断幕。『アリオーラとアイスースの叡智――信じれば、現実になる』と書いてある。

「まあ。あの映画のあなた、とっても素敵でしたよ、ミス・ロス」といいながら、受付の女性がライラックとシルバーの名札をこちらにさしだし、ホール入口のすぐ横にあるべつのテーブルを指さした。ライラックのポロシャツを着たラッセル・クロウ風の男がセキュリティ・チェックを実施している。

「カメラ、録音機、ビデオカメラはお持ちじゃないですか」と男がたずねた。

キルディがハンドバッグを開けてオリンパスをとりだし、「写真を一枚撮っちゃだめ？」と懇願した。「フラッシュとか使いませんから。アリオーラの写真が、記念に一枚ほしいだけなの」

男はキルディの指からオリンパスを鮮やかに引き抜いた。「サイン入りの大判ポートレートを待合エリアで販売しておりますので」

「あら。よかった」とキルディはにっこりした。彼女が女優をやめたのは映画界にとっても大きな損失だとつくづく思う。

ぼくはいさぎよくビデオカメラを引き渡した。「きょうのパフォーマンスのビデオは？」と、身体検査のあとでたずねてみた。

男はかたい口調で、「アリオーラとアイスースのコミュニケーションはパフォーマンスではありません。高次元の世界を垣間《かいま》見《み》ることのできる貴重な機会です。きょうの模様を収録したビデオは、待合エリアでご予約いただけます」といって、両開きの扉を指さした。

〝待合エリア〟は、両側にテーブルが並ぶ長い廊下だった。テーブルには、書籍、ビデオ、カセットテープ、チャクラ図、水晶球、アロマオイル、アミュレット、ズニ族の工芸品《ズーニー・フェティッシュ》、叡智のモビール、ヒーリング・ストーン、クリスタルのシンギング・ボウル、アマリリスの球根、オーラ浄化剤、ピラミッド、その他ニューエイジ系のがらくた各種（すべて、ライラックとシルバーのアイスースのロゴつき）が陳列されている。

デバンキング第三の法則は、「自問せよ、向こうはこれでどんな利益を得るか？」もしくは、聖書（多くのインチキの源）の言葉を借りれば、「あなたがたはその実で彼らを見分ける」（マタイによる福音書7：16）。

そして、値札から判断するかぎり、アリオーラはここから大量の果実を収穫している。大判のポートレートは二十八ドル九十九セント。アリオーラのサイン入りだと三十五ドル。

「アイスースのサインをご希望の場合は」と、テーブルの向こうのブロンド男がいった。

「百ドルになります。彼はあまりサインをしたがらないものですから」

理由は見当がついた。アリオーラのサインが筆記体のAからうしろは判読不能の殴り書きになっているのに対し、アイスースのサイン（マジック・マーカー使用）は、エルフのルーン文字とエジプトのヒエログリフの中間みたいに見える。

過去のセミナーを収録したビデオテープ――一巻から二十巻まで――は各巻六十ドルぽっきり。アリオーラの〝聖なる護符〟（ホームショッピング・チャンネルで売っているようなものに見えた）は九百五十ドル（特製ケース別売）。お客はそれを、ケルト模様のペンタグラムやメディテーション・ネックレス、ドリームキャッチャー・イヤリング、数珠《じゅず》、各星座のシンボル入り足指輪《トゥリング》などなどといっしょに、先を争って買い求めている。

キルディは、グッズ販売スタッフに向かって、「このあいだのセミナーはほんとにすばらしかったわ」と歯の浮くような声でいいながら、法外な値段のスチール写真（サインなし）一枚とビデオ三本を買い、ぼくといっしょに大広間に入った。

薔薇《ばら》とライラックとシルバーの床まであるシフォンの横断幕と最高級の照明システムが天井から下がっていた。頭上では星々が回転し、ときおり彗星がしゅーっと通過する。ステージの側には、金色のマイラー素材の垂れ幕がかかっている。ステージ中央には、ピラミッド型の背もたれがついた黒い玉座。アリオーラは、聴衆に混じって床にすわる気はないらしい。

入口では、ボタンをほとんどぜんぶはずしたライラック色のシルクシャツにぴっちりしたパンツ姿の案内係たちがチケットを集めていた。全員、トム・クルーズそっくりだが、それはべつだん土地柄ではなく、ハリウッドじゃなくてもごくふつうのことだった。

ヴィクトリア朝のむかしから、セックスはサイキック商売を支える大黒柱だ。初期の降霊会が人気を博した理由の半分は、薄物一枚しか着ていない女性の〝霊体〟が客のあいだをじらすようにふわふわ動きまわっていたことにある。男性参加者の目をトリックからそらし、思考能力を麻痺させるのが目的だ。高名な英国人化学者のサー・ウィリアム・クルックスは、だれが見てもインチキだとわかる霊媒のセクシーな娘に夢中になるあまり、自身の科学者としての名声を賭け、くだんの霊媒が本物であると断言した。こんにち、ほとんどのチャネラーが男性で、胸をむきだしにしたルドルフ・ヴァレンチノ風の衣裳をまとっているのは偶然ではない。チャネラーが女性だった場合には、女性客の心を惑わすため、筋骨隆々のハンサムな案内係を採用する。彼らに目を奪われているかぎり、ワイヤや鶏の臓物に目をとめたり、チャネラーの言葉がナンセンスだと気づいたりする心配はない。あらゆるトリックの中でも、もっとも古典的なもののひとつ。

案内係のひとりがキルディにトム・クルーズ・スマイルを向け、あぐらをかいてすわる人々の列の端に彼女を案内した。床はとても堅そうに見える。キルディがクッションを持ってきてくれてほんとうによかった。

自分のクッションをキルディの横に置き、その上に腰を下ろした。「しんどい思いをするだけの値打ちがあるといいけどね」

「あら、きっとすばらしいわよ」聖なる護符のペンダントと、ぼくの握りこぶしぐらい大きなダイヤモンドを身につけた、五十がらみの赤毛の女性がいった。「アリオーラは前にも見たことがあるけれど、最高だったわ」ぼくらとのあいだに押し込んであるライラック色のショッピングバッグ三個のうちのひとつに手を突っ込み、ニードルポイント刺繡を施したライラック色のクッションをとりだした。『信じれば、現実になる』と書いてあった。

このスローガンは、そのクッションが彼女の座布団のかわりになると信じることにも適用されるんだろうか。クッションの大きさは彼女の指にはまっているダイヤモンドと大差なさそうに見える。

しかし、全員がきちんと腰を下ろすなり、ビニールカバーをかけたクッション（フットボールの試合で観客に貸し出されるようなやつだが、ただしカバーはライラック色）の山を抱えたスタッフがやってきて、一個十ドルで貸し出しはじめた。

となりの女性は三個受けとった。この列ではほかに十人がクッションをレンタルし、すぐ前の列では十一人が財布をとりだした。控えめに見積もっても、十人かける八十列。客をすわらせるだけで大枚八千ドルの収入だ。ライラック色のショッピングバッグの山からどれだけの利益が上がったかは神のみぞ知る。〝あなたがたはその実で彼らを見分ける〟

まわりを見渡した。一見したところ、サクラや無線機器類の気配はない。しかし、サイキックや霊媒とちがって、チャネラーはそういうものを必要としない。ニューエイジ用語をちりばめつつ、聴衆にごく一般的なアドバイスを与えるだけだ。

「アイスースはほんとにすごいのよ」ととなりの女性が小声でいった。「すばらしく頭がよくて。ロムサよりずっと上。アイスースのおかげで、あたしはランドルと離婚したの。『汝の内なる自己に誠実たれ』とアイスースがいって、それでさとったの。ランドルがあたしの霊的上昇を邪魔してる――」

「土曜日のセミナーにはいらっしゃいました？」とキルディが身を乗り出してたずねた。

「いいえ。カンクンに行ってたから。見逃したと知ったときは、もう悔しくて。ティオに頼んで、予定を早めに切り上げてもどってきたの。きょう、ここに来られるように。離婚の件で、どうしてもアイスースの知恵を借りたいのよ。ランドルは、あたしがどう決断しようとそれはアイスースとはなんの関わりもない、あたしが家を出たのは婚姻前取り決めが失効したせいだろうと主張して、あたしを脅迫するのよ、ティオのことで――」

しかしキルディは彼女に興味を失い、そのとなりで蓮華坐《れんげざ》を組んでいる鉛筆のように細い女性に向かって、前にアリオーラのセミナーに出たことはあるかとたずねた。彼女の答えはノーだったが、その右どなりの女性は出たことがあった。

「先週の土曜日は？」とキルディがたずねた。

答えはノー。彼女が出席したのは、六週間前、ユージーンで開かれたセミナーだった。

ぼくはキルディに顔を近づけてささやいた。「先週の土曜、なにがあったんだ？」

「はじまるみたいよ、ロブ」とキルディがまったくなにも起こる気配のないステージを指さし、クッションから腰を上げてひざ立ちになった。

「なにしてる？」

キルディはそれにも答えなかった。房飾りつきのクッションの内側に手を入れ、『信じれば、現実になる』クッションと同じサイズのオレンジ色の枕をとりだし、それをこちらにさしだすと、自分のクッションに優雅に腰をおちつけた。あぐらをかくなり、オレンジの枕をぼくの手から受けとり、それを自分のひざにのせた。

「快適？」

「ええ、ありがとう」キルディは映画スターの笑みをぼくに向けた。

ぼくは彼女のほうに身を寄せて、「どういう魂胆なのか、白状する気はほんとにない？」

「ほら見て、はじまるわ」とキルディはいった。今度はほんとうだった。

ブラッド・ピットのそっくりさんがハンドマイクを手にステージに登場し、注意事項を説明した。フラッシュ撮影禁止（カメラはすべて没収したくせに）。拍手禁止（アリオーラの集中が乱れるから）。トイレ休憩なし。「アイスースとの宇宙的なリンクはきわめて脆弱《ぜいじゃく》なものなので」とブラピが説明した。「ちょっとした動きやドアの開閉の音で、接続が断たれてしまうこともあります」

そのとおり。あるいは、EST（エアハルト式セミナートレーニング）からなにがしかの教訓を学んだか。すなわち、トイレに行きたくて気もそぞろの客は、まわりくどい演説の中身が空っぽであることに気づきにくい。たとえば、たったいまブラピがまくしたてているようなやつ。

「八万年前、アイスースは、アトランティスの大神官でした。彼は、三百年の生涯をまっとうしたのち、地上界を離れ、その時代の叡智を身につけて――」

何時代だ？　旧石器時代と新石器時代？　八万年前といえば、人間はまだ森に棲んでいた。

「――デルフォイの神託を語り、薔薇十字団の秘密文書を研究しました」

薔薇十字団？

「それではご傾聴ください。ただいまよりアリオーラがアイスースを〈宇宙的全体《コズミック・オール》〉から呼び出し、その叡智の一端をみなさまに披露します」

照明が薔薇色になり、シフォンの横断幕が、うしろから風にあおられたかのようにふくらんだ。前言訂正。最高級の照明・送風システムだ。

風が強くなり、一瞬、アリオーラが天井から宙吊りになって登場するのかと思ったが、そのとき金色の幕が開き、彎曲《わんきょく》した黒い階段が出現した。そして、紫のベルベットのカフタンをまとい、聖なる護符のペンダントをつけたアリオーラが、ホルストの『惑星』の旋律に合わせてその階段を降りてくると、玉座の正面に芝居がかったポーズで立った。

観客は、拍手禁止の指示などおかまいなし。アリオーラのほうもそれを予期していたらしく、少なくともまるまる二分間そこに立ち、女王然とした態度で聴衆を眺めわたした。それから、祝福を与えるような仕草で両腕を上げ、それを下ろすことで拍手を静めた。

「ようこそ、〈神の真実〉の探求者のみなさん」アリオーラは、オプラ・ウィンフリー風の潑剌《はつらつ》とした声でいった。「きょうは、すばらしいスピリチュアル体験をみなさんと共有し、新次元の啓示を得たいと思います」

さらに拍手。

「しかし、わたくしに拍手を贈ってはいけません。わたくしはただたんに、アイスースが通り抜けるための導管、アイスースが満たす器でしかありません。アイスースがはじめてわたくしのもとにやってきたのは――いえ、わたくしを通じてあらわれたのは――五年前のことでしたが、そのとき、わたくしはこわくなりました。信じたくなかったのです。まる一年近くかかってようやく、自分が、この現実を超えた宇宙的エネルギーの焦点になったのだという事実を受け入れました。きょうみなさんに話を聞かせるのは、わたくしではなく、高度に進化した霊体の叡智です。もしもきょう……」芝居がかった絶妙の間を置いて、「もったいなくもアイスースのご降臨をたまわれば、ですが。アイスースは、呼び出される召使いではなく、賢者ですから、みずから望むときに姿をあらわします。きょうは来てくださるかもしれませんし、来てくださらないかもしれません」

とんでもない。いくらここがベヴァリーヒルズでも、客席を埋めた女たちは、主役不在のショーに七百五十ドル払いはしないだろう。賭けてもいいが、アイスースはキューに合わせて登場する。

「アイスースが訪れるのは、この地上界が宇宙界と同調しており、なおかつオーラの波動が正しいときだけです」アリオーラはきびしい視線を聴衆に投げた。「みなさんの中にネガティヴな波動を出している人がいれば、コンタクトは成立しません」

おっと、そう来たか。アリオーラがぼくらふたりをはっしと見すえ、出ていきなさいと命じるのを待ち受けたが、そうはならず、彼女はただ、こうたずねた。「みなさんは全員、ポジティヴなことを考え、ポジティヴな感情を抱いていますね？　みんな、信じていますね？」

もちろん。

「みなさん全員がポジティヴなことを考えていらっしゃるのを感じます」と、アリオーラはいった。「いいでしょう。では、アイスースのご降臨を実現させるために、みなさんの力を貸してください。ひとりひとりが自分の中心を落ち着かせてください」アリオーラは目を閉じた。「内なる魂の自分に集中してください」

まわりの聴衆を見わたした。女性客の半数以上が目を閉じている。お祈りをするように両手を組み合わせている人も多数。体を前後に揺らしている人が数人。となりの女性は、口の中で「オーム」と唱えている。キルディはオレンジ色の枕を胸に抱き、目を閉じていた。

「心を合わせて……合わせて……」アリオーラが詠唱するようにくりかえし、それから最後にきっぱりと「合わせて」といってから、また芝居がかった間を置いた。

「いまから、アイスースとのコンタクトを試みます。アストラル・エナジーを集中させるのは、危険で困難な作業です。わたくしが心の準備をととのえるあいだ、みなさんは可能なかぎり静かに、じっとしていてください」

となりの女性は従順に「オーム」の詠唱をやめ、全員が目を開いた。アリオーラは目を閉じ、玉座の背に体を預け、指環だらけの両手をひじかけの端からだらりと垂らした。照明《かた》が落ち、ホルストの『火星』のテーマが流れはじめた。キルディを含め、観客全員が固唾《ず》を呑んで見守った。

とつぜん、電気椅子に電流が流れたかのようにアリオーラの体がびくんとはねあがり、その手が玉座のひじをつかんだ。顔がゆがみ、口がねじ曲がり、頭ががくがくと揺れる。観客がはっと息を呑んだ。アリオーラの体がまたはねあがり、玉座にどしんとぶつかり、痙攣《けいれん》とわななきと震えが全身を動かした。まるまる一分間それがつづくうちに、『火星』の音楽がゆっくりと高まり、スポットライトの色がピンク色に変化した。そしてＢＧＭが途切れ、アリオーラの体はまたぐったりと力なく玉座にもたれかかった。

今度もまた絶妙の間を置いてから、アリオーラはぎこちなく体を起こし、両手を玉座のひじにゆったりと置いて、まっすぐ前方を見つめた。

「われはアイスース！」轟きわたるアリオーラの声は、「オズ大王に近づく者はだれじゃ？」とそっくりだった。

「われは悟りを開きし者、〈源の言《こと》の葉《は》〉と呼ばれしものの下僕《しもべ》。アストラル界の第九階より、汝《なんじ》らの霊的な旅の一助となるべく参上した」

いままでのところは、ピンクの照明からアストラル界の階数にいたるまで、ロムサの完璧なコピーだが、となりのキルディは、なにかを心待ちにするように身を乗り出している。

「われは真実を語るためにやってきた」とアイスースが朗誦する。「汝ら《thine》のより高き自分を汝らに示すために」

キルディのほうに顔を寄せてささやいた。「アストラル界の連中はどうしていつまでたっても thee と thou の正しい用法を覚えないんだろうね（thee は thou の目的格。thine は所有格）」

「しっ」アイスースの言葉に集中している顔で、キルディが叱った。

「この困難な時代を生きる助けとして、われは汝らに、レムリア王国の失われてひさしき叡智と、アンティノウスの予言とを与えよう。現代と呼ばれしこの時代は、いま、その最後の日々――不安とテロ攻撃とコミュニケーション不全に満ちた日々にある。しかし、われは汝らに告ぐ。外ではなく、みずからの内に目を向けるがよい。汝の幸福に責を負うのはそなた自身なのじゃ。もしそれが、悪しき関係からの脱却を意味するなら、そうするがよい。そなた自身の内なる存在性を探求し、汝自身の内なる現実を創造せねばならぬ。汝は《Thee art》宇宙なり」

　どんなものを予想していたのか、自分でもよくわからない。すくなくとも、なにかあるだろうと思っていた。でもこれは、毎度おなじみのニューエイジごたく、エセ心理学用語と自立支援アドバイスとニセ聖書と『こころのチキンスープ』のごった煮だ。

　横のキルディを盗み見た。あいかわらずクッションをぎゅっと胸に押しつけたまま前屈みの姿勢ですわり、わずかに口を開いた美しい顔に集中した表情を浮かべている。もしや本気でアリオーラにハマってしまったとか？　いくら懐疑論者でも、そういう可能性はつねにある。周到に演出されたイリュージョンに欺かれた懐疑論者は過去に何人もいる。

　しかしこれは、周到に演出されたものなんかじゃないし、オリジナルでさえない。レムリアのネタはリチャード・ゼファーから、「汝は《Thou art》宇宙なり」ネタはシャーリー・マクレーンからのいただきで、しゃべる口調はヨーダそっくり。

　しかも相手は、ほかならぬあのキルディだ。例の空中浮揚マシンを含め、彼女はいまだかつてどんなペテンにもひっかかったことがない。そのキルディが二千ドル以上を奮発するからには、なにかしかるべき理由があるはずだ。しかしこれまでのところ、まるで見当がつかない。

「見せたいものって、具体的になに?」とキルディの耳もとでささやいた。

「しっ」

「だが、恐れることはない」とアリオーラがいった。「まもなく新時代《ニューエイジ》が到来する。平和の時代、スピリチュアルな悟りの時代。そのときには――こんなやくたいもない嘘八百をよくも黙って聴いていられるもんだな」

はっとして目を上げた。アリオーラの声は、文章の途中で、アイスースの低音の朗唱から、バリトンのガラガラ声に切り替わり、態度も一変していた。両手をひざに置いて前に身を乗り出し、観客をにらみつけ、「愚にもつかんピーチクパーチクだ」とけんか腰でいった。

キルディに目をやった。彼女の視線は舞台に釘づけになっている。

「この茶番は、ショトーカのもったいぶった大言壮語よりまだ悪い」とアリオーラがだみ声でいう。

ショトーカ? いったい――

「だが、あんたらは、そうやってあんぐり口を開けたままそこにすわって、アーカンソー州のキャンプ集会で蛇遣いの伝道者の話に耳を澄ます田舎者さながら、この女が恋愛問題を解決したり、胆石を治したりしてくれるのをじいっと待っているわけか」

キルディのとなりの女性が問いかけるような視線をぼくらに向け、それから舞台に目をもどした。壁際に立っている案内係ふたりが困った顔で目を見交わしている。客席からもささやき声が聞こえた。

「あんたらは、この超自然版の阿呆陀羅経を本気で信じるほど莫迦《ばか》なのか？　無論そうだろうな。ここはアメリカ、莫迦と阿呆の特産地だ！」声ががなり、客席のささやきははっきりしたつぶやきになった。

「いったいなにが――」とうしろの女性がいい、ぼくのとなりの女性はショッピングバッグをまとめ、〝信じれば〟クッションをそのひとつに押し込んで立ち上がると、客のひざをまたぎながら戸口のほうへ歩き出した。

案内係のひとりがコントロール・ブースのだれかに合図を送り、照明が点灯して、ホルストの『金星』が流れ出した。司会者がためらいがちにステージに出てくる。

「ぽかんと口を開けた霊長類の群れみたいにそこにすわって、なんでもかんでも真に受けて――」といいかけたところで、アリオーラの声が唐突に低音のアイスースにもどった。

「――しかし霊的な悟りの時代は、汝らひとりひとりがみずからの旅をはじめぬかぎり訪れぬ」

司会者はもう一歩前に出ようとしたところで足が止まり、客席のつぶやきも止まった。

それに、戸口のすぐそばまで到達していたさっきの女性も、ショッピングバッグを持ったままそこで立ち止まり、耳を傾けている。

「そして信じるのだ。そなたら全員が、いますぐ不信と懐疑の毒を放逐するがよい。信じれば、現実になる」

アリオーラはシナリオに復帰したらしい。司会者は安堵のため息をつき、舞台袖に引き返した。例の退席した女性は、戸口のそばにショッピングバッグやクッションを置き、その場に腰を下ろした。音楽がフェイドアウトし、照明は薔薇色にもどった。

「汝の内なる魂の自己を信じよ」アリオーラ／アイスースがいった。「信じよ、そして汝の霊的な離脱をして開始せしめよ」アリオーラがそこで言葉を切ると、案内係たちが不安げに目を上げた。司会者が金色の幕の隙間から頭を突き出す。

「疲れた」とアリオーラはいった。「もと来た高次の現実にもどらねばならぬ。恐れるな、われがこの地上界から去ろうとも、われは汝らとともにある」

アリオーラは、祝福もしくはナチの敬礼式にぎこちなく片手を上げ、それからグロリア・スワンソン並みの名演技で失神し、前のめりにばったりくずおれた。ホルストの『金星』がまた流れ出すと、アリオーラは体を起こし、ふたたびステージに上がっていた司会者のほうを向いた。

「アイスースは話をしてくれたの？」と地声でたずねる。

「はい、話されました」と司会者はいい、聴衆のあいだから万雷の拍手が沸き起こるなか、玉座から立ち上がるアリオーラに手を貸した。案内係ふたりに両側から支えられて、アリオーラは黒い階段を昇り、姿を消した。

アリオーラがつつがなく退場するなり、司会者は聴衆の拍手を静め、「アリオーラの著書およびビデオテープは外の待合エリアでお求めになれます。プライベート啓発セッションをご希望のかたは、わたくしもしくは手近のスタッフに声をかけてください」というと、全員が立ち上がり、クッションを持って戸口のほうに歩き出した。

「素敵だったわね」退場の列でぼくらの前を歩く女性が連れに向かって感想を述べた。

「すごく本物らしくて！」

2

「ロサンジェルスは全米で最悪の街なのか、それとも次点にすぎないのか？　最初の質問（不安がもたらすスリルは、信じる者の安心感と同等の幸福を与えられるのか）をされた懐疑論者はイエスと答え、信者はノーと答える。つまりそういうことだ」

——H・L・メンケン

キルディとぼくは無言のまま駐車場をあとにした。ウィルシャーに出たところで、キルディが口を開いた。「どうして見せたかったか、これでわかったでしょ、ロブ」

「たしかにおもしろかったよ。先週きみが参加したセミナーでも、おなじことをやったわけか」

キルディはうなずいた。「ただし先週は、途中退場した客がふたり」

「口上はまったくおなじ?」

「いいえ。あんなに長くなかったし――不意打ちだったから、時計を見るのも忘れてて、正確な時間はわからないけど――言葉遣いも多少はちがってた。でも、メッセージはおなじ。それに、はじまりかたもおなじ――前触れなし、表情のゆがみもなし。文章の途中で唐突に変わる。どういうことだと思う、ロブ?」

車はラ・ブレア・アヴェニューに入った。「さあね。でも、複数の〝霊体〟とチャネリングするチャネラーはたくさんいる。ジョイ・ワイルドはふたり、逮捕前のハンス・ライトフットは六人」

キルディは疑り深い表情で、「アリオーラの広報資料には、複数の霊体のことなんかひとつも書いてないわ」

「たぶん、アイスースに飽きて、ほかの霊に乗り換えようとしてるんだろ。チャネラーの場合、『アイスースII、近日公開』と予告するわけにもいかないし。本物らしく見せる必要がある。だから、一週目はほんの二言三言、次の週は文章ひとつとか、そんなふうに、少しずつお披露目してるんだよ」

「聴衆をどなりつけて莫迦呼ばわりする霊が新しいスター？」キルディは信じられないという口調でいった。

「たぶん、チャネラーが〝黒い霊《ダーク・スピリット》〟と呼ぶやつじゃないかな。軽率な人間を惑わせる、いわゆる悪霊。トッド・フェニックスは、〈白い羽根〉の口上の最中、不気味な声が割って入って野次るという演出をやってた。うまい手だよ。そのサイキックがほんとうにチャネリングしているという思い込みにますます真実味が加わるし、どんなに辻褄《つじつま》の合わないことや反発を買うことを口にしても、悪霊のせいにできる」

「でもアリオーラは、もしあれが悪霊のつもりだとしても、その存在に気づいてさえいないみたいだった。どうして観客に向かって、とっとと帰れとか、アリオーラみたいながま《スネーク》の油売り《オイル・ベンダー》に金を渡すなとかいうわけ？」

　がまの油売り？　なんとなく聞き覚えのあるフレーズだ。

「先週そういったのかい？　がまの油売りって？」

「ええ。どうして？　だれとチャネリングしてるのかわかる？」

「いや」ぼくは眉間にしわを寄せた。「でも、どこかでそのフレーズを聞いたことがある。それと、ショトーカの一節も」

「ということは、だれか有名人ね」

しかし、チャネラーが演じる歴史上の人物は、例外なく、一発でわかるような偉人ばかりだ。ランドル・マーズのエイブラハム・リンカーンは、すべての文章を「いまを去るこ《フォー・スコア・アンド・》と八十と七とせ《セヴン・イヤーズ・アゴー》」ではじめたし、他の連中もみんな、おなじぐらいわかりやすいフレーズを使っている。「アリオーラのあの豹変の録画があればなあ」

「あるわよ」キルディは後部座席に手をのばし、オレンジ色のクッションをとった。ファスナーを開け、中から小型ビデオカメラをとりだす。「じゃーん！　あいにく、先週のは撮ってないの。ボディチェックがあるとは知らなくて」

またクッションの中に手を入れて、紙を一枚とりだした。「だから、すぐさまトイレに駆け込んで、思い出せるかぎりのことをメモしたの」

「セミナーの最中はトイレ禁止じゃなかったのかい？」

キルディはにっこり笑って、「薬物中毒更生施設を出るのが早すぎた女優の演技をオスカー級のレベルでやってみせたわ」

つぎの赤信号のあいだに、そのメモに目をやった。いくつかフレーズが書いてあるだけだった。さっき彼女がいったやつのほかに、〝これほど恥知らずな猿芝居《ビルジ》ははじめて見た〟と〝かくも荒唐無稽な与太話を信じるとは、お人好しの薄ら莫迦の集まりか〟。

「これだけ？」

キルディはうなずいた。「さっきもいったとおり、先週のはそんなに長くつづかなかったのよ。それに、予想してなかったから、第一声はほとんど聞き逃したし」

「だからセミナー会場でビデオがないかたずねていたわけか」

「まあね。でもたぶん、ビデオには収録されてないわね。過去三回分のセミナーのビデオは見たけど、霊体第二号の気配はぜんぜんなかったから」

「でも、きみが行った前回のセミナーと、きょうのセミナーではそれが起きた。ぼくらが行ったから起きたのかもしれないとは思わなかった？」《ジョーンディスト・アイ》のオフィスが入っているビルの前の駐車スペースに車を入れた。

「でも――」

「ぼくらが来たことを受付スタッフが彼女に知らせた可能性はある」車を降りて、キルディのために助手席側のドアを開け、いっしょにオフィスに歩き出した。「あるいは、アリオーラが聴衆の中にいるぼくらの顔に気づいて――有名なのはきみだけじゃないよ。西海岸のサイキックのあいだに出回ってる指名手配ポスターにはかならずぼくの写真が載ってるからね――新しい霊を登場させることでパフォーマンスに活を入れたのかもしれない。ぼくらを感心させるために」

「そんなわけないわ」

オフィスのドアを開けた。「どうして？」

「その前に、少なくとも二回は起きてるから」キルディはオフィスに入ってきて、唯一のまともな椅子に腰を下ろした。「バークレーとシアトルで」

「どうして知ってる？」

「うちのマネージャーの元彼の彼女がバークレーで見たのよ。マネージャーがアリオーラのことを知ったのはそれが理由。だから、その彼女の番号を教えてもらって、直接電話で確認したの。そしたら、アイスースが試練はどうこうとか、汝は宇宙なりとかしゃべっている最中、いきなりべつの声が割って入って、『いやまったく、お人好しの大豊作だな！』といったんだって。その彼女いわく、それでアリオーラがほんとにチャネリングしているんだとわかったと。もし偽物だったら、客のことを罵倒《ばとう》したりしないはずだからって」

「つまりそれが答えだよ。客に信じさせるためにやってるんだ」

「見たでしょ。そんなことをしなくても、客はみんなアリオーラを信じてる。それに、もしそれが彼女のねらいだとしたら、どうしてバークレーのセミナーのビデオには収録されてないの？」

「されてないのかい？」

キルディはうなずいた。「六回見た。なんにもなし」

「きみのマネージャーの元彼の彼女が目撃したのはたしか？　質問に誘導されたんじゃな

く？」

「もちろん」キルディはむっとしたようにいった。「それに、うちの母にも訊いてみた」

「お母さんも行ってたのかい？」

「いいえ。でも、母の友だちがふたり行ってて、その片方の知り合いがシアトルのセミナーに参加してたの。全員が、基本的におなじ内容のことをいってる。違うのは、そのせいでアリオーラを信じるようになったかどうかだけ。ある人なんか、『キューカードのとりちがえじゃないかしら』といって、アリオーラのセミナーに行くのはお金の無駄だから、アンジェリーナ・ブラック・フェザーを見にいったほうがいいとアドバイスしてくれた」

キルディはくすっと笑い、それから真顔になって、「もしわざとやってるなら、どうして編集でカットするの？　それに、司会者や案内係がどうしてあんな不安そうな顔をするの？」

では、キルディも気がついていたのか。

「スタッフには内緒にしていたのかもしれない。もっと可能性が高いのは、それもぜんぶ台本のうちで、本物っぽく見せる目的だったのかもしれない」

キルディは信じられないというように首を振った。「そうは思わない。なにかべつのものだと思う」

「たとえば？　その人物とほんとうにチャネリングしてると思ってるわけじゃないだ

ろ？」

「ええ、もちろんよ、ロブ」キルディは憤然といった。「ただ、その……宣伝と客寄せのためだっていうけど、あなたが教えてくれたとおり、サイキック商売の成功の第一法則は、相手が聞きたがっていることを聞かせることで、莫迦だ阿呆だと罵《ののし》ることじゃない。あなたのとなりにいた女性《ひと》を見たでしょ——帰る気満々だった。セミナーが終わったあと、どうするのかと思って見てたけど、プライベート啓発セッションには申し込まなかった。それをべつにしても、申込者は多くなかった。それに、次のセミナーのチケットはたくさん残っていると司会者がだれかに話しているのが聞こえた。先週のセミナーは、一カ月前の時点で完売だったのに。商売にとってマイナスになるようなことをどうしてするの？」

「賭け金を釣り上げ、顧客を呼びもどすためになにか対策が必要だったんだよ。この新しい霊体は、ブームを巻き起こすためだ。来週になれば、〝古代人の対決〟を宣伝しはじめるさ。新機軸だよ、キルディ」

「もう彼女のセミナーに参加する必要はないと？」

「ああ。セミナーに通うのは最悪の選択だ。無料でパブリシティを提供することになるからね。あんまり可能性は高くないけど、もしアリオーラがぼくらを感心させるためにやったんだとしたら、まんまと術中にはまることにもなる。そうじゃなくて、きみがいうように、あの霊のせいで客が離れているんだとしたら、アリオーラはあれを中止して、べつのを考えるだろう。でなきゃ、チャネリング商売から足を洗うか。どっちにしても、ぼくらがなにかをする必要はない。記事になるネタじゃないよ。アリオーラのことはもう忘れていい」

この言葉は、ぼくにサイキックの才能がない、なによりの証拠だった。というのも、それが口から出たか出ないかのうちにオフィスのドアがバーンと開いて、アリオーラが飛び込んできたからだ。彼女はわめき声をあげ、ぼくの襟首をひっつかんで叫んだ。

「どんな手を使ってなにをやってるのか知らないけど、いますぐやめてもらうよ！」

3

「挑発的な発言に関しては、彼（バーナード・ショウのこと）はじつに並はずれた能力の持ち主だ」

——H・L・メンケン

アリオーラの演技力を過小評価していたようだ。アイスースの芝居はインチキくさくてぎこちなかったが、この怒り狂うサイキックの芝居にはじつに説得力がある。

「よくもまあ！」とがなりたてる。「訴えて、全財産をむしりとってやるからね！」

アリオーラは、ひらひらのローブの衣裳から、ライラック色のスーツに着替えていた（あとでキルディに聞いたところによると、ザック・ポーゼンだったらしい）。ダイヤモンドのネックレスとイヤリングがカチャカチャ音をたてる。激怒のあまり、体が文字どおり振動していたが、霊の出現に不可欠だと述べたポジティヴな波動とはちがうらしい。

「さっきのセミナーのビデオをいま見たのよ」と、五センチの距離までぼくに顔を近づけてどなる。「よくもあんな真似ができたもんね。あたしに催眠術をかけて、満員の客の前で赤っ恥を――」

「催眠術？」とキルディがいった（ぼくのほうは、襟をつかんだアリオーラの手をもぎはなすのに必死で、口を開くどころではなかった）。「ロブに催眠術をかけられたと思ってるんですか？」

「しらばっくれても無駄だよ」くるっとキルディのほうを向いて、「あんたたちふたりがきょう来てたのは知ってるんだ。あんたらのことも、あのいけ好かない、人を小莫迦にした雑誌のこともちゃんと知ってる。あんたら不信心者《ノンビリーバー》は、あたしたちが〈高次の真実〉を広めるのを止めるためならなんでもやる手合いだってこともわかっていた。でも、まさかここまでするとはね。あたしを催眠術にかけて、思ってもいないことをいわせるなんて！アイスースはあんたらに危険を感じて、会場から追放すべきだといったけれど、あたしはこう答えた。『いいえ、信ぜざる者にあなたの存在を体験させましょう。あなたがわたくしたちを助けるため、〈高次の叡智〉の言葉を伝えるために、現実の彼岸からやってきたことを教えてやりましょう』と。でも、アイスースが正しかった。あんたらには善のかけらもない」

アリオーラはぼくの襟からつかのま片手を放し、ライラック色のマニキュアを塗った爪をつきつけた。

「まあしかし、汚い催眠術はもう効かないよ。あたしはたいへんな思いをしてここまで登ってきたんだ。心の狭い懐疑論者風情《ふぜい》に邪魔されてたまるもんか。あたしがこれまでに築き上げてきたものすべてを――いやはや、〈高次の叡智〉とは聞いて呆れる！」とアリオーラは鼻を鳴らした。「むしろ〈高次のペテン〉というべきだな」

キルディははっとした顔でぼくに目を向けた。

「もっとも、衣裳はずっと派手だ。それはたしかだな」アリオーラは、セミナーで聞いたガラガラ声でいった。あのときとおなじく、変化は一瞬の中断もはさまず、文章の途中で起きた。ぼくの襟首をつかんでいたと思ったら、次の瞬間には、背中で両手を組んで部屋の中をうろうろ歩きながら、「あのホールのほうがずっと洒落《しゃれ》ているし、裁判所の芝生とくらべれば飛躍的な向上だ。ゆうに十度以上は涼しいからな」

カウチに腰を下ろし、大きく開いたひざの上に両手を置いた。

「それに、彼女が着ていた服は、ゾロアスターの騎士のごたいそうなきんきら衣裳さえみすぼらしく見えるほどだった。しかし、しゃべっていることといえば昔ながらの駄弁《バンカム》だし、それを鵜呑みにする連中のほうも昔ながらのアメリカオロカビト《ブーバス・アメリカヌス》だ」

　キルディはぼくのデスクのほうに用心深く一歩近づき、自分のハンドバッグに手をのばしたが、ぼくの位置からでは手もとが見えなかった。それからもとの場所にもどると、さっきのセミナーについて長広舌をふるっているアリオーラをじっと見つめた。

「ぽかんと口を開けた霊長類があんなにたくさん一カ所に集まっているのを見たのははじめてだ！　あの田舎者どもが床にすわらされていたこと——しかも、その特権にカネを払っていたこと——をべつにすれば、バプテスト派のテント集会と瓜二つじゃないか。会衆が聞きたいことを聞かせてやって、ちょっとした隠し芸を二つ三つ披露して、それから募金皿をまわす。いまだにおなじ手が通用しているとは！」

　アリオーラは立ち上がり、またうろうろ歩き出した。

「やはり、もっと粘るべきだったな。デイトンを発《た》ったあのときとそっくりだ——終わったと思って早々に離れたら、そのあとがこれ！　ちょっと目を離すと、いかさま師やペテン師がわがもの顔でのさばりはじめる。エイミー・センプル・マクファーソン（フォースクエア福音教団を創始したキリスト教ペンテコステ派の伝道者。１８９０～１９４４）の現代版みたいなこの女とか。この女が予言者なら——だいなしにさせるような真似は二度とさせないよ！　あたしは……」アリオーラは当惑したように周囲を見まわした。

「……いったい……あたしは……」いいよどみ、口をつぐむ。

この名演技には脱帽した。アリオーラは優秀だ。ただの一拍もあけずに自分の声に切り替えて、なにが起きているのかさっぱりわからずにいる人物の役を完璧に演じきった。

アリオーラは困惑したように、ぼくからキルディへ、キルディからぼくへと視線を移した。「また起きたんだね？」と震える声でたずね、キルディに向かって、「この男がまたやった、そうだろ？」と訴え、それから戸口に向かってあとずさりしはじめた。「そうなんだろ？」

告発するようにぼくを指さして、「あたしに近づくんじゃないよ！　あたしのセミナーにも二度と近づくな！　もしちょっとでもそばに寄ろうとしたら、裁判所に禁止命令を出してもらうからね！」と叫び、足音も荒く出ていくと、ドアを叩きつけるように閉めた。

「まあとにかく」と、ややあってキルディがいった。「たいした見物《みもの》だったわね」

「ああ」ドアを見ながら答えた。「見物だったよ」

キルディはぼくのデスクに歩み寄り、ハンドバッグのうしろからハサカをとりだした。

「ぜんぶ撮った」といって、ディスクをとりだし、それをパソコンのドライヴに挿入して、モニターの前に腰を下ろした。「今回はいままでよりずっと手がかりが多いわ」コマンドをタイプしはじめた。「あれがだれなのか突き止められるだけのデータはそろったはず」

「だれなのかはわかったよ」

キーボードを叩く指が止まった。「だれ？」

「不敬の大神官」

「だれよ?」

「ボルチモア出身の聖なる恐怖、良識の使徒、詐欺師・創造説論者・信仰治療家および愚民階級《ブーブワジー》を打ちすえる鞭。ヘンリー・ルイス・メンケンその人だ」

4

「簡単にいえば、詐欺だ」

——H・L・メンケン

「H・L・メンケン?」キルディが訊き返した。「スコープス裁判のことを書いた新聞記者の?」(すでに述べたとおり、キルディは現実とは思えないほど優秀な人材だ)「でもどうしてアリオーラがメンケンとチャネリングするの?」リストアップした単語やフレーズをメンケンが書いた文章と照らし合わせたあと、キルディがたずねた。〝駄弁《バンカム》〟から、〝ぽかんと口を開けた霊長類〟、〝莫迦と阿呆の特産地〟にいたるまで、すべてが一致した。

「デイトンを発つのが早すぎたっていうのはどういう意味？　オハイオ州でなにかあったの？」

　ぼくは首を振った。「テネシー州のほうだよ。デイトンはスコープス裁判が開かれた街だ」

「メンケンは早く発った？」

「さあね」本棚の前に行き、L・スプレイグ・ディ・キャンプの『世紀の猿裁判《グレイト・モンキー・トライアル》』をさがしながら、「でも、裁判のあいだ、気温が高すぎて、法廷が野外に移されたのは知ってるよ」

「裁判所の芝生と、十度以上涼しいっていうのはそのことね」

　ぼくはうなずいた。「裁判があった週の気温は四十度で湿度は九十パーセント。まちがいなくメンケンだよ。〝アメリカオロカビト〟っていうのはメンケンの造語だ」

「でも、ロブ、どうしてアリオーラがH・L・メンケンとチャネリングするの？　メンケンはアリオーラみたいな人間を嫌ってたんじゃないの」

「たしかに」メンケンは、一九二〇年代を通じて、エセ専門家やインチキ医者の天敵だった。信仰療法からカイロプラクティック、創造説まで、あらゆる種類の欺瞞を一刀両断にするコラムを書きつづけ、科学と論理的思考の代理人として、あらゆる形態の〝いんちき《ホーカス・ポーカス》〟を攻撃した。

「だったらどうしてそんな人とチャネリングするの？」とキルディがたずねた。「どうしてエドガー・ケイシーとか、マダム・ブラヴァツキーとか、サイキックに理解のある人物じゃないの？」

「それだとすぐに疑われるからだよ。サイキックの敵とチャネリングすることで、真実味を増すことができる」

「でも、メンケンなんてだれも知らない」

「きみは知っている。ぼくも知ってる」

「でも、わたしたちをべつにすれば、アリオーラの聴衆はだれも知らない」

「まさしく」なおも『世紀の猿裁判』をさがしながら答えた。

「わたしたちを感心させるためにやってるってこと？」

「明らかにそうだよ」棚に並ぶ本の背表紙を目で追いつつ、「そうでなきゃ、どうしてアリオーラがはるばるここまでやってきて、あんなパフォーマンスを演じてみせる？」

「でも——シアトルのセミナーは？　それにバークレーのは？」

「予行演習。もしくは、ぼくらがその噂を聞きつけて見にくることを期待していたか。まあ、そのとおりになったわけだ」

「ちがう。わたしが見にいったのは、マネージャーにひっぱっていかれたから」

「でも、きみはスピリチュアル系のイベントにしじゅう行ってるし、いろんな人と話をしている。きみのマネージャーはアリオーラのセミナーに参加していた。もしきみが行ってなくても、きみは彼女から話を聞いたはずだ」

「でも、なにが狙いなの？　あなたは懐疑論者で、チャネリングを信じてるわけ？　メンケンが本物だとあなたに信じさせられるって、アリオーラは心から思ってるわけ？」

「たぶんね。見ればわかるとおり、彼女はたいへんな訓練を積んで、メンケンそっくりのしゃべり方を完璧に身につけている。どんな大当たりになるか考えてみればいい。『懐疑論者、霊は本物と太鼓判』？　ユリ・ゲラーは知ってるだろ？　彼は七〇年代に、精神の力でスプーンを曲げられると主張して大ブームを巻き起こした。全世界が彼に注目したのは、スタンフォード研究所の科学者ふたりが、スプーン曲げはトリックじゃない、ユリ・ゲラーはほんとうに念力で曲げていると証言したときだった」

「そうだったの？」

「いや、もちろんちがうよ。最終的には、ユリ・ゲラーのインチキも露見した。ジョニー・カーソンが化けの皮を剝がしたんだ。ゲラーは、『トゥナイト・ショー』に出演して、カーソンの目の前で念力を実演してみせるという致命的なミスをおかした。どうやら、カーソンが若いころにマジシャンをしていたのを忘れていたらしいね。しかしポイントは、ユリ・ゲラーが『トゥナイト・ショー』にまで登りつめたということだ。そして、彼を名士にしたのは、高名な科学者のお墨つきだった」

「つまり、もしあなたがあれは本物のメンケンだといって、アリオーラにお墨つきを与えたら、彼女も名士の仲間入りをする、と」

「そのとおり」

「じゃあ、どうする？」

「なにもしない」

「なにも？　アリオーラはインチキだと暴くこともしない？」

「チャネリングはスプーン曲げとはちがう。個別に裏付けのとれる証拠は存在しない」キルディのほうに目を向けて、「そんな努力をするだけの価値はないよ。それに、ぼくらにはもっと大きな獲物がいる。チャールズ・フレッドとかね。彼は一公演あたり二百ドルしかとらない霊媒にしては大金を稼ぎすぎているし、コールド・リーディングの的中率が高すぎる。どんな手を使っているのか、どこから金を得ているのかつきとめる必要がある」

「でも、せめてアリオーラの次のセミナーに行ってみるのは？　あれがまた起きるかどうかたしかめるだけでも」とキルディが食い下がった。

「そして、たまたま居合わせたLAタイムスの記者に、なぜアリオーラにそれほど大きな関心を持っているんですかと取材されるのかい？　きみの場合は『今回が三度目の参加だそうですね』と突っ込まれるわけだ」

「たしかにそうかもしれない。でも、もしほかの懐疑論者が彼女にお墨つきを与えたら？

でなきゃ、英文学の教授とか」

その可能性は考えなかった。アリオーラは、ぼくらが知るかぎり、すでに四回のセミナーで餌を撒いている。ほかでももっとやっているかもしれない。シアトルには《スケプティカル・マインド》があるし、サンフランシスコにはカーライル・ドルーがいる。スピリチュアル系のイベントに足を運ぶアマチュアの懐疑論者はすくなくない。

彼ら全員、メンケンがだれなのかを知っている。メンケンは、批判的な思考力を持つ人々にとって、ジェイムズ・〝アメージング〟・ランディ（ニセ科学批判、超能力批判で知られるカナダ出身の奇術師、懐疑論者）やフーディニに次ぐ人気を誇るアイドルだ。恐れることなく迷信や欺瞞を攻撃したばかりか、〝地獄から逃げるコウモリのごとく（「猛スピードで」の意味）〟書くことができた。そして、ぼくら他の懐疑論者の場合とちがって、人々は、彼がいうことに実際に耳を傾けた。

ぼく自身、どこかでこんなエピソードを読んで以来、彼のことはずっと贔屓《ひいき》にしている。メンケンは、ボルチモア・サン紙の自分のオフィスでだれかとおしゃべりしていたとき、とつぜん窓の外を見て、「畜生どもが迫ってくるぞ」と叫ぶと、狂ったようにタイプライターを叩きはじめたという。ぼくも一日に二度はそんなふうに感じるし、一度ならず、口の中でこうつぶやいたことがある。「メンケンはどこにいる？　いまこそ彼が必要なのに」と。

賭けてもいいが、おなじように感じている人はほかにもいる。彼らは、メンケンの言葉と、まさに自分が聞きたいことをアリオーラが語ってくれるという事実に手もなく籠絡《ろうらく》されるかもしれない。

「たしかにそのとおりだ」とぼくはいった。「この件は調べる必要がある。でも、セミナーにはだれかべつの人間を送ったほうがいいな」

「うちのマネージャーは？　また行きたいといってたけど」

「いや。ぼくらと関係のある人間は使いたくない」

「ぴったりの人材がいる」キルディは携帯電話を手にとった。「名前はリアタ・スター。女優よ」

そんな名前では、ほかの職業にはつけそうもない。

「いま、仕事の切れ目なの」と番号を入力しながらいう。「キャスティング・ディレクターが参加するかもしれないと耳打ちすれば、まちがいなく行ってくれるわ」

「チャネラーを信じてる？」

キルディは哀れむような目でぼくを見た。「ハリウッドの人間はひとり残らずチャネラーを信じてるわよ。でもそんなことは問題じゃない」電話を耳にあてると、ささやき声で、「ビデオカメラと録音機を持たせるから。それに、潜入調査の仕事をこなせば女優の履歴に箔がつくと話すわ。もしもし」とノーマルな声にもどり、「リアタ・スターに連絡をとりたいんだけど。あら。いいえ、伝言はいいの」切ボタンを押して、「ミラマックスでオーディションの最中だって」

キルディはバッグに携帯電話を放り込み、奥からキーをとりだし、バッグを肩にかけた。

「向こうへ行って、直接会って話をしてくる。すぐもどるから」といって出ていった。

まちがいなく、現実とは思えないほど優秀だ。うしろ姿を見ながらそう思い、警察にいる友人に電話をかけて、アリオーラのデータがあるかたずねてみた。

見つかったらかけ直すという返答だったので、電話を待つあいだに本棚をさがして、『世紀の猿裁判』を見つけ出した。索引でメンケンを調べ、メンケンがいつデイトンを発ったかについての言及がないかさがしはじめた。裁判が終わる前にデイトンを離れたとは思えない。メンケンは、ウィリアム・ジェニングズ・ブライアンと創造説論者を笑いものにして、一生の思い出になるくらいの楽しい経験をしていたのだ。メンケンはブライアンが死ぬ前にデイトンを発ったのかもしれない。ブライアンは、裁判が終わった五日後に死んだ。死因はおそらく心臓発作だが、彼を証人台に立たせて、聖書に関する質問を矢のように浴びせかけたクラレンス・ダロウのせいで大恥をかいたのが遠因となった可能性は高い。ダロウはブライアンおよび創造説をいかにもばかばかしいものに見せた。いやむしろ、ブライアンが自分をばかばかしく見せたというべきか。ダロウによる反対尋問はスコープス裁判のハイライトだった。それがブライアンを殺したのだ。

メンケンは、死者を鞭打つ容赦ない弔辞を書いている。勝利の瞬間、その場に居合わせなかったことを悔やんだのかもしれないが、アリオーラがそれを知っていたとは思えない。たとえ〝アメリカオロカビト〟や〝恥知らずな猿芝居〟を調べ、メンケンのガラガラ声と癇性《かんしょう》の話しぶりを徹底的に研究したとしても。

もちろん、アリオーラは本で読んだのかもしれない。いまぼくが手にしているまさにこの本を読んだ可能性さえある。ブライアンの死について書かれた章を開き、メンケンに関する言及をさがしたが、一カ所も見つからなかった。ページをめくってもっと前にもどってみると、そこに出てきた。信じられない。メンケンは、裁判の結審を見届けて発ったのではなかった。ダロウ側が申請した専門家証人が全員却下された時点で、裁判の大勢はこれで決まってしまった、あとは細かい法的な手続きだけだと考えて、とっととボルチモアに帰ってしまったのだ。つまりメンケンは、ダロウの決定的な反対尋問を目撃していない。ブライアンが人間は哺乳類ではないと述べ、太陽がとつぜん静止しても地球が軌道から飛び出すことはないと言い張るのを見損ねたのだ。たしかに、発つのが早すぎた。賭けてもいいが、メンケンは生涯それを後悔しただろう。

5

「わたしにとって、科学的なものの見方は百パーセント満足できるものだし、記憶にあるかぎり昔からそうだった。生涯でただの一度も、それ以外のものに拠りどころや逃げ場を求めたことはない」

——H・L・メンケン

「でも、どうしてアリオーラにそれがわかったの？」オーディション会場からもどってきたキルディはたずねた。

「ぼくが調べたのとおなじ方法。本で読んだんだよ。で、女優のリアタは、セミナーに行ってくれるって？」

「ええ。行くって。ハサカを貸してある。でも、没収されるかもしれないと思って、ユニバーサルの知り合いと会う約束をしたの。このあいだの007映画にも小道具係で参加していた人。なにかアイデアを出してくれるかも」

「あのさ、キルディ……ジェイムズ・ボンドが使うガジェットは本物じゃないんだよ。あれは映画」

キルディはジュリア・ロバーツ＋αの笑みをぼくに向けた。「アイデアっていったでしょ。ああ、それと、リアタ用のチケットを買ったの。電話して、完売ですかとたずねたら、電話に出た男性は『ご冗談でしょう』と答えて、今度のセミナーはいつもの半分しか売れていないと教えてくれた。アリオーラのことはなにかわかった？」

「いや。心当たりを当たっているところ」しかし、警察署の友人はアリオーラに関してなにひとつ情報を持っていなかった。

「きれいなもんだよ」翌朝、やっと電話してきたとき、彼はいった。「郵便詐欺はおろか、駐車違反の前歴さえない」

《スケプティカル・マインド》や、ウェブ上の悪徳商法ウォッチ・サイトにも、彼女に関する情報はなかった。どうやら彼女は、古きよきアメリカンウェイで——つまり、顧客にたわごとを並べ立ててチャクラ図を売りつけることで——金を稼いでいるらしい。オフィスにやってきたキルディにそのことを告げた。カジュアルなシャツにジーンズというラフなスタイルなのに、あいかわらずゴージャスだ。もっとも、そのジーンズ一着の値段で、たぶん《ジョーンディスト・アイ》の年間予算が吹っ飛ぶだろう。

「アリオーラが本名じゃないのは明らかだけど、いまのところまだ、本名は判明していない。お友だちのQから、ジェイムズ・ボンド御用達の盗撮ビデオカメラは調達できた？」

「ええ」といって、キルディはトートバッグを下ろした。「それに、アリオーラがペテン師だと証明する方法を思いついたの」紙の束をこちらにさしだし、「メンケンがしゃべった内容すべてのテープ起こし。これをメンケンが書いた文章と照らし合わせれば——なに？」と、もう首を振っているぼくに向かってたずねた。

「チャネリングなんだよ。ぼくがスワミ・ヴィシュヌ・ジャミの五万歳の霊体、ヨーガティーに関する暴露記事を書いたとき、彼が『カンペキすごい』だの『ファンキー』だのという言葉を使ったり、携帯電話の話をしたりすることを指摘したら、ジャミいわく、ヨーガティーの思考を自分の言葉に翻訳して伝えているだけだと」

「そうか」キルディは唇を嚙んだ。「コーパス分析はどうかしら――ほら、新発見の原稿をシェイクスピアの書いた戯曲とコンピュータで比較して、同一人物によって書かれたものかどうかを調べるみたいな」

「予算がかかりすぎるよ。それに、あれは大学の研究だ。チャネラーなんかに関わって信用を傷つけるリスクはおかさないと思うね。それに、もしメンケンの文書とマッチしたとしても、メンケンの語彙《ごい》だということが証明されるだけで、メンケンかどうかがわかるわけじゃない」

「そうか」キルディはぼくのデスクのすみに腰かけて、長い脚をしばしぶらぶらさせていたが、やがて立ち上がると、本棚に歩み寄って、本をひっぱりだしはじめた。

「なにやってるんだい?」とたずねながら近づくと、キルディはメンケン自伝の一冊、『異教徒の日々』を手に持っていた。「さっきいっただろ。メンケンのフレーズは――」

「フレーズをさがしてるんじゃないの」といいながら、こちらにメンケンのエッセイ集の『偏見』と自伝をさしだした。「彼にたずねる質問をさがしてるの」

「彼に？　彼はメンケンじゃないよ、キルディ。アリオーラの創作だ」

「わかってる」と、『メンケン選集』をこちらにつきだし、「だから彼に——つまり、アリオーラに質問するのよ。『奥さんの旧姓は?』とか、『あなたが最初に勤めた新聞社は?』とか——この一番下の段に並んでるペーパーバックの中にメンケンの本はある?」

「いや、そっちはほとんどミステリだよ。チャンドラーとハメットとジェイムズ・M・ケイン」

キルディは背すじをのばし、真ん中あたりの棚に目を向けた。「『お父さんの職業は?』みたいな質問」

「父は葉巻職人だった。最初に勤めた新聞は、ボルチモア・サンじゃなくてモーニング・ヘラルド。妻のサラの旧姓はハート(Haardt)。a がふたつで、d が入る。でも、だからといってぼくがメンケンだということにはならない」

「ええ。でも、もしそういうことを知らなかったら、メンケンじゃないという証拠になる」キルディは『メンケン名言集』をさしだした。「メンケンなら答えを知っている質問をぶつけて、アリオーラが答えをまちがえたら、インチキだという証拠」

なるほど、もっともだ。アリオーラは明らかに、メンケンについてかなり徹底的にリサーチして、彼の言葉遣いや癖を身につけている。したがって彼の生涯に関する基本的な質問にはたぶん答えられるだろう。しかし、すべてのディテールを暗記するのはまず不可能だ。メンケンに関する本は何十冊も出ているし、彼自身の著作や日記はいうまでもない。

スコープス裁判に関しては、映画「風の遺産」をはじめとして、芝居や本や論文がたくさんある。メンケンの著書および関連書は、新刊書店で買えるものだけで百冊近いだろう。メンしかもそこにはメンケンがボルチモア・サンに書いた大量の原稿は含まれていない。メンケンなら知っているはずなのにアリオーラが知らないことをなにか見つければ、彼女がメンケンのふりをしている決定的な証拠になり、あとはもっと重要な、〝なぜ〟という質問に移ることができる。アリオーラが質問されることをOKすればの話だが。

「アリオーラにどうやって承知させるつもりなんだい？」とキルディにたずねた。「ぼくの勘では、たぶん会うことも拒否されるよ」

「アリオーラが拒否したら、それが証拠」キルディは動じなかった。

「わかった。でも、メンケンの父親の仕事に関する質問は忘れたほうがいい。酒はなにを飲んでいたかたずねるんだ。ちなみに、答えはライ・ウィスキー」

キルディはノートを出してメモをとりはじめた。

「サンの最初の担当編集者の名前」といいながら、『世紀の猿裁判』をとりあげた。「それと、スー・ヒックスとはだれか？」

「だれなの、その彼女？」

「彼だよ。スコープス裁判の被告側弁護団のひとり」

「スコープス裁判の争点とか、彼に――彼女にたずねてみる？」

「いや、簡単すぎる。たずねるなら……」と、適当な質問を考えた。「裁判の取材中にデイトンでなにを食べたか。裁判所でどこにすわっていたか」

「どこにすわっていたの？」

「ひっかけ問題なんだよ。メンケンは隅のテーブルの上に立っていた。ああ、それと、どこで生まれたかもたずねてみて」

キルディは眉をひそめた。「簡単すぎない？　ボルチモア出身なのはだれでも知ってるでしょ」

「本人の口から聞きたい」

「なるほど」キルディがうなずいた。「彼、子どもはいたの？」

ぼくは首を振った。「きょうだいは女ひとりに男ふたり。ガートルード、チャールズ、オーガスト」

「いいわね。オーガストはあてずっぽじゃ出てこない名前だし。趣味は？」

「ピアノを弾いた。サタデー・ナイト・クラブのことを訊いてみるといい。友だち連中といっしょによく演奏していた」

その日の午後と翌日の午前中を使って質問を考え、順番をバラバラにして質問できるように、インデックス・カードに書き写した。

「彼の金言はどう？」

『『ピューリタニズムとは、だれかがどこかでしあわせにしているかもしれないという恐怖から逃れられないこと』みたいなやつ？　いや。暗記するのがいちばん簡単だし、現実の人間はだれもアフォリズムでしゃべったりしない」

キルディはうなずき、美しい顔をまた本のページのあいだに埋めた。ぼくはメンケンの病歴を調べてから――潰瘍《かいよう》を患ったことがあり、口蓋垂切除の口腔外科手術歴がある――オフィスを出て、ふたりの昼食用のサンドイッチを買ってきて、メンケンの「バスタブの歴史」と、彼がスコープス裁判のあいだに、ある（架空の）福音伝道者による〝癒しと悪魔祓いと預言の公開実演〟を告知するためにつくった偽物のビラをコピーした。メンケンは、デイトンじゅうの人間がだれひとりインチキだと見破れなかったと大喜びで吹聴《ふいちょう》した。

キルディが読んでいた本から目を上げ、「メンケンがリリアン・ギッシュとつきあってたって知ってた？」とびっくりしたようにいった。

「ああ。いろんな女優とつきあってるよ。アニタ・ルースとも浮き名を流したし、アイリーン・プリングルとはもうちょっとで結婚するところだった。どうして？」

「相手が映画スターでも動じなかったんだなと思って感心したの。それだけ」

ぼくに向けた言葉なのかどうか、判断がつかなかった。「女優といえば、アリオーラのセミナーは何時から？」

「二時」キルディは腕時計に目をやった。「いま、二時十五分前。四時には終わるはずよ。

リアタは終わったらすぐ電話するって」

メンケンの著書と伝記的事実の調査にもどり、アリオーラが暗記している可能性が低いディテールをさがした。メンケンは野球好きだった。ホテルの客室からギデオン聖書を盗み、〝謹呈　著者より〟とサインして友だちに配った。友人には、作家がおおぜいいた。シオドア・ドライサーとか、F・スコット・フィッツジェラルドとか。あるときフィッツジェラルドは、メンケンとのディナーの席で酔っぱらい、ズボンを下ろした。

電話が鳴った。受話器に手を伸ばしたが、鳴ったのはキルディの携帯だった。「リアタよ」と液晶画面を見てキルディがいった。

「リアタ？」腕時計に目をやった。まだ二時三十分。「まだセミナーの最中だろ。どうしたんだ？」

キルディは肩をすくめ、携帯を耳に当てた。「リアタ？　どうしたの？……まさか！……手に入れた？……最高……いいえ。予定どおり、スパーゴで落ち合いましょう。三十分後に行くから」

キルディは切ボタンを押して立ち上がり、優雅な一挙動でキーをとりだした。

「アリオーラがまたやったの。ただし今回は、はじまったとたん、スタッフがセミナーを中止にして、彼女をステージから引きずり下ろし、聴衆全員を帰らせた。ビデオも撮れたって。いまから受けとってくる。ロブ、あなたはここにいる？」

メンケンの二本指のタイピングについてたずねるにはどんな質問がいいだろうと考えながら、ぼくはうわのそらでうなずいた。キルディはさよならの手を振って、オフィスを出ていった。

〝記事はどうやって書く？〟と質問したら、執筆のプロセスについての答えが返ってくるだろう。でも、〝タッチタイピングはできる？〟という質問だと、アリオーラは――。

キルディがまた戸口にあらわれ、腰を下ろし、またノートを手にとった。「なにしてるんだい？　てっきりもう――」

キルディは唇に指をあてた。〝アリオーラが来てる〟と声を出さずに口だけを動かす。

そして、アリオーラが入ってきた。

ステージ用の紫のローブとメイクはそのままだった。ということはセミナー会場からまっすぐここへ来たにちがいない。しかし、前回のように怒り狂ってどなりこんできたわけではなかった。おびえた顔をしている。

「あたしになにをしたの？」と震える声でたずねる。「なにもしてないなんていうんじゃないよ。ビデオを見たんだから。あんたたちは――それはおれも知りたいね」とがらがら声がいった。「いったいぜんたい、おまえたちはいままでなにをやっていた？　このごたく大神官が吐き散らかすような与太話を一掃する雑誌を出してるもんだと思っていたが。この女は、きょうも霊を呼び出して、オカルトにどっぷり浸かった阿呆どもに現ナマを吐き出させていたぞ。なのにおまえたちはどこにいた？」

「きょうのセミナーに行かなかったのは、わたしたちが出席することで、かえって彼女に――」キルディは口ごもった。「つまり、もしアリオーラが……その、なにが起きているのかよくわからなくて……」言葉が途中で小さくなり、消えた。

「アリオーラ」ぼくはきっぱりいった。「あなたはアストラル界の霊体とチャネリングしているふりをして生計を立てている。H・L・メンケンとチャネリングしているふりをしてるんじゃないと思う理由がどこにある？」

「ふり？」アリオーラは驚いたようにいった。「つまりこのおれが、あの安っぽい毒婦のでっちあげだと？」ぼくのデスクの椅子にどっかと腰を下ろして苦笑した。「まったく正しい。おれだって信じないだろう。よし、それでこそおれの精神を受け継ぐ懐疑論者だ」

「ああ」とぼく。「懐疑論者として、あなたが自称する存在だということを示す証拠がほしい」

「もっともだな。どんな証拠だ？」

「いくつか質問をしたいの」とキルディ。「どこからでも撃ってこい《ファイアー・アウェイ》」

アリオーラはぽんとひざを叩いた。「火《ファイアー》という言葉が出たついでに訊くけど、ボルチモア大火はいつ？」

「よし」とぼく。

「まるよん《オート・フォー》年二月」とアリオーラは即答した。「死ぬほど寒かった」にやっと笑って、

「最高のときだったな」

キルディがぼくにちらっと目を向けた。「お父さんはどんなお酒を飲んでました？」

「ライ」

「あなたはなにを？」とぼく。

「一九一九年からこっちは、手に入る酒ならなんでも」

「ご出身は？」とキルディ。

「世界でいちばん美しい街」

「というのは？」とぼく。

「というのは？」アリオーラは憤然と吼えた。「ボルチモア《ボールマー》！」

キルディがさっとぼくを見た。

「サタデー・ナイト・クラブとは？」ぼくは大声でたずねた。

「飲酒クラブ」とアリオーラ。「音楽の伴奏つき」

「あなたはどんな楽器を？」

「ピアノ」

「マン法というのは？」

「どうしてそんなことを訊く？」アリオーラはキルディにウインクして、「州境を越えて彼女を連れ出すつもりか？　彼女、未成年かい？（マン法は、売春などの目的で女性を他の州へ移動させることを禁じた一九一〇年の法律）」

ぼくはそれを無視した。「あなたが本物のメンケンなら、心霊詐欺師を憎んでいたはずだ。なのにどうしてアリオーラの肉体に宿ってる？」

「人間はどうして動物園に行く？」

アリオーラは優秀だ。それは認めざるを得ない。それに当意即妙。サン紙や《スマート・セット》誌やウィリアム・ジェニングズ・ブライアンに関する質問に次から次へとノータイムで回答した。

「デイトンへ行ったのはなんのため？」

「サーカス見物。それと、動物たちを暴れさせるため」

「そのとき持っていったものは？」

「タイプライター一台とスコッチ四クォート。扇風機を持っていくべきだったな。地獄の第七界より暑かったよ、顔ぶれは似たようなものだったのに」

「デイトン滞在中はなにを食べました？」とキルディ。

「フライドチキンとトマト。毎食毎食。朝食もな」

メンケンがスコープス裁判のあいだに配ったニセ福音伝道師のビラをアリオーラに手渡した。「これはなに？」

アリオーラはそれに目をやり、ひっくりかえして反対側を見た。「なんかのチラシみたいだな」

これが動かぬ証拠だ。ぼくは心の中でほくそ笑んだ。本物のメンケンなら一目でわかるはず。「このビラを書いたのがだれかわかる?」とたずねかけて、考え直した。質問自体がヒントになってしまう。それに、〝ビラ〟という言葉は使わないほうがいい。

かわりに、「このチラシになにが書いてあるかわかりますか?」とたずねた。

「あいにく、それには答えられない」とアリオーラ。

じゃあ、あんたはメンケンじゃない。勝ち誇った視線をキルディのほうに投げた。

「だが、喜んで答えよう。もしこれに書いてあることを声に出して読んでくれるなら」

アリオーラはビラをこちらにさしだした。ぼくはビラに目をやり、彼女に視線を移し、またビラに視線をもどした。

「なんなの、ロブ?」とキルディ。「どうしたの?」

「なんでもない。チラシのことは忘れてください。あなたが最初に書いた記事のテーマは?」

「盗まれた二輪馬車」と答えて、アリオーラはそのいきさつを詳細に語りはじめたが、ぼくは聞いていなかった。

彼にはなんのビラだかわからなかった。なぜなら、字が読めなかったから。メンケンは一九四八年に失語症を発症し、読み書きができなくなった。

6

「わたしには清潔で素敵な宿があったんですよ、奥さん。そこを離れてこの町にやってきたんです」

——映画「風の遺産」より

「なんの証拠にもならないよ」アリオーラが帰ったあと、キルディに向かっていった。アリオーラは、ボルチモアで住んでいた通りの名前をぼくがたずねた直後、メンケンの芝居を唐突に中断し、途方に暮れたような顔でぼくを見つめ、それからキルディに視線を移し、ひとことも口をきかずに飛び出していった。

「アリオーラもぼくとおなじやりかたでメンケンの病気を知ったのかもしれない。本で読んだんだ」

「だったらあなたはどうしてあんなふうに真っ青になったの？　失神するかと思った。それに、アリオーラはどうしてただ質問に答えるだけにしなかったの？　他のすべての質問に対する答えは知っていたのに」

「たぶん、あの質問の答えは知らなくて、あれがとっさの反応だったんだ。ぼくは不意をつかれた。それだけだよ。答えは暗記しているんだろうと思ってたから。まさか——」

「まさしく」とキルディが口をはさんだ。「メンケンのふりをしている人間なら、直接そのことを質問されたら、失語症にかかっていると答えたかもしれない。でも、さっきのケースは……それに、ほかにも似たような例がある。ボルチモア大火のことをあなたが質問したとき、彼は、人生で最高の時だったと答えた。偽装している人間なら、どこの建物が炎上し、どんなに悲惨だったかとか、そんなふうに答えたはずよ」

それに彼は〝千九百四年〟とも〝ゼロよん年《オー・フォー》〟ともいわず、〝まるよん年《オート・フォー》〟といった。いまではだれもそんな言葉遣いはしない。それに、メンケンが残した文章を読んでも出てこない。口に出してはそういうけれど、書くときには使わない言葉。アリオーラがどんなに文献を調べても――

「だからといって、彼がメンケンだという証拠にはならない」口に出したあとで、〝彼〟と呼んだことに気がついた。それと、大声を出したことにも。声を小さくして、「すごくよくできたトリックだが、それだけのことだよ。それに、どんなトリックを使ったのかわからないからといって、トリックじゃないということにはならない。彼女はメンケン役になりきるための特訓を受けたのかもしれない。書いたものをつきつけられたときは、字が読めないふりをするという反応まで含めてね。あるいは、コンピュータの前にいる相棒から入れ知恵されているのかもしれない」

「注意して観察したけど、イヤピースなんかはめてなかった。それに、だれかが正しい答えを調べて彼女に教えてるんだとしたら、応答はもっとゆっくりになるはずじゃない？」

「かならずしもそうとはかぎらないよ。写真記憶の持ち主かもしれないし」

「でも、だったらチャネリングじゃなくてマインド・リーディングをやるんじゃない？」

「前はやっていたのかもしれない。セーラム以前に彼女がなにをやっていたのか、ぼくらは知らないんだから」と答えたが、キルディのいうとおりだ。写真記憶の持ち主なら、占い師または霊媒で大儲けできるし、アリオーラのチャネリング公演に写真記憶を活用した形跡はまったくなかった──一般的なことしかしゃべっていない。

「それとも、なにかべつの方法で答えを検索しているのかもしれない」

「ロブ、もしそうじゃないとしたら？　メンケンの霊とほんとうにチャネリングしているんだとしたら？」

「キルディ、チャネリングなんて嘘っぱちだよ。霊も波動もアストラル界も存在しない」

「それはわかってる。でも、彼の答えもそうなの？」キルディは首を振った。「それに、彼にはなにかがある。あの声や身振り──」

「演技っていうんだよ」

「でも、女優としては、アリオーラは最低よ。彼女のアイスースは見たでしょ」

「わかった。とりあえず、あれがメンケンだと仮定しよう。ラウドゥンパーク霊園の先祖代々の墓所で眠るかわりに、天のどこかを漂っていたんだとしよう。だったらどうして、いまこの時代を選んで地上にもどってきた？　ユリ・ゲラーが世界中でスプーンを曲げていた時代とか、シャーリー・マクレーンが全宇宙のあらゆるトークショーに出ていた時代とかにどうして復活しなかった？　ヴァージニア・タイがブライディ・マーフィーの生まれ変わりだと主張していた一九五〇年代にどうして出現しなかった？」

「わからない」とキルディは認めた。

「それに、どうしてアリオーラみたいな三流芸人の〝水路《チャネル》〟を通って姿をあらわす？　あいうスピリチュアル詐欺師は大嫌いだったはずなのに」

「だからこの世にもどってきたんじゃないの？　アリオーラみたいな連中がいまもはびこり、メンケンがやるべき仕事がまだ残っているから。聞いたでしょ――発つのが早すぎたといったじゃない」

「スコープス裁判の話だよ」

「でも、そうじゃなかったかもしれない。思い出して。彼はこういった。『ちょっと目を離すと、いかさま師やペテン師がわがもの顔でのさばりはじめる』それとも、もしかしたら――」キルディは口をつぐんだ。

「もしかしたらなに？」

「もしかしたら、ロブ、あなたに手を貸すためにもどってきたのかもしれない。チャールズ・フレッドにすごく腹を立てていたときにいってたじゃない、『メンケンはどこにいる？　いまこそ彼が必要なのに』って。きっと、その声を聞きつけたのよ」

「そして、存在しないアストラル界からはるばる地上にもどってきて、だれも知らない懐疑論者に手を貸すことにしたって？」

「ありえないことじゃないわ、だれかがあなたに関心を持つのは。わたしだって……つまり、あなたがやっている仕事はほんとにだいじなことだし、それにメンケンは──」

「キ、ル、ディ。ぼくは信じないよ」

「わたしもよ──ただ……認めるでしょ、とても説得力のある幻想だということは」

「ああ。フォックス姉妹のテーブル叩きの降霊術も、一八八〇年代のダブリンで洗濯女をしていたアイルランド人だったというヴァージニア・タイの前世もね。しかし、両方とも、合理的な説明があったし、たいして複雑な話でもなかった。ブライディ・マーフィーの知識は、みんな、ヴァージニア・タイがアイルランド人の乳母から聞いたものだったと判明した。フォックス姉妹は、なんと、足の指の関節をポキポキ鳴らしていた」

キルディは、「そうね」と答えたものの、納得した口調ではないのが気にかかった。アリオーラのメンケン芝居がキルディをだませるとしたら、どんな人間だってだまされるだろう。TV局が《ジョーンディスト・アイ》にコメントを求めてきたとき、「まちがいなくトリックですね。どんなふうにやっているのかはわかりませんが」と発言するのでは、火に油を注ぐようなもの。早急にトリックを解明する必要がある。

「アリオーラは、メンケンに関する情報をどこかで入手していたはずだ。その情報源をつきとめる必要がある。書店と図書館の両方を調べよう。それとインターネット」といいながら、アリオーラの情報源がネットではないことを祈った。彼女がどのサイトにアクセスしたかをつきとめるには永遠の時間がかかる。

「わたしはなにをすれば？」とキルディがたずねた。

「きみが前に提案したとおり、テープ起こしをチェックして、メンケンの引用を洗い出してから、その出典をリストアップしてほしい。そうすれば、どの著作を当たればいいかわかるから」と指示した。「あとは、きみのマネージャーとか、アリオーラのセミナーに参加したことのある人に片っ端から話を聞いて、だれかプライベート啓発セッションを受けた人がいないかさがしてほしい。個人セッションの場合はどうなのかを知りたいんだ。ぼくらにはわからない理由から、アリオーラは一対一のときもメンケンを使っているのか？　なんとかたしかめてほしい」

「リアタに頼んで、受講してもらうこともできるけど」とキルディが提案した。

「名案だ」

「質問のほうはどうする？　もっとむずかしい質問をつくったほうがいいかしら。さっき彼に――じゃなくて彼女に質問したやつより」

ぼくは首を振った。「質問をむずかしくしても無駄だろう。もし写真記憶があるなら、こっちが資料をあたってつくるどんな質問でも、彼女には答えがわかっている。もし知らなくて、モーニング・ヘラルドで同僚だった記者とか、《スマート・セット》の連載エッセイに出てくるだれかについて質問した場合、彼女は覚えてないというだけでいいし、それはなんの証拠にもならない。五年前に自分が《ジョーンディスト・アイ》に書いた原稿について質問されても、ぼくは思い出せないからね」

「もっとむずかしくっていうのは、事実とか数字とかに関する質問のことじゃないの。どんな人でも忘れるはずがないようなこと。たとえば、メンケンがはじめてサラと出会ったときのこととか」

はじめてキルディと出会ったときのことを思い出した。デスクから顔を上げると、そこに彼女が立っていた。ブロンドの髪と、映画スターの笑み。ああ、たしかに忘れられない。

「それとも、お母さんが亡くなったときとか」とキルディが話している。「ボルチモア大火についてはじめて知ったときとか。新聞社から自宅に電話があって、ぐっすり眠っているところを叩き起こされたのよ。そんなことは忘れようがない。子どものころに飼っていた犬の名前とか、小学校のときの愛称とか」

愛称。それでなにか思い出した。アリオーラが知らないはずのなにか。赤ん坊に関すること。メンケンは赤ん坊のころになにか呼び名をつけられていたっけ？　いや、そうじゃなくて——

「それとも、十歳のときにもらったクリスマス・プレゼントとか。メンケン本人だったらぜったい答えを知っているはずで、もし知らなかったらアリオーラだと証明されるような質問を見つけなきゃ」

「でも、もし知っていたとしても、メンケンだという証拠にはならない。いいね」「リアタと会って、プライベート啓発セッションを受けるように頼んでくる」キルディはテープ起こしのプリントアウトをトートバッグにつっこみ、サングラスをかけた。「ビデオも受けとってくる。じゃ、またあした」

「いいね、キルディ」と念を押した。

「いいわ」とノブをつかんでキルディが答えた。「たぶん」

7

「最高レベルの確信にも、つねに一抹の疑念はある——半分は本能的で、半分は論理的な思い、すなわち、悪党はやっぱり袖の中になにかを隠しているかもしれないという疑念だ」

——H・L・メンケン

キルディが出かけたあと、知り合いのハッカーに電話して厄介な仕事を頼み、それから UCLAの英文科にいる知り合いに電話した。

「メンケンに関する問い合わせ？　おれの知るかぎりではなかったな、ロブ。ジャーナリズム科をあたったほうがいいかもしれない」

ジャーナリズム科の男は、「だれですって？」と聞き返し、ぼくが説明すると、ボルチモアのジョンズ・ホプキンス大学に問い合わせるよう助言した。

いったいなにを考えていたんだろう。キルディの話では、アリオーラがメンケンを演じはじめたのはシアトルだ。まずそこをチェックする必要がある。あるいはセーラムか、それとも――セーラムのあと、アリオーラはどこへ移ったんだっけ？　セドナ。そのあとは夜までずっと、シアトル、セーラム、セドナの書店と図書館に電話をかけつづけた。電話に出たうちの五人が「だれですって？」と聞き返し、全員がMenckenのスペルをたずねたが、それは最近メンケンの名前を聞いたことがない証拠かもしれないし、そうでないかもしれない。三十軒の書店のうち、メンケンに関する本の在庫が一冊でもあったのは七軒。そのうち半分は新刊の評伝で、〝なぜメンケンなのか？〟という謎の答えはそれなのかもしれないと一瞬色めき立ったが（問題の本のタイトルは『懐疑論者にして予言者』だった）、その本が出たのはわずか二週間前だった。どの書店も、他のお客さまの注文や購買記録に関する問い合わせには応じられませんという回答だったし、公共図書館にいたってはどんな情報もまったく与えてくれなかった。

図書館のオンライン蔵書検索システムを使ってみたが、いまどの本が貸し出し中かということしかわからない。ロサンジェルス図書館の蔵書を検索してみると、メンケン関連の本のうち貸し出し中は五冊あり、すべてベヴァリーヒルズ分館の蔵書だった。

「こいつは脈がありそうだ」と、翌朝出社してきたキルディにいった。

「いいえ」とキルディは首を振った。「借り出したのはわたし。テープ起こしと比較するための資料よ」キルディはブランド物のトートバッグからプリントアウトの束をとりだした。「これのことで話があるの。おもしろいものを見つけたのよ。わかってる」とぼくの異議を先回りして、「あなたがいったとおり、証明できるのはアリオーラが――」

「もしくは、彼女に知恵をつけているだれかが」

キルディはうなずき、「――証明できるのは、これを企んだ人物がメンケンを読んでいるということだけ。わたしもそれには同意する。でも、アリオーラが一字一句そのままメンケンの言葉を引用していると思うでしょ?」

「ああ」ランドル・マーズのリンカーンの〝いまを去ること八十と七とせ……〟を思い出しながら答えた。

「でも、アリオーラはちがうの。ほら、ウィリアム・ジェニングズ・ブライアンについてここで質問したときの答えを見て。『ブライアン! あの薄汚い老いぼれペテン師か。名前を聞くだけでも不愉快だ。あの悪党は、科学と理性に対して悪意と憎しみを抱いていた』」

「メンケンはそうはいってないと？」

「イエスともノーともいえる。メンケンはブライアンのことを〝歩く悪意〟と呼んでいたし、〝ノミのたかった薄汚いやつ〟とか、〝あらゆる知識に対するほとんど異常なまでの憎しみ〟ともいってる。ほかの質問に対する答えや、セミナーで彼女が語ったことも、大なり小なり似たようなもの」

「ということは、メンケンの言葉を自由に混ぜ合わせているわけか」といったものの、キルディの発見はひっかかった。歴史上の人物を演じようとする人間は、オリジナルの原稿にしがみつく。というのも、メンケン語録からの逸脱は、本人ではない証拠として使われる可能性があるからだ。そして、キルディがさしだした注釈入りリストは、それとはべつの意味でやっかいだった。フレーズは、ひとつふたつの出典からとられたものではない。マップ上の全領域――『少数報告』の〝完璧なるたわごと〟、『新共和国』の〝駄弁《バンカム》〟、サン紙に書いた教育についての記事の〝リディア・ピンカムの植物配合剤《ベジタブル・コンパウンド》（五種類のハーブなどを配合した女性用の栄養補助食品。一八七五年に発売され、全米で大ヒットした）と同程度に本物らしい〟――から拾われている。

「メンケンの伝記のどれか一冊からすべてを拾い出した可能性は？」

キルディは首を振った。「チェックしてみた。四つか五つのネタを同時に含んでいる本は二冊あったけど、ぜんぶが入っている本は見つからなかった」

「だからといって、そういう本が存在しないとはかぎらない」といって、ぼくは話題を変えた。「きみの友だちはアリオーラのプライベート・セッションを予約できた？」

「ええ」キルディは腕時計に目をやった。「もうすぐ会いにいかないと。土曜のセミナーのチケットも手に入れたって。キャンセルするんじゃないかと思ったけど、予定どおり開催するみたい。でも、ゆうべ出演するはずだった地元ラジオ局のインタビューと、来週開く予定だった一週間のスピリチュアル集中セミナーは中止になった」

「アリオーラの前回のセミナーのビデオは受けとった？」

「いいえ。家に忘れてきたって。きょう、プライベート・セッションの前に会うんだけど、そのとき渡してもらうことになってる。リアタの話では、司会者のすごくいい絵が撮れてるそうよ。司会者のようすから見て、彼がインチキの片棒をかついでないのは確実だと思うって。それともうひとつ。ジュディ・ヘルツバーグに電話したの。ありとあらゆるサイキック・イベントに足を運んでいる人――ほら、覚えてない？　シャーマン占星術に関する特集を組んだとき、わたしがインタビューした人だけど、その彼女によると、アリオーラから電話があって、ウィルスン・アンボイの電話番号を訊かれたって」

「ウィルスン・アンボイ？」

「ベヴァリーヒルズの精神科医」

「それもトリックの一環だよ」と答えたが、われながら多少疑わしい口調だった。アリオーラのような三流チャネラーにしては、おそろしく手の込んだ芝居だ。だれかべつの人間が背後で糸を引いている。だれかがアリオーラに答えを教えているというだけの話じゃない。パートナー。もしくは黒幕。

キルディが出かけたあと、マーティ・ランボルトに電話して、セーラム時代のアリオーラにパートナーがいたかどうかをたずねた。

「おれの知るかぎりはいなかったよ。こないだプレンティスがセーラムの魔術に関する研究をやったばかりだ。彼女なら、知ってそうな人間に心当たりがあるかもしれない。ちょっと待ってくれ。プレンティス！」と呼ぶ声が電話の向こうから聞こえてきた。「ジェイミー！」

ジェイミーか。ジェイムズ・M・ケインのニックネームもジェイミーだった。そしてメンケンは彼の親友だった。どこで読んだ話だっけ？

「マダム・オリマに電話しろってさ」と電話口にもどってきたマーティがいい、電話番号を教えてくれた。ダイヤルしかけて受話器を置き、メンケンの伝記の索引で「ケイン、ジェイムズ・M」を引いた。伝記の記述によると、ケインとメンケンはボルチモアの記者仲間で、親しい友人であり、メンケンはケインの第一短篇集『冷蔵庫の中の赤ん坊』の出版に尽力した。

本棚の前に座り込み、いちばん下の段のペーパーバックを物色した。……チャンドラー、ハメット……赤いカバーで、たしか、高い椅子にすわった赤ん坊の写真が……チャンドラー、ケイン……

だが、赤は見つからない。タイトルに目を走らせる……『殺人保険《ダブル・インデムニティ》』、『郵便配達夫はいつも二度ベルを鳴らす』……あった、『ミルドレッド・ピアース』のうしろに貼りついていた。ぜんぜん赤くない。『冷蔵庫の中の赤ん坊』。けばけばしいオレンジと黄色で、母親の腕に抱かれた赤ん坊の写真と、ガソリンスタンドをバックに煙草を吸う男のイラスト。中身に関する記憶が、カバーに関する記憶よりはましであることを祈った。

ましだった。たしかにロイ・フープスの序文がついている。ペンギン版のペーパーバックだが、それだけではなく、絶版になってからもう二十年以上経つ。アリオーラの調査係がケインについて調べる手間をかけていたとしても、この版を参照した可能性はきわめて低い。そして、序文にはケインに関する逸話が満載されている。パーフェクトだ——友人知人はみんな彼のことをジェイミーと呼んでいたこと、結核のサナトリウムでひと夏を過ごしたことがあり、メンケンお気に入りの街ボルチモアを嫌っていたこと。

情報のいくつかはメンケンの本にも載っているものだった——メンケンがケインをアルフレッド・A・クノップフに紹介したおかげで、ケインの第一短篇集がクノップフ社から出版されたこと、サン時代のつながり、映画女優アイリーン・プリングルをめぐってケインとメンケンが張り合ったこと。

しかし、フープスの序文にある情報の大半は、メンケンの本には出てこない。しかも、それはまさしく、友だちなら確実に知っているようなことばかりだ。だが、アリオーラは知らない。なぜならそれはケインの人生の細部であって、メンケンの人生の細部ではないからだ。いくらアリオーラの黒幕が優秀でも、ケインの人生について、あるいはメンケンの他の有名人の友だち全員の人生について、あらゆる細部を記憶しているなどということはありえない。もしこの中に質問として使えるものがなくても、ドライサーの伝記とか、F・スコット・フィッツジェラルドの伝記にはなにか見つかるはずだ。あるいはリリアン・ギッシュの伝記に。

しかし、この序文だけでもネタはたっぷりあった。たとえば、ケインの兄のボイディが休戦記念日の翌日に事故で非業の死を遂げたこと。自分の書くものはすべて『不思議の国のアリス』をモデルにしているというケインの発言。これは、彼の作品をいくら読んでもまず気がつかない。ケインの小説ではいつも犯罪と殺人者と美女が描かれる。美しく計算高い女が主人公を誘惑し、ペテンの片棒を担いでほしいとそそのかすが、結局は彼女自身のペテンだったことが判明する。

アリオーラが読みそうにない本だが、メンケンはまちがいなく読んでいる。メンケンは短篇の「冷蔵庫の中の赤ん坊」の雑誌掲載権を買って、自分が編集する《アメリカン・マーキュリー》に載せ、おまえがこれまでに書いた最高傑作だと請け合った。ということは、質問の出典としては理想的だし、なにをたずねればいいかはもうわかっている。「冷蔵庫の中の赤ん坊」のストーリーを知らない人間には意味不明の質問だろう。答えがわかるのは物語を読んだ人間だけ。たとえばメンケンのような……。

もしアリオーラが答えを知っていたら——どうする？　彼女がほんとうにメンケンとチャネリングしていると信じる？

そのとおり。そしてチャールズ・フレッドはほんとうに死者と話をしているし、ユリ・ゲラーはほんとうにスプーンを曲げている。アリオーラは写真記憶の能力があるか、でなければトリックだ、そうに決まっている。

だれかが答えを入れ知恵している。

入れ知恵している。

そのとき、キルディが「スー・ヒックスってだれ？」といったのをふと思い出した。アリオーラのセミナーに出ろとしつこく言い張ったこと、「でもどうして聴衆をどなりつけて莫迦《ばか》呼ばわりする霊とチャネリングするの？」といったこと。

手に持ったままの、オレンジと黄色の表紙のペーパーバックに目を落とした。「美しく計算高い女が主人公を誘惑し、ペテンの片棒を担いでほしいとそそのかす」とつぶやき、映画スター並みにハンサムなアリオーラの案内係や、ヴィクトリア朝の霊媒が呼び出す霊の露出度の高い衣裳や、サー・ウィリアム・クルックスのことを考えた。セックス。カモの気を引いて夢中にさせれば、針金の仕掛けにも気づかなくなる。史上もっとも古いトリックだ。

前にいったとおり、アリオーラはこんなに手の込んだペテンを仕組めるほど利口じゃない。だが、キルディはちがう。そこで彼女をターゲットのふところに送り込む。その結果、彼女は本棚いっぱいのメンケン関連書を読み、お人好しのカモが「メンケンはどこにいる？　いまこそ彼が必要なのに」とつぶやくのを聞くことができた。そして、カモが彼女を信頼するように仕向ける。もし彼が恋に落ちればもっけのさいわい。持ち前の客観性を失い、疑念を抱かなくなる。

そう考えると、なにもかも筋が通る。アリオーラとの出会いをお膳立てしたのはキルディだ――うちの雑誌でチャネラーをとりあげたことはないし、キルディはそれを知っている。身許を隠してアリオーラのセミナーに参加するわけにはいかないといったのもキルディだし、没収されるのを知りながらビデオカメラを持ってくるようにいったのも、愛車のジャグァーではなくタクシーでセミナー会場にやってきたため、アリオーラがどなりこんできたときたまたまオフィスに居合わせることになったのもキルディだ。

でも、キルディはそのすべてをビデオに撮影していたじゃないか。それに、霊がだれなのかも、まるでわかっていなかった。あれがメンケンだとつきとめたのはぼくだ。

キルディが前に参加したセミナーで得た手がかりを教えてくれたおかげで。考えてみれば、アリオーラがその時点でメンケンとチャネリングしていたというのは、キルディからそう聞かされただけだ。バークレーとシアトルでおなじことが起きたというのもそう。それに、録画が編集されているというのも。

そして、あれは本物のメンケンだといいつづけているのもキルディだ。本人かどうかたしかめるため、メンケンに質問を——好都合なことに、ぼくが彼女に答えを教えてやった質問を——ぶつけてみるというアイデアを思いついたのもキルディ。自分の友だちに頼んでアリオーラのセミナーに参加させ、ぼくがまだ見ていないビデオを撮らせたのもキルディ。問題のビデオは——それどころかリアタなる人物も——実在しない可能性がある。最初から最後まで、なにもかもぜんぶ仕組まれていたのだ。

なのにぼくはまるきり気づかなかった。キルディの脚や蜂蜜色の髪の毛やあの笑顔に夢中だったから。クルックスとおなじように。

いや、そんなことは信じない。まさかあのキルディが。もう一年近く、いっしょに仕事をしてきたキルディ。鶏の臓物を盗み、催眠術にかかったふりをし、ジャン・ピエールにオーラの浄化をさせたキルディ。アリオーラみたいなインチキ霊媒が大嫌いだからという理由で、うちの雑誌で働きたいと自分からぼくのところへやってきたキルディ。

そうとも。映画一本あたり五百万ドルの出演料を稼ぎ、ヴィゴ・モーテンセンとデートできる立場なのに、吹けば飛ぶような三文雑誌で働きたいとうちを訪ねてきた。ワールドプレミアのレッドカーペットもタヒチの夏もディープ・ティシュー・マッサージも喜んで投げ出し、ぼくのもとへやってきた。懐疑論の法則その二。現実とは思えないほどすばらしいことは、たぶん現実ではない。そしておまえは、キルディがすぐれた女優だと何回いった？

いや。体の中のすべての細胞が反発する。そんなことはありえない。

だがそれは、お人好しがいつも口にする台詞じゃないか？　目の前に証拠をつきつけられたときでさえも、お人好しはこういう。〝ぼくは信じない。彼女がぼくにそんなことをするはずがない〟と。

そして、それこそがすべての目的だ――おまえの信頼を勝ちとり、味方だと思わせること。でなければおまえは、アリオーラのセミナーのビデオが編集されていることを自分で確認してみると言い張り、アリオーラがセミナーの予定をキャンセルしたことや精神科医の電話番号を訊いたことの、個別に裏付けのとれる証拠を要求したはずだ。

個別に裏付けのとれる証拠。必要なのはそれだ。なにを調べればいいかはわかっている。

母親に連れられてルーシャス・ウィンドファイアのルミネッセンス・リーディングに参加したのがうちに来るきっかけだったと、キルディは最初の日に説明した。あのリーディングの参加者リストは手もとにある。ウィンドファイアの逮捕に関する記事を書いたときに入手した裁判資料の一部だ。キルディがぼくに会いにきたのは五月十日。その月、ルーシャス・ウィンドファイアは二回しかセミナーを開いていない。その二回と、その前の二回分の参加者データを対象にキルディの名前を検索した。

ゼロ件。

母親の名前でチケットをとったのかもしれない。そう考えて、キルディの母親の名前をタイプした。ゼロ件。リストをプリントアウトし、三月分と四月分を手作業で確認してみたが、やはり見つからない。それにウィンドファイア社の会計報告のどこにも、一万ドルの寄付は見当たらなかった。

三十分後、にこやかな笑みを浮かべ、いつもながら美しいキルディが、山ほどニュースを携えてやってきた。「アリオーラは、予定していたプライベート啓発セッションすべてとツアーの残りをキャンセルしたわ」ぼくの肩越しにプリントアウトを覗き、「メンケンの真偽をたしかめる絶対確実な質問は見つかった？」

「いや」『冷蔵庫の中の赤ん坊』を書類フォルダーの下に隠して、両方いっしょにデスクの引き出しに突っ込んだ。「でも、なにが起こっているのかを説明する仮説は思いついた」

「ほんとに？」

「ほんとに。つまり、最初から、いちばん大きな謎はアリオーラ自身だった。彼女にはとても、これだけ手の込んだ偽装を企てて実行するだけの知恵がない――〝まるよん年〟とか、字が読めないとか、精神科医の診察を受けるとかね。それが意味するのはふたつにひとつ。彼女が実際にメンケンとチャネリングしているか、それとも、なにかべつの要素があるか。そのべつの要素がなんなのか、わかった気がする」

「わかったの？」

「ああ。ぼくの説を聞いて、感想をいってくれ。アリオーラは有名になりたがっていた。一回あたり七百五十ドルのセミナーと一本あたり六十ドルのビデオテープだけじゃなく、オプラにトゥデイ・ショーにラリー・キングにと、すべてのトークショーをかけ持ちする人気者になりたかった。しかしそのためには、信じてくれる客がいるだけじゃ足りない。だれか、社会的な信用のある人間に本物だと太鼓判を捺してもらう必要がある。科学者とか、あるいはプロの懐疑論者とか」

「たとえばあなたみたいな」と、キルディは用心深い口調でいった。

「ぼくみたいな。ただしぼくは、アストラル体もチャネリングも信じていない。もちろん、アトランティスの大神官の霊なんかぜったいに信じない。そこで、スピリチュアル詐欺師がチャネリングしようとは夢にも思わない人物、ぼくが聞きたいと思うことを口にするようなだれかが必要になる。しかも、ぼくがよく知っていて、適当な手がかりを与えられたら、それがだれなのか、すぐに気がつくような人物。つまり、ぼくのためにあつらえられた人物」

「たとえばH・L・メンケンみたいな」とキルディはいった。「でも、あなたがメンケンのファンだなんて、アリオーラはどうやって調べたの？」

「彼女が調べる必要はなかった。そっちはパートナーの仕事だから」

「パートナーって――」

「相棒、共謀者、助手、なんとでも呼べばいい。その人の口から、あるチャネラーの舞台を見なきゃいけないといわれたら、ぼくがあっさり信用するような女性」

「つまり、はっきりいうと、たまたまアリオーラのセミナーに参加したわたしが、彼女のすばらしいアイスース演技に感動して、たちまち大文字のBではじまる信者《ビリーバー》になり、極悪非道の陰謀に荷担することになった、と？」

「ちがうよ。ぼくはきみが最初から彼女とグルだったと思っている。このオフィスにはじめてあらわれたその日から」

キルディはじっさいすばらしい女優だった。美しいブルーの瞳に浮かぶ表情は、まさに傷つき、茫然としているように見えた。「わたしがだましたと思ってるのね」と驚いたようにいう。

その言葉に首を振って、「ぼくは懐疑論者だよ、忘れたのかい？　個別に裏付けのとれる証拠を相手にする。たとえばこれだ」ルーシャス・ウィンドファイアのイベントの参加者名簿を手わたした。

キルディは無言でそれを見た。

「きみがぼくのことをどうやって知ったかという説明は、ぜんぶ作り話だった、そうだろ？ 電話帳で〝デバンカー〟を調べたわけじゃない。母親とルミネッセンス・セラピストを見にいったわけでもない。そうだろ？」

「ええ」

ええ。

キルディが認めるまで、自分が彼女のことをどんなに信じていたか、自覚していなかった。〝きっとなにかのまちがいよ。わたしは参加してたもの〟といってくれることを願っていた。どんなに嘘くさい言い訳でもいいから、なにか理由をでっちあげてくれることを願っていた。〝わたし、十四日っていった？ 二十日っていったつもりだったのよ〟とか、〝マネージャーにチケットをとってもらったから、彼女の名前になっていたのかも〟とか。なんでもよかった。

芝居がかったしぐさでぼくにリストを投げつけ、〝わたしのことをそんなふうに疑うなんて！〟と泣き崩れるのでもよかった。

だが、キルディはただそこに突っ立ったまま証拠物件の名簿を見つめ、それからぼくに視線を移した。その瞳には一片の怒りも、一滴の涙もなかった。

「ぜんぶでっちあげだった」と、ぼくはようやくいった。

「ええ」

〝でも、あなたが思っているようなことじゃないの、ロブ。説明するわ〟というのを待ったが、キルディはそれもいわなかった。リストをぼくに返し、携帯電話とバッグをとって、キーを手に持つと、バッグを肩にかけ、新月祭のセレモニーやタロット・リーディングの取材に出かけるときのようになにげなくオフィスを出ていった。

これが小説だったら、私立探偵がデスクのいちばん下の引き出しからスコッチの瓶をとりだし、強い酒をきゅっと一杯やって、間一髪、自分が窮地を脱したことを祝う場面だ。もうちょっとで、とびきりのお人好しになるところだった。メンケンは（キルディとアリオーラが捏造《ねつぞう》したイミテーションではなく、本物のメンケンは）けっして許してくれなかっただろう。これでせいせいした。いまやるべきことは、この哀れな三文芝居の顚末を原稿にしたため、他の懐疑論者への教訓として、次号に掲載することだ。

しかし、ぼくはたっぷり十五分間すわったまま、キルディと彼女の退場のことを考え、苦い思いを嚙みしめていた。ずいぶんあっさりした別れだったが、これでもう二度と彼女に会うことはないのだという思いを。

8

「わたしに必要なのは奇跡だ」

——「颪の遺産」より

前にもいったとおり、ぼくにはサイキックの才能がない。翌朝、キルディは書類とファイルを山と抱えてオフィスに入ってきた。ぼくがすわっているデスクにそれを投げ出し、受話器をとって番号をプッシュしはじめた。

「なんのつもりだ？　それにこれはなに？」

「個別に裏付けのとれる証拠」キルディは番号を押しながら答え、受話器を耳にあてた。

「もしもし。キルディ・ロスですが。アリオーラをおねがいします」間。「電話に出ない？　いいわ。だったら、わたしは《ジョーンディスト・アイ》のオフィスにいるから、できるだけ早く話がしたいと伝えて。ええ、急用だと。ありがとう」

キルディは電話を切った。

「いったいなんのつもりだ、うちの電話からアリオーラにかけるなんて」

「アリオーラじゃないわ。メンケンに電話したの」

キルディはデスクの書類の山からファイルをひとつ抜き出した。

「こんなに時間がかかっちゃってごめんなさい。アリオーラの通話記録を手に入れるのが思ったよりたいへんで」

「アリオーラの通話記録？」

「ええ。過去四年分」キルディは山の真ん中あたりからファイルをひとつ引き抜いてさしだした。

開いてみた。「どうやって手に入れた？」

「ピクサーに勤めているコンピュータ屋の知り合いがいるの。うちの雑誌でも、個人情報の入手がいかに簡単かを記事にすべきね。霊媒はその情報を使って、あの世の親族と話をしてるんだとお客に思わせてるのよ」キルディは書類の山からまたべつのファイルをひっぱりだした。「こっちはわたしの通話記録。いちばん上は携帯の分、次が自宅の固定電話、その次が自動車電話。ママの分もあるわ。それに、うちのマネージャーの携帯の通話記録も」

「きみのマネージャーの携帯――？」

キルディはうなずいた。「彼女の携帯を使ってアリオーラと連絡をとっていたと思われるかもしれないから。自宅には電話がなくて、携帯だけ。そのほかに、うちの父親のと、義理の母親のもある。ほかの義母の分も手に入るけどあと二日かかるし、アリオーラの公開セミナーは今夜なのよ」

キルディはさらにファイルをさしだした。「こっちは、わたしの全記録——飛行機のチケット、ホテルの支払い、レンタカー利用明細。クレジットカードの請求書、注釈つき」それからトートバッグに歩み寄り、イタリアンレザーのカバーにくるまれたぶあつい手帳をとりだした。小口《こぐち》からポストイットがいっぱい飛び出しているのが見える。「これはわたしのシステム手帳《ディプランナー》。略号がなんの意味か、注釈がつけてある。それと、わたしのマネージャーの日誌」

「で、これは、きみがお母さんといっしょにルーシャス・ウィンドファイアのルミネッサンス・リーディングに参加していた証拠？」

「いいえ、ロブ。いったでしょ。ウィンドファイアの話は嘘」と、ファイルの山をひとつずつ熱心に確認しながら答えた。「これは、わたしがアリオーラに電話をかけていないし、アリオーラからわたしに電話してもいないという証拠。それに、シアトルとかユージーンとかセーラムとか、彼女が滞在していたどの街にもわたしは行ってないという証拠」キルディはフォルダーをひとつ、山から引き抜いて、中に入っていたものをひとつずつぼくに手わたしはじめた。「これは、五月十九日のヨギ・マガプートラの昼公演のプログラム。チケットの半券は見つからなかったし、自分で買ったんじゃなくて映画会社持ちだったから、領収証もない。でも、休憩時間に飲んだシャンパンカクテルのレシートがこれ。ほらね？　日付が入っているし、店はローズヴェルト。それからこっちは、マガプートラのステージのスケジュール。それと、帰り際に渡された、次回公演のチラシ」

この手のチラシならぼくの霊媒ファイルにも一枚入っているし、マガプートラの降霊会にも参加した記憶がある。彼がお客の亡き親族に関する情報を得るために葬儀場の記録を悪用していたことを暴く記事の取材のため、三度にわたって参加した。けっきょく、記事は活字にならなかった——原稿が仕上がる前にマガプートラが脱税容疑で逮捕されたのだ。

ぼくは問いかけるようにキルディを見た。

「受けようかと思っていた映画の仕事があって、その役のリサーチのために行ったの。霊媒ネタのコメディ映画で、『霊媒《ミーディアム》レア』っていうタイトル。これが脚本」キルディはプリントアウトを綴じたぶあつい束をさしだした。「ぜんぶ読む気はしなかった。ひどい出来だから。ともかく、そこであなたを見たの。植毛した男と話をしていて——」

マガプートラのマネージャーだ。そいつが聴衆のあいだから彼に情報を提供しているのではないかという疑いがあり、ぼくはそのとき、隠しマイクを探し当てようとしていた。

「その姿を見て、あなたがとっても……」

「お人好しに見えた？」

キルディはぎゅっと唇を結んだ。「いいえ。魅力的に見えた。キュートだと思った。ヨギの降霊会で出会いそうなタイプの男じゃなかったから。それで、あれはだれなのかとたずねたら、プロの懐疑論者だとだれかが教えてくれた。それで思ったの。ああ、よかったって。マガプートラはどう見てもインチキなのに、だれもかれもがまんまとだまされて、いいように操られてるから」

「きみのお母さんを含めて」

「いいえ、その話も嘘。母はわたし以上の懐疑論者なの。とくに、父と結婚したあとは。あなたに興味を持った理由のひとつは母なの――映画業界の外にいる男とデートしろといつもせっつかれてるから、それで《ジョーンディスト・アイ》を買ってあなたの住所を調べ、会いにきたの」

「そして嘘をついた」

「ええ。莫迦なことをしたと思ってる。すぐに後悔したわ、だれの言葉でも額面どおりに受けとってはいけないとか、個別に裏付けをとれる証拠がいかに重要かとか、あなたがそういう話をしはじめたとたんに。でも、映画のためのリサーチだと打ち明けたら、くっついてまわるのをいやがられるかもしれないと思って。それに、あなたに惹かれてるんだといっても、信じてくれないでしょ。テレビのリアリティ番組か、ハリウッド人種の妙な流行だと思ったはず。ブティックを開いたり、編み物をしたり、ベティ・フォード・センター（依存症治療施設）に入所したりするみたいな」

「そしてきみは、時機を見てなにもかも打ち明けるつもりでいた、と。つまり、アリオーラが登場したときは、もう準備万端ととのって――」

「そんな嫌味をいわなくてもいいじゃない。いっしょに仕事をしていれば、そのうちあなたも、わたしが映画スターだと考えるのをやめて、デートに――」

「そのついでに、霊媒映画の役に立つような演技のコツもつかめると」

「ええ」キルディはけんか腰でいった。「ほんとうのことを知りたいならいうけど、べつの考えもあったわよ。前世退行セッションだの魔女集会だの魂《ソウル》の回復《リトリーヴアル》サークルだの、こういう莫迦みたいなイベントに参加しつづけていたら、あなたに対するこの莫迦みたいな熱も冷めるんじゃないかって。でも、あなたのことを知れば知るほど、症状は悪化した」キルディはぼくを見上げた。「信じてくれないのはわかってる。でも、だましたりしてない。マネージャーといっしょにセミナーに参加するまで、アリオーラには一度も会ったことがなかったし、彼女とどんな詐欺も企んでいない。嘘は、はじめてここに来た日に話したことだけよ。それ以外はなにもかも――サイキック嫌いとか、ベン・アフレックとか、映画業界から足を洗いたいとか、スピリチュアル詐欺師の化けの皮を剝ぐあなたの仕事を手伝いたいとか、更生施設や『ハルクⅣ』にたどりつくような生活は願い下げだとか――ほんとのこと」書類の山をひっかきまわし、オリーヴ・グリーンのカバーがついたスクリプトをとりだした。「ほんとにそういう役のオファーがあったのよ」

「『ハルクⅣ』の？」

「いいえ」キルディはスクリプトをぼくの目の前にかざした。「恋愛ものの」

キルディのブルーの瞳がぼくを見上げている。現実とは思えないほどすばらしいものがもしこの世に存在するとしたら、それはキルディだ。くすんだ緑色のシナリオを手にたたずみ、オフィスの蛍光灯の光が金色の髪を照らしている。降霊会のテーブルを囲んでライラック色のクッションに腰を下ろした往年のお人好したちは、どうしてあれほど見えすいたナンセンスを信じられたのかと昔から不思議だったが、これで謎が解けた。

なぜなら、キルディの話はなにもかもぜんぶでっちあげで――『ハルク』の台本もクレジットカードの請求書も電話の記録もすべて簡単に偽造できるし、なんの証拠にもならない――このぼくは、ふたりのプロが仕組んだ大がかりな詐欺の標的に選ばれたお人好しなんだとわかっているのに、それでもなお、ぼくは信じたいと思っていたからだ。それも、映画のためのリサーチだったという口実だけではない。なにもかもすべて信じたかった――H・L・メンケンがほんとうに墓場から甦って、スピリチュアル詐欺師たちと戦う十字軍に力を貸そうとぼくのもとへやってきたんだということも、台本を握るあの手をつかんでキルディを引き寄せ、口づけをすれば、その先ふたりはいつまでも末永くしあわせに暮らせるのだということも。

メンケンが創造説論者やカイロプラクティックやメアリー・ベイカー・エディ（キリスト教系の新興宗教、クリスチャン・サイエンスの創始者）をいくら罵倒しようが、なんの効果もなかったのも無理はない。人がどうしても信じたいと思うことに対しては、事実と論理などとうてい太刀打ちできないのだから。

　ただし、メンケンは甦りはしなかった。三流のチャネラーがメンケンの芝居をしているだけのことだし、キルディの愛の訴えは、ぼくがどんなに聞きたいと思っている言葉だとしても、史上もっとも古いトリックでしかない。

「いい話だったよ」とぼくはいった。

「でも、信じないのね」とキルディが暗い声でいったそのとき、アリオーラが入ってきた。

「伝言を聞いた」とメンケンのがらがら声でキルディに向かっていった。「できるだけはやく来てやったぞ」アリオーラはぼくの向かいの椅子にどっかと腰を下ろした。

「まったく、アリオーラの雇っているならず者どもといったら――」

「その声色《こわいろ》はもうやめていいよ、アリオーラ」とぼくはいった。「メンケン流にいえば、茶番はそれまでだ」

　アリオーラがキルディに問いかけるような視線を投げた。

「ロブはアリオーラがインチキだと思ってるの」

　アリオーラはこちらに視線を移し、「いまごろわかったのか？　もちろんインチキだとも。甘言で人を欺く大道薬売り、舌先三寸の――」

「あ、いや、あなたが本物じゃないと思ってるのよ。アイスースとおなじく、アリオーラが使ってる声色だと思ってる。あなたがアリオーラのセミナーをぶちこわしにしたのは、本物のチャネラーだとボブに信じさせるためのトリックで、彼はわたしがその詐欺に荷担してると思っている。あなたがロブをだますのにわたしが手を貸したんだって」

いよいよだ、とぼくは思った。爆発する憤激。傷つけられた無実の者。キルディはあかの他人、いままで一度も会ったことがない！

「詐欺だと——？」アリオーラは歓声をあげ、椅子のひじを両手でうれしそうに叩いた。「この哀れなまぬけは自分が惚れられているのもわからんのか？」

「それも計略の一部だと思ってるのよ」キルディは訴えるようにいった。「わたしが彼を好きになったんだと納得させる唯一の方法は、計略なんか存在しない、あなたは本物のメンケンだと信じさせることだけ」

「ふむ、それでは」アリオーラはにやっと笑って、「なんとか信じさせるしかなさそうだな」両ひざをぴしゃりと叩き、期待するような顔でこちらを向いた。「はてさて、なにをお知りになりたいですかな？　生まれたのは一八八〇年の午後九時、警察が十軒だか二十軒だかの酒場の手入れに出発する直前のことだった。弱冠十八歳にしてモーニング・ヘラルドで働きはじめ——」

「四週間ぶっつづけで編集長のマックス・ウェイズを包囲攻撃し、とうとう向こうが根負けして仕事をくれた」とぼく。「でも、それを知っているからといって、ぼくがヘンリー・ローレンス・メンケンだということにはならない。あなたとおなじく」

「ヘンリー・ルイスだ」とアリオーラがいった。「赤ん坊で死んだ叔父の名にちなんで。よし、では質問しろ」

「そう簡単にはいかないのよ」キルディはアリオーラの前に椅子をひっぱってきて、向かい合うように腰を下ろすと、彼女の手をとった。「あなたがメンケンだと証明するには、ただ質問に答えるだけじゃ足りないの。懐疑論の法則その一は、『とてつもない主張はとてつもない証拠を必要とする』。あなたはなにかとてつもないことをやってみせる必要があるの」

「それに、個別に裏付けのとれることをね」とぼく。

「とてつもないことか」アリオーラはキルディを見ながらいった。「蛇を自由にあやつるとか、何カ国語もしゃべるとか、そういうことではなさそうだな」

「ああ」

「問題は、もしあなたがメンケンであることを証明したら」とキルディが真剣な面持ちでいった。「アリオーラがほんとうに霊とチャネリングしていると証明することになる。そうなったら、彼女はただの――」

「目立ちたがりの出《で》物《もの》腫《は》れ物《もの》ではなくなると」

「そのとおり」とキルディ。「その結果、彼女の株は急上昇する」

「それにともなって、他のすべてのチャネラーやサイキックや霊媒の株も上がる」とぼく。

「ロブは、そういう連中の化けの皮を剝ぐことに全人生を賭けてきた。なのに、もしあなたが、アリオーラはほんとうにチャネリングしているんだと証明したら――」

「懐疑主義の気高い天職は大きな打撃をこうむるわけか」アリオーラは考えこむような口調でいった。「メンケンのような男なら、そんな結果を望むはずがない。ということは、おれがだれなのかを証明する唯一の方法は、沈黙を守ったまま、もと来た場所へと帰ることか」

キルディはうなずいた。

「しかしおれは、この女を止めようと思ってやってきた。もしおれが天に帰れば、アリオーラはただちにまた、アストラル界の高次の叡智がどうこうというあの劣悪な戯《ざ》れ言を広め、愚昧《ぐまい》な聴衆から金銭を巻き上げはじめる」

キルディはまたうなずいた。「あなたとチャネリングしているふりさえしかねない」

「ふり！」アリオーラは怒り狂ったようにいった。「そんなことを許してたまるか！ おれは――」そこで口をつぐみ、「しかし、おれが口を開けば、自分が暴こうとしている欺瞞そのものが真実であると証明する結果になる。だがもしそうしないと――」

「ロブはもうけっしてわたしを信頼してくれない」とキルディ。

「つまりこれは――」

ジレンマ《キャッチ＝22》だ。と心の中でいってから、皮肉な考えが頭に浮かんだ。もしアリオーラがそう口にしたら馬脚をあらわすことになる――『キャッチ＝22』が発表されるのは一九六一年、メンケンが死んだ五年後だ。それに、〝キャッチ＝22〟は、〝バイブル・ベルト〟や〝愚民階級《ブーブワジー》〟とちがって、さしものキルディでさえ考えがおよばないほど、ふつうの単語としてしっかり英語に溶け込んでいる。ぼくは耳をすまして、アリオーラがその言葉を発するのを待った。

「――判じ物《コナンドラム》だ」とアリオーラはいった。

「なに？」とキルディ。

「解けないパズル、勝ちようのない手、どえらい二律背反」

「不可能だといいたいのね」キルディが絶望したようにいった。

アリオーラは首を振った。「もっと困難な仕事をやり遂げたこともあるぞ。なにか手があるはずだ――」こちらを向いて、「彼女は〝懐疑論の法則その一〟がどうとかいっていたが、ほかにも法則はあるのか？」

「ああ」とぼく。「現実とは思えないほどすばらしいことは、たぶん現実ではない」

「それに、『あなたがたはその実で彼らを見分ける』」とキルディがひきとった。「聖書の言葉よ」

「聖書か……」アリオーラは考え込むように目を細くした。「聖書……。時間の猶予はどのぐらいある？　アリオーラの次のショーはいつだ？」

「今夜」キルディが答えた。「でも、前回のセミナーはキャンセルになったから、もしかしたら――」

「時間は？」とアリオーラが口をはさむ。

「八時」

「八時」アリオーラはくりかえし、右の脇腹に手をやって、懐中時計をとろうとするようなしぐさをした。「きみらふたりは会場へ行って、最前列の真ん中あたりにすわっていろ」

「なにをするつもり？」キルディが期待に満ちた口調でたずねた。

「さあな。ときには自分でなにひとつやらかさなくていい場合もある――ひとりでになるようになるんだよ。あの大法螺《おおぼらふ》吹きのお偉いさん、ブライアンの末路を見るがいい」アリオーラは声をあげて笑った。「どこでロープが手に入るか、だれか知ってるか？」答えを待たずに、「急いだほうがよさそうだ。締切まで二時間しかない――」ぴしゃりとひざを叩き、「最前列中央だぞ」とキルディにいう。「八時」

「入れてもらえるかしら」とキルディ。「アリオーラは、わたしたちを出入り禁止にすると――」

「入れるとも。八時だ」

キルディはうなずいた。「わたしは行く。でも、ロブが行くかどうかは――」

「いやいや、万難を排しても見物に行くよ」

アリオーラはぼくの皮肉な口調に頓着せず、「手帳を持ってこいよ」と指示した。「それまでのあいだ、せっせと他のスピリチュアル詐欺師たちの化けの皮を剝げ。畜生どもが迫ってくるぞ」

9

長いセッションをいくつもじっと見物していると（中略）あるとき突然、見せ場がやってくる。華があって愉快、ドラマチックで卑猥、思いきり爽快かつ非常識で、すばらしい一年間を一時間に凝縮したようなショーが。

——H・L・メンケン

一時間後、バイク便で大判の事務封筒が届いた。中身は、紫の蠟にアイスースのヒエログリフ印章を捺して封緘した四角いベラム紙の封筒。ライラック色の紙に銀色の文字で『謹んでご招待申し上げます』と書いたカードと、セミナーのチケットが二枚入っていた。

「招待状はサイン入り？」とキルディはたずねた。

アリオーラがメンケンの役を演じながら去ったあとも、キルディはオフィスを離れることを拒んだ。ぼくのデスクにちょこんと腰かけて、「セミナーまでずっとあなたのそばにいることにする。どこかでアリオーラと密談して謀議を凝らしてるんじゃないってことを証明するには、それが唯一の方法だから。はい、電話はこれね」と携帯をさしだして、「携帯メールとかでこっそり秘密のメッセージを送ってない証拠。ほかになにか通信機器を持ってないか、ボディチェックする？」

「いや」

「なにか手伝う？」キルディは証拠書類の山を持ち上げてたずねた。「これ、細かくチェックしましょうか？　それともわたしはクビ？」

「その件に関しては、セミナーのあとで伝えるよ」

キルディはジュリア・ロバーツの輝く笑みを浮かべ、証拠書類を持ってオフィスの隅に引っ込んだ。ぼくはチャールズ・フレッドのファイルを呼び出し、手がかりをさがしてまた最初から目を通し、アリオーラの去り際のひとことについて考えないようにした。

あの話をキルディに一度もしたことがないのはたしかだし、ダニエルのメンケン伝にも、ホブスンのメンケン伝にも出てこない。ぼくが目にしたのも、たった一度、《アトランティック・マンスリー》に載っていただれかの原稿でたまたま読んだだけだ。バートレットの引用句辞典を調べてみたが、載っていなかった。〝メンケン〟と〝畜生ども〟でググった。ヒットなし。

　それはなんの証拠にもならない。アリオーラは――もしくはキルディは――ぼくとおなじく、《アトランティック・マンスリー》で読んだのかもしれない。H・L・メンケンがインスピレーションを求めて聖書を読みはじめたのはいつからだろう。あの発言だけ抜き出しても、メンケンではない証拠になるんじゃないか？　その一方、彼は〝キャッチ＝22〟といわなかった。〝判じ物《コナンドラム》〟という言葉は、ぴったりの形容とはいいがたいにもかかわらず。それに、ウィリアム・ジェニングズ・ブライアンともいわず、〝あの大法螺吹きのお偉いさん、ブライアン〟といった。このフレーズは一度も目にした記憶がないが、メンケンがブライアンについて書いた痛烈な追悼文の中でいかにも使っていそうな響きがある。

　どのみち、この方向でいくら検討しても結論は出ない。未発見の原稿とか、すべてをリリアン・ギッシュに遺すという手書きの遺書とか――いや、それはありえない。失語症にかかっていたのを忘れたのか？――でも出てこないかぎり、本物のメンケンだとは証明できないし、そういうものにしても偽造はできる。

　それに、キルディが彼に――訂正、アリオーラに――課した難題は、なにをもってしても解くことができない。すなわち、アリオーラが本物のチャネラーであると証明することなく、メンケンが本物であると証明すること。そもそも、アリオーラは明らかに本物のチャネラーではない。

そして、アリオーラのテープ起こしをとりだし、なにをさがすともなく目を通していたところに、チケットが届いたというわけだ。

「カードはサイン入り？」とキルディがもう一度たずねた。

「いや」カードをキルディに手渡した。

「『謹んでご招待……』は印刷ね」招待状をひっくりかえし、裏を見る。「封筒の住所は？」

「なかった」キルディの考えを理解して答えた。「でも、手書きじゃないからといって、メンケンからの招待状だということにはならない」

「わかってる。『とてつもない主張は』ってやつね。でも、すくなくともメンケンであることとは矛盾していない」

「きみたちふたりがぼくを今夜セミナーに行かせようと共謀しているという仮説とも矛盾しないよ」

「罠だと思うの？」

「ああ」しかし、どういう罠なのか、さっぱりわからない。ぼくはチケットを見つめたまま立ちつくしていた。アリオーラがどんな逸話を引用しようが、セミナーの最中にぼくがすっくと立ち上がって、「これはまいった！　彼女は本物だ！　メンケンとチャネリングしている！」と叫ぶようなことを期待しているとは思えない。会場に入ろうとすると、彼女の弁護士が禁止命令なり召喚令状なりを盾にぼくの横面をひっぱたく段取りかもしれない。だが、それは筋が通らない。アリオーラはぼくの住所を知っている——そもそもきょうの午後、自分でここに来たんだし、この二日間、ぼくはほとんどの時間をここで過ごしている。それに、ぼくを逮捕させたりしたら、メディアが大騒ぎしてぼくにコメントを求めることになる。コンゲームだという疑惑をぼくがLAタイムスにしゃべることは望んでいないはずだ。

一時間半後、キルディといっしょに出かけたときも（いったん部屋を出たあと鍵を忘れたふりをしてひとりで中にもどり、『冷蔵庫の中の赤ん坊』をスコッチテープで縛って本棚のうしろに隠した）、納得のいく仮説をまだ思いついていなかった。そして、セミナーが開かれるサンタ・モニカ・ヒルトンも、手がかりを与えてはくれなかった。

会場は、前回のセミナーの会場とそっくりだった。『信じれば、現実になる』の横断幕もおなじ、トム・クルーズ風ボディガードもおなじ、セキュリティ・チェックもおなじ。受付係は、ぼくのオリンパスとICレコーダー、キルディのハサカを没収し（ついでにキルディのサインを求め）、おなじクリスタル／ピラミッド／護符を山積みにした待合エリアを抜けて、おなじライラック色と薔薇色の垂れ幕が下がる大広間に入った。堅くてむきだしの床も前回とおなじ。

「あ、クッション持ってくるの忘れた。ごめんなさい」キルディがそういって、うしろの壁ぎわに立つ案内係と、ライラック色のウレタン製クッションの山のほうへ歩き出した。だが、半分ほど行ったところできびすを返し、またもどってくると、「アリオーラにこっそりメッセージを送るチャンスができちゃうから。なんならいっしょに……」

ぼくは首を振った。「じかに床にすわるよ」といって腰を下ろした。「現実との接触を保つのに役立つかもしれないし」

キルディはぼくの横に優雅に座り、バッグを開けると、中を探ってコンパクトをとりだした。あたりを見まわすと、聴衆の密度は心なしか前より低いように見えた。どこかうしろのほうで、女性の声が「すごくへんだったのよ。ロムサの会ではあんなこと一度もなかったのに。お酒でも飲んでたのかしら」と話しているのが聞こえた。

照明がピンク色になり、音楽が高まり、ブラピ男が出てきて、おなじ口上（フラッシュ禁止、拍手禁止、トイレ休憩なし）を述べ、おなじイントロ（アトランティス、デルフォイの神託、宇宙的全体《コズミック・オール》）につづいて、アリオーラが登場した。おなじ黒の階段のてっぺんに立っている。

最初のセミナーとそっくりおなじだった。紫のローブと護符を身につけ、芝居けたっぷりの帝王然とした態度で、聴衆の拍手喝采をおだやかに受けとめる。過去数日間の出来事は――うちのオフィスにどなりこんできたことや、おびえた顔で「なにが起きてるの？

ここはどこ？」とたずねたこと、両ひざをぴしゃりと叩いてけたたましく爆笑したことは——まるでなかったことのようだった。

そして明らかに、なにもかもすべてインチキだった。暗い気持ちでそう思いながら、キルディに目をやった。まだ無頓着にバッグの中を探っている。

「ようこそ、〈神の真実〉の探求者のみなさん」アリオーラはいった。

「きょうは、すばらしいスピリチュアル体験をみなさんと共有し、新次元の啓示を得たいと思います。きょうはとても特別な日です。というのも、これがわたくしの『信じれば、現実になる』セミナーの第一〇〇回なのです」

嵐のような拍手。二分後、アリオーラは両手で拍手を静めるしぐさをした。

「それを記念して、きょう、アイスースとわたくしは、いつもとはすこしちがうことをやりたいと思います」

さらに拍手。ぼくはスタッフのほうに目をやった。いまにもメンケン語でまくしたてはじめると思っているように、神経質に顔を見合わせている。しかし声は明らかにアリオーラの声だし、口調もきびきびしたオプラ・ウィンフリー風だ。

「わたくしの——わたしたちの——セミナーは、通常、決まった形式を採用しています。そうでなければならないのです——オーラの波動が正しくなければ、霊は来ることができませんし、チャネリングしたあとのわたくしは、肉体的にも霊的にも疲労困憊《こんぱい》するため、みなさんにお話しする機会がめったにありません。しかしきょうのセミナーは特別です。そこで、技術のクルーに――」コントロール・ブースのほうを見上げた。「照明を上げてもらって――」

指示にしたがうべきかどうか技術クルーのあいだで揉めていたのか、ちょっと間があいたが、やがて照明が明るくなった。

「ありがとう。これでパーフェクトですから、あとはもう休憩していていいですよ」とアリオーラはいった。それから司会者のほうを向いて、「あなたもよ、ケン。それと、わたしの素敵な案内係――デレク、ジャレド、タッド――も。彼らのすばらしい仕事ぶりにどうか拍手を」

アリオーラはひとしきり聴衆の拍手をリードしたあと、案内係がまだ戸口に立ったまま、おたがい同士や司会者と不安そうに視線を交わしているのを見てとると、両手で退場を促すようなしぐさをした。「さあ、行って。早く。あたしはこの人たちに内密の話があるの」彼らがまだためらっているのを見ると、「ギャラは全額ちゃんと払うからだいじょうぶ。さあ、行ってちょうだい」司会者のほうに歩み寄り、笑顔でなにか耳打ちした。それで安心したらしく、司会者は案内係に向かってうなずき、それから上のコントロール・ブースのほうを向いてまたうなずいた。案内係がうしろの扉を開けて会場を出ていった。

ぼくはキルディのほうを見やった。おちつきはらって口紅を塗っている。ステージに視線をもどした。

「ほんとにいいのか……」と司会者がアリオーラにささやくのが聞こえた。

「だいじょうぶ」と口だけ動かしてアリオーラが返事をする。

司会者は眉間にしわを寄せ、それからステージを降りると、側面の扉のほうへ歩いていった。後方にいたカメラマンはビデオカメラを三脚からはずしはじめた。「だめだめ、アーネスト、あなたは残って」とアリオーラ。「ビデオは回しててちょうだい」

司会者が外に出てドアを閉めるのを見届けてから、アリオーラはステージの中央に歩いていった。両手をぎこちなく体の両脇に垂らし、じっと押し黙って立つ。『キャリー』の卒業プロムのシーンを思い出さない？」

キルディが口紅を手に持ったまま、ぼくのほうに身を寄せた。「『キャリー』の卒業プロムのシーンを思い出さない？」

非常口までの距離を目で測りながらうなずいた。上のほう――コントロール・ブース――からドアが閉まる遠い音が響く。アリオーラは手を組み、「とうとうわたしたちだけになりました」といってにっこりした。「あの人たち、てこでも動かないんじゃないかと思ったわ」

笑い声。

「もういなくなったから、一言いってもいいと思うけど、うちのスタッフって――」と芝居がかった間を置いて、「ゴージャスじゃない？」

笑い声と拍手。何人かが口笛を吹く。アリオーラは会場が静まるのを待ってから、おもむろにたずねた。

「先週土曜日のセミナーに参加なさったかたは何人いらっしゃいますか?」

たちまち会場の雰囲気が変わった。数人がおそるおそる手を上げる。フープ・イヤリングをした女性ふたりが、さっきの案内係たちとおなじ、神経質な視線を交わした。

「あるいは、二週間前のセミナーに参加した人は?」とアリオーラ。

さらにふたりが手を上げる。

「では、どちらにも参加されていないかたのために簡単にご説明すると、最近のわたくしのセミナーは……控えめにいっても、興味深いものでした」

神経質な笑い声が散発的にあがる。

「霊界に通じていらっしゃるみなさんは、この地上界の向こうにあるエネルギーとコンタクトしようとしたときなにが起こるかご存じでしょう。アストラル界は危険な場所となる可能性もあります。わたくしたちのコントロールがおよばない霊体、わたくしたちの悟りを邪魔しようとする偽物の霊がいるのです」

偽物の霊か。たしかにそうだ。

「しかし、わたくしはそれを恐れるものではありません。なぜならわたくしには〈真実〉という武器があるからです」

キルディに目をやった。最初のセミナーのときとおなじく、前に身を乗り出し、一語一句を聞き漏らすまいという顔で耳をそばだてている。まだコンパクトと口紅を手に持ったままだ。「彼女、いったいなにをするつもりなんだ?」とささやき声でたずねた。

キルディは一心にステージを見つめたまま首を振った。

「彼女じゃない」

「なんだって?」

「チャネリングしてる」

「チャ――?」といいかけて、ステージに目を向けた。

「どんなに邪悪だろうと、どんなに不実だろうと、いかなる霊もわたくしと〈高次の真実〉とを隔てることはできません」

さっきより熱のこもった拍手。

「あるいは、わたくしがみなさんに〈真実〉を伝えるのを邪魔することもできません」

アリオーラはにっこりほほえみ、両腕を広げて、「わたしはペテン師、詐欺師、いかさま師です」と快活にいった。「生まれてこのかた、宇宙の霊体とチャネリングしたことはただの一度もありません。アイスースというのは、わたしが一九九六年にでっちあげた存在です。当時、わたしはオハイオ州デイトンでマルチ商法の仕事をしていたのですが、連邦捜査官に目をつけられていました。九四年に郵便詐欺で起訴された前歴があったので、わたしは名前を変え――ちなみに本名はボニー・フリエールですが、デイトンではドリーン・マニングという名前を使っていました――生まれ故郷のヴァージニア州チッカモーガの銀行口座に全財産を移し、マイアミ・ビーチに引っ越して、占い商売のかたわら、アイスースの声色の仕上げにかかりました」

ぼくはあわてて手帳とペンをとりだした。ボニー・フリエール、チッカモーガ、マイアミ・ビーチ――。

「吉凶の占いでは、もっぱら凶の卦《け》を出し、『追加料金を払えば、悪運を祓ってさしあげます』式の商売で荒稼ぎするかたわら、ようやくアイスースの役柄が完成すると、ラスベガス時代の知り合いに連絡をとりました」

うしろのほうでがしゃんと大きな音がした。ふりかえると、カメラマンのアーネストが肩にかついでいたビデオカメラを放り出し、扉のほうへ歩いていくのが見えた。このステージはぜひとも撮影する必要がある。しかし、カメラの操作方法を調べているうちに、なにか見逃すことになるかもしれない。

メモをとってくれていることを祈ってキルディに目をやったが、彼女は鏡と口紅を手にしていることも忘れて、ぽかんと口を開けたまま、魅入られたようにステージを見つめている。少々聞き逃すことになってもしかたがない。ぼくは立ち上がった。

「どこへ行くの？」キルディがささやいた。

「ビデオを撮らないと」

「撮ってるわよ」キルディはおだやかに答えると、かすかにあごを動かして口紅とコンパクトを示した。「音声も……動画も」

「愛してる」

キルディはうなずいた。「でも、固有名詞だけはメモしておいて。万一、化粧道具が証拠物件として警察に押収されたときのために」

「その知り合いの名前はチャック・ヴェンチャー」と、アリオーラが暴露話をつづけている。「いっしょにチェーンレター詐欺をやっていた仲間です。本名はハロルド・ヴォーゲル。でも、みなさんにとっては、彼がここで使っている名前のほうがおなじみでしょう。チャールズ・フレッドです」

なんてことだ。必死に名前をメモした。ハロルド・ヴォーゲル、チャック・ヴェンチャ——

「彼とはチェーンレター詐欺二件で組んだことがあったから、セーラムで新しくはじめるチャネリング商売のお膳立てを整えてほしいと頼んだの」

アーネストが扉を開けて出ていくドシンズシンの音が響いた。

「昔からハロルドには、なにもかもぜんぶ書き留めておくという悪い習慣があってね」アリオーラはおしゃべり好きのおばさん風の口調でいった。「『おれを強請《ゆす》るのは無理だぞ、ドリーン』とハロルドがいうから、『ぜったいに?』と訊き返したの。そしたら、『なにもかもデイトンの貸金庫に預けてある。おれの身になにかあったらそれを開けるようにという指示をつけてな』だって」アリオーラは打ち明け話をするように前へ身を乗り出した。「もちろん、いまはちがう。あたしの寝室の、アイスースの肖像画のうしろにある金庫に入ってるから。ダイヤル錠の数字は、左に十二、右に六、左に十四」アリオーラは明るく笑った。「それはともかく、ハロルドは商売のコツを一から教えてくれた。セミナーでカモの気持ちをほぐしておいて、個人セッションで性生活のことを洗いざらいしゃべらせてから、その模様を撮影したビデオのコピーを送りつけるとか」

うしろの席から何人かのあえぎ声が聞こえてきた。それとつぶやき、もしくはうなり声。しかしアリオーラはまるで頓着せず、

「それだけじゃなく、ニュー・ビギニングズ薬物中毒治療センターに勤めている男性スタッフと、ウィローセージ・スパのディープ・ティシュー・マッサージ師を紹介してくれたわ。アイスースが〝すべてを知り、すべてを見る〟存在だと思わせる材料にする個人データを集めるためよ」

客のうなり声がわめき声になったが、ホールの外から響く怒号と扉を叩く音が大きすぎて、ろくに聞こえなかった。どうやら扉は内側からロックされているらしい。

「どんなふうに声色と表情を変えて、あの世の霊とほんとうにチャネリングしているよう

に見せるかとか」

　物音からすると、アリオーラのスタッフは破城槌《はじようつい》でも持ち出してきたようだ。扉を叩くドーンドーンの音は建物全体を揺るがす地響きになった。

「──もっとも、レムリアだのなんだのに関するごたくをぜんぶきっちり覚える必要はなかったと思うけどね。つまり、あんたたちがなんだって信じるのは明らかなんだから」輝くような笑顔を聴衆に向け、拍手を待つような間を置いたが、ドーンドーン以外で唯一の物音は、携帯電話のキーを押す音と、携帯電話に向かって叫ぶ女たちの声だった。ふりかえってみると、キルディ以外はだれもかれも電話を耳に当てていた。

「なにか質問は？」アリオーラが明るくたずねた。

「はい」と手を挙げた。「あなたはアイスースの声色を使っていたというんですね？」

　アリオーラは満足げにほほえんだ。「もちろん。大いなる彼方にいる霊とのチャネリングなんてものは存在しませんよ。ほかに質問は？」アリオーラはぼくの頭ごしに、けんめいに振られている他の手に目を向けた。「はい？　そちらの青い服の女性？」

「どうしてそんなでたらめをあたしたちに──」

　ぼくはすばやくその女性の前に出た。「トッド・フェニックスもインチキだと？」

「ええ、もちろん」とアリオーラ。「みんなインチキですよ──トッド・フェニックスも、ジョイ・ワイルドも、ランドル・マーズも。次の質問は？　はい、ロスさん？」

キルディはコンパクトと口紅を持ったまま立ち上がり、前に進み出た。「わたしとはじめて会ったのはいつですか？」

「そんな質問はしなくていい」とぼく。

「記録のためよ」キルディは輝く笑みを一瞬こちらに向け、それからステージに視線をもどした。「アリオーラ、先週より前に、わたしと会ったことはある？」

「いいえ。アリオー——あたしのセミナーのとき、あなたの顔は見かけたけれど、会ったのはそのあと、《ジョーンディスト・アイ》のオフィスへ行ったときがはじめてよ。ところでみなさん、《ジョーンディスト・アイ》はすばらしい雑誌ですよ。ぜひ定期購読なさることをおすすめします」

「わたしはあなたのサクラ？」とキルディはなおも食い下がる。

「いいえ。でも、サクラなら使ってますよ」とアリオーラ。「ほらそこ、六列目にすわっている緑の服の女性とか」と、太ったブルネットの婦人を指さした。「さあ、立って、ルーシー」

ルーシーはすでに立ち上がってこそこそと戸口のほうに歩き出していた。それに、虹色のカフタン調ドレスを着た細身の赤毛女性と、アルマーニのスーツを完璧に着こなした六十歳ぐらいの女性。そのすぐうしろにはかなりの数の聴衆が列をつくっていた。

「ジャニーンもサクラのひとりね」とアリオーラが赤毛を指さした。「それにドリスも。

みんな、〝すべてを知り、すべてを見る〟アイスースが本物っぽく見えるようにするための個人情報集めを手伝ってくれました」アリオーラは晴れやかに笑った。「ステージに上がって、みなさんにごあいさつなさい、女の子たち《ガールズ》」

〝ガールズ〟はアリオーラを無視した。ドリスは年配の女性たちの一団をしたがえ、正面の扉を押し開けると、「だれか彼女を止めて！」と叫んだ。

司会者と案内係たちがそこからなだれこんできて、ステージへと突進する。なにがなんでも外へ出ようとする聴衆の雪崩《なだれ》とぶつかって、思うように進めずにいるが、しかしもうほとんど時間がない。

「さっき名前を出したサイキックはみんな、あなたとおなじように恐喝で稼いでるんですか？」とたずねた。

「アリオーラ！」司会者が叫んだ。ステージまでの中間地点で女性客の洪水に巻き込まれて立往生している。「もうしゃべるな！　しゃべったことはあんたに不利な証拠として使われるぞ」

「あら、そこにいたのね、ケン」とアリオーラはいった。「ケンはあたしたちのお金のロンダリング担当。ほら、おじぎをして、ケン！　それにあんたたちもよ、デレクにタッドにジャレド」と案内係に手を振る。「男の子たちはお客さんから根掘り葉掘り情報を聞き出し、これを使ってあたしに伝える役目」と、聖なる護符のペンダントをかざして見せた。

アリオーラはぼくのほうに視線をもどした。「質問はなんだったかな」

「あなたが名前を出したサイキックはみんなあなたのように恐喝で稼いでいるのか？」

「いや、全員じゃない。スワミ・ヴィシュヌ・ジャミは後催眠暗示を使ってるし、ナドリリーヌは昔から強要専門」

「チャールズ・フレッドは？　彼の手口は？」

「投資——」アリオーラのピンマイクがとつぜん死んだ。大混乱の会場後方をふりかえると、案内係のひとりがプラグを引っこ抜いたケーブルを誇らしげにかざしていた。

「投資詐欺」とアリオーラは両手をメガホンがわりにして叫んだ。「チャックは獲物に、あなたの亡くなったご親族はこれこれの株に投資するようにといってますよと告げる。裏をとりたいなら——」

案内係のひとりがステージにたどりついてアリオーラの片腕をつかみ、もう片方の手も押さえようとした。「——裏をとりたいなら、株式会社メトラ——」アリオーラが手を振りまわしながら叫んだ。「メトラコン、スピリリンク——」

第二の案内係が登壇し、ふたりがかりで腕を拘束しようとする。「クリスタルコム——」ふたりに向かって蹴りつけながら、「——ユニヴァーシスを調べて筆頭——」

案内係の片方の股間をアリオーラがまともに蹴り上げ、ぼくは思わずびくっとした。

「汚い手でさわるな！」

司会者がアリオーラの前に立った。「これにてアリオーラの公開セッションは終了とさせていただきます」と蹴ってくる脚をよけながらいう。「ご来場ありがとうございました。本日のセッションのビデオは――」といいかけて口をつぐみ、「――著者直筆サイン入りのアリオーラの著書、『信じれば――』」

「――筆頭株主を洗い出せ」とアリオーラがもがきながらどなった。「それと、ゾリータがリノでやってる小切手偽造詐欺のことをチャックに訊いてみろ」

「『――現実になる』はロビーにて……」とまでいったところで司会者は口上をあきらめた。アリオーラの足をつかむ。三人がかりで彼女を抱えるようにして舞台の袖へと連れ出した。

「最後の質問！」と叫んだが、時すでに遅し。アリオーラはもうステージから降ろされていた。

「赤ん坊はどうして冷蔵庫の中に？」

10

「……わたしの姿を見るのはこれが最後……」

――Ｈ・Ｌ・メンケン

「それでも、あれがメンケンだったという証拠にはならない」ぼくはキルディに向かっていった。「なにもかもすべて、アリオーラの――失礼、ボニー・フリエールの――罪悪感が生み出した潜在意識の発露だったという可能性もある」

「それとも、あなたが仮定したような計略があったのに、詐欺師のひとりがあなたに恋をして、もうこんなことはできないと途中で放り出したのかもしれない」

「いや、それはないね。アリオーラを説得してメンケンの仕掛けを放棄させることはできたかもしれないけれど、すべての犯罪を白状させるのは無理だよ」

「あの自白がぜんぶほんとうだったとすれば。彼女がボニー・フリエールだということに関して、個別に裏付けのとれた証拠はまだひとつもないのよ」

しかしその後、オハイオ州発行の運転免許証の指紋はアリオーラのそれと一致したし、彼女が与えてくれた手がかりはひとつ残らず確認された。

つづく二カ月、ぼくらはすべてを追跡取材し、その成果を投入して〝大型チャネリング詐欺〟に関するぶあつい特別号を出した。どうやら、ぼくらはアリオーラの予備審問で証言することになりそうだ。困ったことになる可能性もあったが、しかしアリオーラと弁護団は、精神錯乱を申し立てるかどうかで大げんかをはじめた。というのも、アリオーラは、暗黒の悪霊にとり憑かれていたと主張していたからだ。最終的に彼女は弁護団を解雇し、チャールズ・フレッド、ジョイ・ワイルド、およびあの場では名前を出さなかった他の数人のサイキックに対して、彼らが不利になるような共犯証言をおこなった。おかげで記事になるようなインチキ商売が根絶やしにされ、《ジョーンディスト・アイ》は立ちゆかなくなるんじゃないかと心配になるような雲行きだった。

まあ、そんなわけもない。それから数週間のうちに、〝宇宙的倫理の回復者〟とか〝信頼できる霊体〟とか宣伝する新たな霊媒とサイキックが登場して穴を埋め、低炭水化物エッセンスを約束する新たな瞑想ダイエット法が客を集めはじめた。キルディとぼくは仕事にもどった。

「彼がやったことはなんの影響もなかったのね」スタンディングのみのサイキック・ボトックス療法セミナーに参加したあと、キルディはうんざりしたようにいった。

「いや、そんなことはないよ。チャールズ・フレッドはインサイダー取引容疑で起訴されたし、コズミック探求寺院の参加者は減ってるし、LAのサイキックの半数は指名手配されて逃走中だ。その連中がお客の金をどぶに捨てさせる新しい方法を考え出すにはまだしばらくかかるだろう」

「メンケンじゃなかったといってたくせに」

「メンケンだったといういう証拠にはならないといったんだよ。法則その一。『とてつもない主張はとてつもない証拠を必要とする』」

「あのステージでの出来事はとてつもないことだったと思わない？」

とてつもなかったことは認めざるをえない。「でも、アリオーラ自身だったという可能性は残る。彼女自身が知らないことはなにひとつ口にしなかったんだから」

「金庫のダイヤル錠の数字を教えたのは？　《ジョーンディスト・アイ》の定期購読を薦めたのは？」

「メンケンだったという証拠にはならないよ。ある種のブライディ・マーフィー現象だったかもしれないし。アリオーラは、よちよち歩きのころ、ベビーシッターからボルチモア・サンを読み聞かされて育ったとか」

キルディは笑った。「自分でも信じてないくせに」

「証拠がないかぎりなにも信じないよ。懐疑論者だからね。そして、あのステージでは合理的に説明できないことはなにひとつ起こらなかった」

「まさしく」

「どういう意味だい、まさしくって？」

「あなたがたはその実で彼らを見分ける」

「なんだって？」

「つまり、わたしたちが彼に求めた、まさにそのとおりのことをやってのけたんだから、あれはメンケンだったにちがいないってこと。メンケンがインチキじゃないことを証明しつつ、同時にアリオーラがインチキだと証明すること。しかもその過程で、自分がメンケンだと証明してはならない。そんなことをすれば、アリオーラが本物だと証明することになるから。この難題をクリアしたことこそ、あれがメンケンだった証拠」

それから、アリオーラのしゃべりの暴発をテキスト化したものをＵＣＬＡに送り、言語パターンをメンケンの文章と比較してもらった。個別に裏付けのとれる証拠。そして、キルディがオフィスにいない隙に、テープで留めた『冷蔵庫の中の赤ん坊』を本棚のうしろの隠し場所からとりだして自宅に持ち帰り、アルミホイルでくるんでリーンクイジーン（用冷凍食品《ダイエット》）の空き箱に入れ（そりゃもちろん）冷蔵庫に隠した。古い習慣はなかなか廃《すた》れない。

ＵＣＬＡからは、サンプルのデータ量が少なすぎてはっきりした分析結果は出せないという回答があった。カルテックもおなじ。デューク大も。では、そういうことだ。残念だがしかたがない。ほんのちょっとのあいだでも、メンケンが論争に復帰してくれたら最高だったろうに。どう考えても、彼は発つのが早すぎた。

だからキルディとぼくは、彼がいなくなったあとを引き継がなきゃいけない。それは、ただたんに《ジョーンディスト・アイ》の表紙に〝畜生どもが迫ってくる〟という標語を掲げるだけでなく、すべてのページに彼の精神《スピリット》をチャネリングすることを意味している。ペテン師や詐欺師の正体を暴けばそれでいいというものでもない。メンケンが巨大な存在だったのは、創造説や信仰療法や売薬を激しく攻撃したからではなく、彼が代表しているもの——すなわち〈真実〉——のためだった。だからメンケンは、無知と迷信と不誠実をあれほどまでに憎んだ。科学と理性と論理を愛し、自分がタイプする一語一語によって読者にその愛とその情熱を伝えた。

《ジョーンディスト・アイ》もおなじことをしなければならない。アリオーラやスワミ・ヴィシュヌやサイキック歯科医や瞑想アトキンズ・ダイエットの実態を暴くだけでは足りない。ロムサやルミネッセンス・リーディングに人々が熱狂するのとおなじように、科学と理性に対して熱狂するよう、情熱をかき立てなければならない。ただたんに真実を語るだけではなく、読者がそれを信じたいと思うようにしなければならない。だから、前述したとおり、つづく二、三週間、ぼくらはかなり忙しかった。誌面刷新、警察への協力、そしてアリオーラが与えてくれた手がかりすべてをたどること。ラスベガスに行って、アリオーラとチャック・ヴェンチャー／チャールズ・フレッドがやっていたチェーンレター詐欺について取材したあと、ぼくはLAに帰って雑誌を校了して印刷に回し、キルディはアリオーラの犯罪歴の裏をとるため、デイトンと、それからチッカモーガへと赴いた。

ゆうべ、キルディから電話があった。「わたしよ、ロブ」と興奮した口調で、「いま、チャタヌーガなの」

「チャタヌーガって、テネシー州の？　いったいそんなところでなにを？」

「マルチ商法詐欺事件を担当している検察官がロアノーク島に出張してて、月曜まで会えないのよ。そしたらたまたま、ザイオンの――この近くにある小さい町なんだけど――教育委員会が、公立学校で知的設計《インテリジェント・デザイン》論を教えることを義務づける法律を通そうとしているという話を聞きつけて。このザイオンの動きは、州単位で学校教育にインテリジェント・デザインを導入しようという全国的な運動の一環。だから、どうせ検察官に会えないなら、ちょっと足をのばして――チッカモーガからはたった八十キロぐらいだから――ザイオンの理科の先生何人かに取材してみようと思ったの。ほら、あなたが考えてるといってたスコープス裁判八十周年記念特集用に」

「で？」

「で、取材した化学の先生によると、教育委員会の会議で妙なことがあったらしいの。なんでもないかもしれないけど、念のため連絡しておいたほうがいいかと思って。あなたがチャタヌーガまでの飛行機の便を調べられるように。万一に備えて」

万一に備えて。

「教育委員会のメンバーのひとりで、ミスター――」メモをたしかめるように間を置いて、「ホレース・ディドロングという人が、進化論には科学的な証拠がないという話をしていたとき、だしぬけに出席者に向かって暴言を吐きはじめたらしいの」

「どんな暴言だったか、その先生から聞いた？」もっとも、答えはもうわかっていた。

「彼女もぜんぶは覚えていなかった。でも、バスケットボールのコーチが親切な人で、会議の模様を撮影してACLU（アメリカ市民的自由連合）に送るつもりだと話している生徒がいたから、もしほんとうに撮影していたら、一本ダビングするように手配してくれるって。そのコーチの話だと、すごく妙な暴言で、なにかにとり憑かれてるんじゃないかと思うくらいだったとか」

「それとも酔っぱらっているか。ふたりとも話の内容は覚えてない？」

「いいえ。ふたりとも覚えてる。ぜんぶじゃないだけ。ディドロングの暴言はどうやら数分間つづいたらしいの。ディドロングいわく、いまだに進化を信じない底抜けの無知蒙昧《イグノラマス》どもがいるとは信じられん、これまで学校ではいったいなにを教えてきたんだ。化学の先生の話だと、ディドロングはそんな調子で五分ぐらいがなりたてたあと、単語の途中で唐突に中断し、ニュートンの第二法則があるかぎり進化は不可能だという説明を再開した」

「ディドロングに話は聞いた？」

「いいえ。この電話が終わったらすぐ会いにいくつもりだけど、化学の先生によると、いったいなにがあったのと奥さんに訊かれてディドロングはきょとんとした顔をしてたそうよ」

「メンケンだという証拠にはならないよ」

「わかってる。でも、場所はテネシー州だし、テーマは進化論よ。それに、もし彼だったら最高だと思わない？」

最高だ。テネシー州のど真ん中で、創造説紛争の真っ最中に、H・L・メンケンが解き放たれる。

「ああ」ぼくはにっこりした。「だろうね。でも、自宅の裏庭で育てていた葉っぱをホレース・ディドロングが吸ってたという可能性のほうがずっと高いよ。それとも、ロイ・ムーア判事の〝十戒〟石碑流にパブリシティ効果を狙ったのかもしれない（アラバマ州最高裁長官のロイ・ムーアは裁判所庁舎内にモーゼの十戒を刻んだ石碑を設置し、十戒判事と呼ばれた）。彼がしゃべったのはそれだけ？」

「ううん、もっとある……どこへやったっけ。ああ、あった。委員会のほかのメンバーを無知蒙昧な田舎者の集団と呼んで……それから、聖書の大言壮語を聞かされすぎて脳が麻痺した教育委員会のかわりに、おれがいつでも猿を一匹連れてきてやると言い放ち……いちばん最後、唐突に中断の直前にこういったそうよ。『しかし「アリス」に似たところなどほとんどないと思うがなあ』」

「アリス？　オーガストじゃなくてアリスといったのはたしかなのか？」

「ええ。化学の先生はアリスっていう名前だから、自分のことをいわれたのかと思ったそうよ。教育委員長もそう思ったらしくて、彼女の顔を見ながら、『アリス？　アリスがインテリジェント・デザインといったいどう関係するんだね』とたずねた。するとディドロングいわく、『だが、ジェイミーのやつはたしかに筆が立つ。おれの女を横どりした畜生だとしても』これ、どういう意味だかわかる、ロブ？」

「ああ。テネシー州で結婚許可証をとるにはどのぐらいかかる？」

「調べてみる」キルディがうれしそうにいった。「で、そのあと、委員長が『そんな言葉を使ってはいかん』と注意したところ、ディドロングは――ちょっと待って、まちがえないようにメモを読むから。ぜんぜん意味がわからないのよ――こういった。『おれの言葉になにができるか、聞いて驚くなよ。たとえば、動物たちを暴れさせるとかな。そうそう、動物といえば、赤ん坊が冷蔵庫にしまわれたのはそれが理由だ。虎に食われないように、母親が赤ん坊を隠したんだ』」

「すぐそっちへ行くよ」とぼくはいった。

H・L・メンケンがこの世にいないことが、ほんとうに惜しまれる。この四十年間（ニクソンとウォーターゲート事件以来ずっと）、わたしは政治に興味を持ち、わが同僚の人類を観察し、「いまこそメンケンが必要なのに、彼はどこにいるの？」といいつづけてきた。そして、メンケンが墓から甦って、ぜひとも必要とされる台詞を吐いてくれることを強く願った。

たとえば――

「現実政治の目的は、ひとえに、無限につづく魑魅《ちみ》魍魎《もうりよう》の群れ（その大部分は実在しない）に対

して、大衆をつねに警戒させておく（だから安全を確保してほしいとやかましく要求させる）ことである」とか、

「罪と悲しみに満ちたこの世では、つねになにかしら感謝すべきことがある。わたしの場合は、自分が共和党支持者でないことがつくづく喜ばしい」とか、

「平均的な人間にとって、自分が猿の子孫だと信じることはむずかしいかもしれない……しかし、平均的な猿にとって、自分が人類の子孫だと信じることはさらにむずかしいのである」とか。

　メンケンがいないことを惜しむもうひとつの理由は、彼が言語を愛したこと。メンケンの著書、『アメリカ語』は傑作だし、彼は、マーク・トウェインが知っていたことをはじめて文章化した。すなわち、「アメリカ語」は「英語」ではなく、それ自体、独立した言語であるということだ。

　なによりも惜しまれるのは、女性と音楽と上等の強い酒を愛したメンケンだ。彼はこう書いている。

「人生はかならずしも快適ではないかもしれないが、すくなくとも退屈ではない。もしもきょう地獄に身を落としたら、あしたかあさってには、また新たなスコープス裁判か、また新たな〝戦争を終わらせる戦争〟か、あるいは衣裳戸棚に前夫の服をたくさん保管している裕福で豊満な未亡人を見逃すことになるかもしれない。いつの時代も新たなハーディングがぞくぞく生まれてくる。わたしとしては、できるかぎり長く現世に踏みとどまることを願う」

　この言葉どおり、メンケンがもうすこし長く踏みとどまってくれたらよかったのに。

　しかし、すくなくとも彼の著書はこの世に残されている。そしてときには、自分で思うほどイ

ンチキではない霊媒師も。

魂はみずからの社会を選ぶ #1
——侵略と撃退：エミリー・ディキンスンの詩二篇の執筆年代再考：ウェルズ的視点

The Soul Selects Her Own Society:
Invasion and Repulsion: A Chronological Reinterpretation of Two of Emily Dickinson's Poems: A Wellsian Perspective

＊＝原註
＃＝訳註

#1　ディキンスンの詩303「The soul selects her own society」より。「魂は自分の社会を選び／そして戸を閉ざしてしまう／その神聖な仲間に／だれも加えてはならない　その低い門に馬車が停っても／心を動かさない／皇帝がそのむしろにぬかずいても／心を動かさない　魂が多くのなかから／ただ一人を選ぶのをわたしはみた／それからその関心の弁を閉ざすのを／石のように」と続く（新倉俊一訳・編『ディキンスン詩集』思潮社、1993年より。以下、新倉俊一訳はすべて同書より引用）。なお、ディキンスンの詩は題名のないものがほとんどで、第一行が題名がわりに使用される。作品番号（ほぼ執筆年代順）は、T・H・ジョンスン編『エミリー・ディキンスン全詩集』全三巻（ハーヴァード大学出版局、1955年）に付されたもの（ジョンスン番号と呼ばれる）。

最近まで、エミリー・ディキンスンの詩作は、彼女の没年である一八八六年にピリオドを打たれたと見なされていた。しかしながら、詩186Bおよび272?は、ディキンスンがそれ以降も詩作を続けていたことのみならず、世紀の変わり目の「神の大いなる怒り[*1][#2]の日」に関与していたことを示唆している。

---

*1　詳細は、H・G・ウェルズ『宇宙戦争』（オックスフォード大学出版局、1898年）[#]を参照。

#　邦訳の引用は、宇野利泰訳『宇宙戦争』（早川書房、1963年）による。

#2　原文は"great and terrible events"だが、『宇宙戦争』にこの引用箇所は存在しない。"great and terrible day"の誤記と思われる。

問題の詩が最初に日の目を見たのは、一九九一年、ネイサン・フリースが博士論文執筆用の調査に従事していた[*2]ときのことであった。この二篇の詩[*3]を、ディキンスン家裏庭の生け垣の下から発見したフリースは、それがディキンスンの〈初期〉または〈わずかに奇矯期〉に属する作品であると結論したが、最近実施された当該作品の再検討の結果[*4]、その執筆状況に関してまったく違った解釈が生まれることとなった。

問題の詩が書かれていた紙片はどちらもへりの部分が黒く焦げ、272?のほうの紙片には大きなまるい焦げ穴が開いている。マーサ・ホッジ－バンクスはこうした焦げや穴が、「紙を古く見せるために涙ぐましい努力をしたあげく、オーヴンの見張りを怠った」結果であると主張しているが[*5]、作中に多数のダッシュが使用されていること、およびその詩がほとんどまったく解読不能であるという事実に鑑《かんが》みて、ディキンスン自身が書いた詩であることは明白である。ディキンスンの判読不能の筆跡は、『エミリー・ディキンスン：書き物か判じ物か？』の著者エルモ・スペンサーや、「彼女が書くaはcに、eは2にそっくりで、全体としては鶏が地面を引っ掻いた跡によく似ている」[*6]と述べたM・P・カーシヴをはじめとする多数の専門家によって本物であると認められている。

焦げ跡は、これらの詩が喫煙中に書かれた[*7]か、なんらかの災厄の最中に書かれたことを示しているように見える。私は手がかりを求めてテキストを調べはじめた。

フリースは作品272?の冒頭を、「I never saw a friend—/I never saw a moom—」と

＊2　この発見の詳細は、J・マープル『執念と発見：博士論文提出有資格者が所在をつきとめた「失われた原稿」の尋常ならざる数について』（レディング・レイルウェイプレス、1993年）を参照。

＊3　正確には、詩一篇と、詩一篇の断片。後者は四行からなる第一連と、第二連の途中の一語の断片[＊]からなる。

　＊あるいは完全な一語。これについては本稿を参照。

＊4　私が論文執筆用の調査に従事していたときのことであった。

＊5　「紙は1990年製造のもので、インクはフレア社の水性サインペンのものである」というバンクス博士の主張は根拠の薄弱な推測にすぎない[＊]。

　＊『趣味と実益の創造科学』（ゴールデン・スリッパーズ・プレス、1974年）収録の、ジェレマイア・ハバカク「放射性炭素年代測定法のウソ」を参照。

＊6　ディキンスンの筆跡の恐るべき性質については、『改善への力：パルマー式習字にエミリー・ディキンスンが与えた影響について』や、『Depth, Dolts, and Teeth：エミリー・ディキンスンの Death 詩の再解釈』などにも言及がある。後者は、詩712の冒頭が、正しくは「Because I could not stoop for darts」[#]（私はダーツのために身をかがめることができないので）であると述べ、地元のパブにおける関節炎患者たちの夕べを描いた詩だと主張している。

　＃この部分の原テキストは脚注＊32を参照。新倉俊一訳では、「わたしが死のためにとまることができないので」。

＊7　〈後期〉または〈完璧に変人期〉を除いては、ディキンスンに喫煙習慣があったとは知られていない。

解読しているが、これはまったく意味をなさない。*8 詳細に検討した結果、私はこの連が以下のように書かれているとの結論に達した。

I never saw a fiend — (わたしは悪鬼を見なかった)
I never saw a bomb — (わたしは爆弾を見なかった)
And yet of both of them I dreamed — (でもわたしはその両者を夢見た)
While in the — dreamless tomb — (夢のない墓にいる間に)

こちらのほうがはるかに信頼性の高い翻訳であろう。とりわけ、押韻形式に注目した場合、フリースの翻訳では moom と tomb が正しく脚韻を踏んでいるが、ディキンスンはこうした脚韻をめったに採用せず、mat/gate、tune/sun、balm/hermaphrodite のように、不完全な疑似脚韻(near-rhyme)を好むことがよく知られている。

第二連は、燃え落ちた穴の部分に書かれているため、解読がより困難である。唯一判読可能な部分は、紙の下方に書かれた四つの文字からなるグループで、これは ulla と読める。*9 フリースはこれを、"bullary"(教皇の勅書)、*10 あるいは"dullard"(うすのろ)、"hullabaloo"(騒ぎ)*11 など、長い単語の一部であると見なしている。

しかしながら私は、この"ulla"の正体をただちに見破った。これは、H・G・ウェルズが死にゆく火星人の発声を報じたさいに使用した単語――彼が「泣きわめくよう」な「高低ふたつの調子がある[*12]」「荒涼とした叫び」と形容したあの音そのものではないか。

---

*8　もちろん、「How pomp surpassing ermine」[#]や、「A dew sufficed itself」[##]も同様に意味をなさない。

　# 詩98第四連より。直訳すれば「白テンをしのぐ、なんという壮麗さ」。この行の解釈については、ロバート・L・レア『エミリ・ディキンスン詩入門』などを参照。

　## 詩1437第一連より。新倉俊一訳では、「一滴の露で十分だった」。

*9　「ciee」もしくは「vole」の可能性もある。

*10　彼女がカルヴァン主義の教育を受けていたことを考えれば、まずありそうにない。

*11　あるいは、オーストラリアの都市、Ulladulla。ディキンスンの詩には、オーストラリアに関する言及が数多く存在する。W・G・マティルダ[##]は、「ディキンスンの人生における最大の愛の対象は、ヒギンスン[#]でもロード判事でもなく、メル・ギブソンだった」との仮説を提唱している。C・ダンディー『エミリー・ディキンスン：水路の連絡』（アウトバック・プレス、1985年）参照。

　# トマス・ウェントワース・ヒギンスン。ディキンスンの文学上の指導者をつとめた文筆家。脚注*36も参照。

　## オーティス・ロード。父親の親友で、晩年、ディキンスンと親交を深めた。

*12　ロッド・マキューン参照。

したがって「Ulla」（ウラー）が、一八九七年の火星人侵略を指し示していることは明白である。従来、火星人の侵略地点は、イングランド、ミズーリ、パリ大学[*13]の三箇所のみであると信じられてきたが、この詩の断片（272?）は、186Bともども、火星人がアマースト[#3]に着陸し、エミリー・ディキンスンと遭遇した事実を明確に物語っているのである。

一見したところ、火星人、エミリー・ディキンスン双方の性質に照らし、これはおよそありそうにないシナリオだと思えるかもしれない。ディキンスンは誰とも会おうとしない隠遁者であり、近所の人々が訪ねてきても、二階に閉じこもったまま、メモを書いた紙をひらひらと投げ落とすことを好んだ[*14]。彼女がみずからに課した世捨て人生活の原因については、ブライト病、不幸な情事、眼の患い、皮膚の問題など、さまざまな説が取り沙汰されてきた（T・L・メンサは、他のアマースト住人すべてが低能だったからであるという、より単純な説を唱えている[*15]）。

こうした説のどれひとつとして、ディキンスンがアマースト人より火星人を好んだと考える理由にはならない。また、それに加えて、ディキンスンが一八八六年に死亡している以上、一八九七年時点ではすでに甚だしく腐敗していたはずだという副次的な問題も無視できない。

火星人もまた、われわれに副次的な問題をつきつける。隠遁者であるディキンスンとは反対に、彼らはけたたましく到着し、記者を引き寄せ、近隣住民すべてを攻撃するという習慣を有していた。その彼らがアマーストに着陸したという記録は一切残されていない。しかしながら、数人の地域住人は、並はずれて大きな雷鳴について日記で言及し、*16アマーストにほど近いコンコードに住んでいたルイザ・メイ・オルコットは、#4以下のように日記にしたためている。「昨夜は西方から響いた時ならぬ騒音で目覚め、不安で眠れず。ジョ

＊13　ジュール・ヴェルヌが博士論文を執筆していた場所。

#3　マサチューセッツ州中西部の町。ディキンスンは一八三〇年にこの町で生まれ、一八八六年に五十五歳で没するまでそこで暮らした。

＊14　こうしたメモには、チャーミングで、しばしば謎めいた詩句が含まれている。例を挙げれば、「どちらにしましょう――ゼラニウムか、それともチューリップ?」、「帰って――そして出ていく――ときにはドアを閉めて」(Go away — and Shut the door When — you Leave) など。

＊15　I・スマート『うすばかと低能：エミリー・ディキンスンの近隣住民に対する見解の詩的証拠』(インテリジェンツィア・プレス、1991) 参照。

＊16　アマースト住民の事実上全員が日記をつけており、「彼女が大詩人になることは前から知っていた」、「ゆうべは満月。庭で豆を植えている彼女の姿を目撃。鬼気迫る姿だった」などの記述が発見できる。

#4　『若草物語』の著者。一八三二年〜一八八八年。

ーはローリーと結婚させるべきだった。やるべきこと：エイミーが死ぬ続篇の執筆。原稿を燃やした当然の報いを受けさせること」

火星人着陸に関しては、間接的な証拠もある。アマースト（Amherst）はレイクハースト（Lakehurst）としばしば混同されるが、オースン・ウェルズがそれに触発されて、ラジオ版『宇宙戦争』の舞台をニュージャージーに設定した[*17]ことは明らかである。それに加えて、ウェスト・セメタリー[#5]の墓碑はその多数が傾き、いくつか倒れてしまっているものもあるほどで、火星人がアマーストの中でも、ほかならぬウェスト・セメタリーに――すなわち、ディキンスンの墓のすぐそばに――着陸したことを雄弁に物語っている。H・G・ウェルズは、莢《さや》が着陸した際[*18]の衝撃について、「緑色の光が、眼もくらむばかりにきらめいた」のに続き、「それ以前はもちろん、その後も経験したことのないはげしさ」の「つよい震動」をもたらしたと記している。彼の報告によれば、まわりの土は「はねとばされ」て深い穴が開き、家の基礎や排水管が露出していたという。これだけの衝撃がウェスト・セメタリーを襲えば、周囲の棺をひっくり返して蓋を飛ばしただろうことは想像にかたくない。その結果もたらされた光と騒音が、長き眠りについていたディキンスンを含めて「死者を目覚めさせる」に充分だったことは自明というべきだろう。

かくしてディキンスンが目覚め、この出来事をみずからのプライバシーに対する侵害と見なした事実は、長い詩、186Bに明確に記されている。第一連にいわく、「わたしが墓におちつく間もなく——／招かれざる客が——到来し——／棺の蓋を叩く——／土の中の——侵入者たち——」*19

「招かれざる客」が、彼らの通常の行動様式どおりディキンスンを害することをなぜしなかったのか、*20ディキンスンがどうやって火星人を打ち負かしたのかについては、それほど明確ではない。その答えを知るために、われわれはふたたび、H・G・ウェルズによる火

---

*17　人々がオースン・ウェルズとH・G・ウェルズを区別できないという事実は、ディキンスンの人類に対する見解に信憑性を与える。（脚注*15参照）

#5　アマーストの墓地。ディキンスンの墓はこの墓地にある。

18　だれでも知っている、物語の最初のほうに出てくるやつではなく、あの本の真ん中あたりで、事実上ウェルズの上に降りてくるやつのこと。これをみんなが見過ごしているのは、全員がすでにラジオを切って、「おしまいだ！　火星人が襲ってくるぞ！」と叫びながら通りを右往左往していたからだ。

*　かくして、ディキンスンの大衆評価が正しかったことを証明した。

*19　W・スノープス『響きと怒りと蛙：エミリー・ディキンスンがウィリアム・フォークナーに与えた受精的影響』（ヨクナパトファ・プレス、１９５５年）参照。

*20　もちろんディキンスンはこの時点ですでに死亡しており、火星人が与えうる影響はおそらく最小限であったと考えられる。

星人描写を検討しなければならない。

ウェルズによれば、火星人は着陸に際し、地球の大きな重力のため完全に無力であり、戦闘機械の建造に成功するまで無力でありつづけた。この間の火星人は、不意の来客としてのそれ[*21]をのぞけば、ディキンスンにとってなんら脅威とはなりえなかった。

第二に、火星人は基本的に大頭であった。ウェルズによると、火星人には、二つの眼、くちばし、数本の触手があり、そして後頭部には耳の役割を果たす「一枚の皮が、太鼓のそれのようにピンと張っている」。ウェルズは、「火星人もまた、もとはわれわれ地球人と似ていないこともなかったのだが、しだいに脳と両手が（中略）発達して、ほかの部分を犠牲にしてしまったのだ」と推測し、肉体の脆弱《ぜいじゃく》さや痛覚と無縁であるがゆえに、彼らの脳は「利己的で冷酷」になり、数学に専門化した[*22]と結論しているが、ディキンスンが彼らに与えた影響から判断する限り、火星人の著しく発達した新皮質は、むしろ彼らを詩人にしたと考えるべきであろう。

熱線で人間を狙い撃ち、人間の生き血を吸い、毒性の黒い煙を田園地帯全域に撒き散らす行為は、詩人の感性とは一見矛盾していると思われるかもしれない。しかし、詩人のふるまいを思い出していただきたい。たとえばシェリーは、最初の妻を捨てて家を出、彼女がサーペンタイン川に身を投げて自殺したのち、モンスター映画[#6]の原作を書いた女性と晴れて結婚した。あるいはバイロン。彼に対して一言でもやさしい言葉をかけたのは彼の飼い犬だけだった。[*23] あるいはロバート・フロスト。[*24]

火星人の詩人としてのアイデンティティは、彼らがグレートブリテンに七個、湖水地方[*25]に三個の莢を落とし、リヴァプールには一個も落とさなかったという事実からも確認できる。アマーストに着陸するという決断は、詩人としての感性のなせるわざだったのかもしれない。

＊21　ディキンスン自身はこれを相当な脅威と見なしていた。「肉屋の配達の子が今やってきたら、私は小麦粉の樽に飛び込んでしまうだろう」[*]と、彼女は一八七三年に書いている。

　＊　もしこうした行為が習慣になっていたとすれば、彼女の顔がいつも真っ白に見えた理由が説明できるかもしれない。

＊22　とくに非線形微分方程式。

#6　もちろん、メアリー・シェリー『フランケンシュタイン』のこと。

＊23　C・ハロルド『バイロン卿の「ドン・ジュアン」：詩神《ミューズ》としてのマスチフ』参照。

＊24　彼もまた人間嫌いだった。フロストは、石垣よりも、てっぺんにとげを植えた有刺鉄線のフェンスを好んだ。『ロバート・フロスト全集』（ランダムハウス）所収の「石垣修理」参照。

＊25　N・カンポス・メンティス『ワーズワースの「ひとひらの雲のようにひとりさまよう」[#]に見る記号論的欺瞞：弁証法的アプローチ』（ポストモダン・プレス、1984年）参照。

　#　ウィリアム・ワーズワースの代表作「水仙」冒頭の一行。

しかしその彼らも、ディキンスンの決意と文学的技巧までは計算に入れていなかった。それについては、186Bが明快に示している。[*26] 186B第二連にいわく、

I wrote a letter – to the fiends –（わたしは悪鬼たちに——手紙を書き——）
And bade them all be – gone –（往《い》ね、ひとり残らず——と命じる——）
In simple words – writ plain and clear –（易しくはっきりと記された——簡単な言葉で——）
'I vant to be alone'（わたしをひとりにしてくれと）

「易しくはっきりと記された」とは明らかに誇張表現だが、ディキンスンが走り書きをしたためてそれを火星人に届けたことは一目瞭然であり、次の一行がそれをさらに確証づけている。「彼らは畏れに満ちた狼狽をもってそれを「解読不能」[*27]」

ディキンスンは、そのメッセージを声に出して読んだのかもしれないし、火星人の着陸孔に向かっていつものようにひらひらと投げ落としたか、あるいは莢の蓋を外して手榴弾のように投げ込んだのかもしれない。

しかしながら、いずれの方法にせよメッセージは届けられ、その結果が「畏れに満ちた狼狽」と退却だった。そして、詩の次行が示すとおり、「彼らは——すみやかに——立ち

去った――」のである。

墓の下のディキンスンは筆記用具を調達するすべがなかったのではないかとの異論を唱える向きもあるが、この主張は、ヴィクトリア朝期の生活様式を考慮に入れていない。ディキンスンの埋葬時の装いは白のドレスであり、ヴィクトリア朝期のドレスにはすべてポケットがついていたのである。*28

葬儀の間、エミリーの妹ラヴィニアは、これを持って主の御許へお行きなさいと囁きながら、姉の手に二本のヘリオトロープを持たせた。このときラヴィニアが鉛筆一本とポストイット数枚を棺にしのばせたかもしれない。あるいは、メモを書いて渡す習慣のあった

---

*26　まあ一応。

*27　この一語は、「read」（読んだ）または「heard」（聞いた）であると思われる。あるいは「pacemaker」（ペースメーカー）の可能性もある。

28　さらに、プリーツ、タック、ひだひも《ルーシュ》、ひだ飾り《フラウンス》、フリル、ラッフルズ、金銀飾りもついていた。

*　E&C・パンクハースト『政治的声明としてのポケット：ヴィクトリア朝初期のフェミニズムにおける衣服の役割』（アングリー・ウィメンズ・プレス、1978年）参照。

29　有能な作家はつねに鉛筆と紙を手放さない。

*　あるいはノートパソコンを。

ディキンスンが前もって準備しておいた可能性もある。[*29]

それに加えて、副葬詩[*30]は、文学的伝統の一部としてよく知られている。ダンテ・ゲイブリエル・ロセッティ[#7]は、愛するエリザベス・シドルの死後、悲嘆に暮れ、棺に横たわる彼女の鳶《とび》色の髪に詩をからませたという。[*31]

どのようにして筆記用具を用意したかはともかく、ディキンスンは明らかに、それを迅速かつ効果的に活用した。数連の詩を書いてそれを届け、火星人はその詩に苦しめられるあまり、任務を放棄して火星に帰還することを決断したのである。

この壊滅的影響の直接の原因については多くの議論があり、いくつかの仮説が立てられている。ウェルズは、彼らが地球上のバクテリアに対する抵抗力を持たず、そのため英国に着陸した火星人は細菌によって全滅したと考えているが、そうした細菌が火星人すべてに感染するには数週間の時間が必要だったはずであり、ディキンスンの詩こそが彼らに赤痢ならぬ別離を促したことは明白である。

スペンサーは、ディキンスンの判読しがたい筆跡ゆえに火星人が彼女のメッセージを誤読し、それを一種の最後通牒と受けとめたのではないかと指摘している。A・ホイフェンは、高度に進化した火星人は句読法にも熟達していたため、ディキンスンの詩におけるダッシュの濫用やランダムな大文字使用に肝を潰したのだと主張する。また、S・W・ラボックは、ディキンスンの詩すべてが「テキサスの黄色いバラ」の節で歌える[*32]という事実が彼らの神経をかき乱したのだという説を唱えた。

　しかしながら、もっとも論理的な仮説がどのようなものであるかは明白だろう。すなわち、火星人は、高度に発達した文明すべてが忌み嫌う疑似押韻の使用に著しく傷つけられ、

＊30　H・フーディニ『水漏れ文学理論』所収の「死後出版詩論」参照。
#7　英国の画家、詩人。一八二八年～八二年。エリザベス・シドルはその妻で、夫の絵のモデルもつとめた。
＊31　その悲嘆も薄れた二年後、あれはけっこうな金になると思い直した彼は、墓を掘り返して詩を回収した。[＊]
　＊だから詩人の振る舞いは非常識だと言ったでしょ。いや、べつにいいけど。
＊32　ウソだと思うなら試してみてほしい。「Be-e-e-cause I could not stop for Death, He kindly stopped for me-e-e.」ほらね？[＊]
　＊ディキンスンの詩すべてが「テキサスの黄色いバラ」の節で歌えるわけではない。[＊＊]
　＊＊詩2、18、1411は、「ちっちゃなクモさん」[#]の節で歌える。ディキンスンのメロディ選択が、火星人の不幸なテキサス着陸を示す暗号だということもありうるだろうか？　本書[##]97ページのハワード・ウォルドロップ“Night of the Cooters”参照。
　#日本では「静かな湖畔の森の陰から～」の歌詞で親しまれている曲。
　##本稿が収録されたアンソロジー、ケヴィン・J・アンダースン編 *War of the Worlds: Global Dispatches*（バンタム・スペクトラ、1996年）を指す。

撤退を余儀なくされたのである。186Bには、ふたつのとりわけ言語道断な疑似押韻例、「gone/alone」と「guests/dust」が含まれている。そして、詩272?の焼失した穴は、そこにもっとひどい実例が存在したことを意味しているのかもしれない。
　この疑似押韻仮説は、テニスンの支配が絶対だった街、ロンドンにもたらされた火星人被害に関するH・G・ウェルズの報告によっても裏付けられる。また、ネブラスカ州オングで発生した疑似着陸に関するミュリエル・アドルスンの以下の記録も、この仮説を補強している。

　オング婦人文学協会の週に一度の集まりに参加していたとき、外でおそろしい物音がしました。グレインジ・ホールからなにかが崩落したかのような、激しい物音でした。ちょうど、ヘンリエッタ・マディーがエミリー・ディキンスンの「わたしは醸《かも》してない美酒を味わう」を朗読している最中のことで、わたしたち全員が窓辺に駆け寄りましたが、大量の粉塵以外はなにも見えず[*33]、そこでヘンリエッタは朗読を再開したのですが、そのときびゅーっという大きな音がして、葉巻のようなかたちの[*34]大きなまるい金属の物体が天に向かってまっすぐ上昇し、消え失せました。

朗読中の詩が214だったことは重要である。この詩では、「pearl」と「alcohol」が脚韻[35]を踏んでいる。[36]

ディキンスンは火星人の侵略からアマーストを救い、そして186Bの最後の二行に彼女自身が記したとおり、「草のベッド」を「直して——／寝返りを打ち——眠りに就いた」のである。これらの詩がいかにして墓地から生け垣にたどりついたのか、ディキンスンは説明していない。われわれがその確かな答えを得ることはないだろうし、[37]同様に、彼

＊33　ネブラスカ州オングでは珍しくない。

＊34　フロイト参照。

＊35　まあ一応。

＊36　疑似押韻理論は、トマス・ウェントワース・ヒギンスンが「pearl」（真珠）を「jewel」（宝石）に変更しようとしたとき、#ディキンスンがあれほど激烈に反応した理由も説明できる。ヒギンスンには知る由もなかったが、彼女は、いつの日か世界の命運がみずからの押韻能力の欠如に委ねられるかもしれないと知っていたのである。

　#　第一連の原文は、「I taste a liquor never brewed—/From Tankards scooped in Pearl—/Not all the Vats upon the Rhine/Yield such an alcohol!」（わたしは醸してない美酒を味わう／真珠を嵌《は》めた大杯から／フランクフルトの葡萄でも／こんなアルコールは作れない！）

＊37　ひとつの魅惑的な可能性は、P・ウォールデン「文学的紙くず散乱者：ソローの環境保護論に対する回答として解釈するエミリー・ディキンスンのメモばらまき習慣」（《超絶主義者レビュー》、1990年所収）参照。

女が不屈の勇気の持ち主であったのか、それともただたんに不機嫌だったのかを知ることもないだろう。

われわれにわかっているのは、この二篇の詩が、彼女の他の多くの詩とも[*38]、知られざる火星人侵略事件を記録した歴史的文書だという事実である。したがって、詩１８６Ｂと２７２?は、〈最後期〉もしくは〈脱構築期〉に再分類し、ディキンスン最後の、もっとも重要な詩として適切な評価を与えなければならない。のみならず、ディキンスンが意図した完全なシンボリズムがそのタイトルに見出せるようにすべきである。執筆年代を正しく特定し、あらためて作品番号を振り直せば、この二篇は、それぞれ詩１７７５、詩１７７６となり[#8]、７月４日を[*39]——アマーストから火星人を追放[*40]することで彼女が実現した第二の独立記念日を——明確に指し示したディキンスン流の表現となるのである。

注：ウェルズが疑似押韻の破壊的効果に無知だったことは不幸といわざるを得ない。ディキンスン詩集を一冊持って着陸クレーターまで持っていき、「家の中のざわめき」[#9]から何行か朗読していれば、ウェルズはあらゆる人々を災厄から救うことができたはずだったのである。

＊38　詩１８７の awful rivet（恐ろしい鋲）は明らかに火星人のシリンダーを指している。詩２

58の「斜めに射し込むひとすじの光」は、ウェルズの「緑色の光が、眼もくらむばかりにきらめいた」に対応し、「空中からわたしたちに遣わされた／災厄」は明らかに火星人着陸を指している。こうしたほのめかしは、彼女の全詩作のうち五十五篇＊に見出され、それが従来考えられていたより後年に執筆されたこと、ディキンスン詩の執筆年代および作品番号システム全体を根底から再考する必要があることを示している。

＊死亡時のディキンスンの年齢を考えれば、じゅうぶんに意味のある数である。

＊39　社交的な側面の強い祝日であるため、ディキンスンが独立記念日を祝うことはなかった。ただし、一八八一年＊には、彼女がかんしゃく玉《チェリー・ボム》に火をつけてメイベル・ドッド家のポーチに投げ込み、逃げ去るところが目撃されている。

＊もしかしたらこれが、火星人のアマースト着陸がほとんど関心を引かなかった理由かもしれない。アマースト人たちは、エムがまたいつものいたずらをやっているのだと思いこんだ可能性はあるだろう。

＊40　火星人がニューイングランドからはじきだされて、ロングアイランドに上陸したという有力な証拠が存在する。この仮説が、わたしの次の論文＊、「デイズィの家の桟橋の突端に輝く緑色の灯#：F・スコット・フィツジェラルド『グレート・ギャツビー』に見る火星人侵略の証拠」のテーマとなる。

＊目標は終身在職権。

#　野崎孝訳、『グレート・ギャツビー』より。

#8　アメリカ独立宣言の採択は一七七六年七月四日。なお、ジョンスン編『全詩集』にまとめられたディキンスンの詩は一七七五篇である。

#9　詩1078 "The Bustle in a House"。

エミリー・ディキンスンの〝隠遁者〟じみたライフスタイルは、むかしから読者を驚かせ、当惑させてきた。ふだんは部屋に閉じこもり、庭仕事は夜になってからするとか、家にだれか訪ねてくると二階から降りてこないとか、そういう暮らしぶりの理由を説明するために、さまざまな仮説が提唱されてきた。抑鬱、直射日光を浴びられない皮膚の健康状態、狼瘡《ろうそう》、ついに乗り越えられなかった手ひどい失恋、広場恐怖症、癲癇などなど。

しかしわたしは、エミリーの行動が完璧に理解できる。なにしろ、彼女が住んでいたのはマサチューセッツ州アマーストだったのだから。

エミリー・ディキンスンは、馬車の旅と死を、書物と帆船を、冬の光と「重々しい大聖堂の音楽」を、ひとつに結びつける心を持っていた。

「なにもかも正直に、ただし斜めに語りなさい」とか、「別れは、わたしたちが天国について知るすべてであり、地獄を必要とするすべて」とか、「それから窓を開けていられなくなり、見えるものはなにも見えなくなった」とかの詩句を書くことができた。

ユーモアにすぐれ、皮肉屋で、とても聡明だったエミリーは、小さな町に閉じ込められていた。住民の一番の関心は、パンを焼くことと椅子の背覆いを編むこと。彼らは韻を踏んだ詩を好み、何につけ誰につけ意見を持っていて――それを他の全員に対して機関銃のようにくりかえす。

「ディキンスンの娘がいったことを聞いた？」

わたしにとってアマーストは、（赤毛のアンがいない）アヴォンリーや、（ドーリー・リーヴアイがいない）ヨンカーズ（『ハロー・ドーリー！』の舞台）、ミネソタ州ゴーファー・プレーリー（シンクレア・ルイス『本町通り』の舞台）や、アイオワ州リヴァー・シティ（『ザ・ミュージックマン』の舞台）を混ぜ合わせたような、オール・アメリカンな小さな田舎町だ。そこでは、すべての住民が、レイチェル・リンド夫人やホレス・ヴァンダーゲルダーやユーラリー・マケクニー・シン夫人（順に『赤毛のアン』『ハロー・ドーリー！』『ザ・ミュージック・マン』の登場人物）で構成されている。

わたしだって、自分の部屋に引きこもるだろう。

まれびとこぞりて

All Seated on the Ground

エイリアンがもしほんとうに地球にやってきたとしたら、みんなきっと幻滅する。むかしからずっと、それがわたしの持論だった。つまり、『宇宙戦争』や『未知との遭遇』や『E.T.』のあとでは、いい宇宙人が来ようが悪い宇宙人が来ようが、一般大衆が抱いているイメージを裏切らずに済むわけがない。

わたしの長年の持論は、それだけではない。きっと、その姿は映画に出てくるエイリアンとは似ても似つかないし、彼らが地球にやってくる目的は、以下の四つのうちどれでもない。(A) 人間を殺す、(B) 地球を征服し人間を奴隷にする、(C)『地球の静止する日』式に人類を自滅から救う、(D) 地球の女とセックスする。つまり、素敵な相手を見つけるのはたしかにたいへんだけど、でもエイリアンがデートの相手を見つけるために何千光年も旅してくる？　プラス、彼らがイボイノシシに魅力を感じる可能性だって同程度に高い。あるいはユッカに。あるいはエアコンの室外機に。

AとBはまずありえないとむかしから思っていた。帝国主義的侵略者タイプのエイリアンは近隣の惑星を侵略したり他の侵略者タイプに侵略されたりするのに忙しくて、地球みたいなへんぴな星にやってくるヒマはないだろう。Cについていえば、エイリアンだろうと人間だろうと、あなたたちを助けにきましたと自分からいうような手合い（たとえばスレッシャー師とか）には用心することにしている。それに、数千光年の距離を渡れる宇宙船を建造する能力を有するエイリアンなら、必然的に高度な文明を有しているはずで、ワシントンを焦土に変えるとか、おうちにデンワするとかよりもうすこし高度な動機を有しているはずだ。

わたしが予想もしていなかったのは、エイリアンが着陸し、それから九カ月近くのあいだ彼らと話しつづけているのに、地球来訪の動機がなんなのかいまだにわからないという事態だった。

これは、なんにもない南西部にUFOがビューンと降りてきて、二、三頭の牛にキャトル・ミューティレーションをほどこし、ミステリー・サークルをひとつふたつこしらえ、まるで信用のおけない無知蒙昧《もうまい》な話しかたでしゃべる人間一名をアブダクトし、妙ちきりんな場所で解剖し、また離陸するというような話ではない。本物のエイリアンがそんなことをするわけがないとわたしは前から思っていたし、事実、彼らはそんなことはしなかった。ただし、南西部には着陸した。まあ、一応。

　彼らの宇宙船が着陸したのはデンヴァー《D》大学《U》キャンパスのど真ん中。そして古典的な「わたしをきみたちのリーダーのところへ連れていけ」流儀で、大学ホールの正面玄関に向かって行進した――いや、行進という言葉はまちがっている。アルタイル人の移動方法は、するする滑りとよたよた歩きの中間あたりだ。

　で、それだけ。彼らは（ぜんぶで六人だった）「われわれをきみたちのリーダーのもとへ連れていけ！」とも、「これらのエイリアンにとっては小さな一歩だが、エイリアン類にとっては大きな飛躍だ」とも、「地球人よ、雌をよこせ」ともいわなかった。あるいは、惑星をよこせ、とも。彼らはただそこに立っていた。

　そして、立ちつづけた。警察車両が回転灯を明滅させながら彼らをとり囲んだ。TVの報道局クルーや新聞記者がカメラを向けた。頭上でうなりをあげるF-16が宇宙船を撮影し、（A）バリアもしくは（B）兵器をそなえているか、（C）こちらから攻撃したとして破壊できるかどうか（無理）をたしかめようとしていた。デンヴァー市民の半数は恐怖にかられて山岳地帯に逃げ、I-70（州間高速70号線）に大渋滞を引き起こした、残り半数は見物しようと大学キャンパスに押し寄せ、エヴァンズ・アヴェニューに大渋滞を引き起こした。

　エイリアンは――彼らはわし座からやってきたとデンヴァー大学天文学科の某教授が発

表したため（実際はちがっていた）、アルタイル人と呼ばれるようになった――それらの大騒動に対していっさい反応せず、どうやらその結果、DUの学長は、彼らが『インデペンデンス・デイ』式に大学を吹っ飛ばそうとしているわけではないと納得したらしく、建物から出てくると、地球へようこそ、DUへようこそと歓迎のあいさつを述べた。

彼らはそこに立ったままだった。市長がやってきて、地球へようこそ、デンヴァーへようこそと歓迎のあいさつを述べ、コロラド州を訪ねるのは百パーセント安全ですと全員に請け合い、彼らエイリアンが、壮大なロッキー山脈を見物するために世界各地からやってくる観光客の長い列に新しく加わった一団に過ぎないという含みを持たせたが、彼らがロッキー山脈に背を向けて立っていることから考えるとそれはありそうにない話だったし、州知事が彼らの前を歩いていってパイクス山を指さしたときでさえ、アルタイル人たちはそちらを向こうとせず、大学ホールを向いたまま、ただそこに立っていた。

彼らはつづく三週間というもの、科学者、国務省の役人、海外の高官、教会や産業界のお歴々による果てしない歓迎スピーチや、木の枝を折り送電線を切断した四月末の雪嵐をはじめとするさまざまな悪天候をものともせず、そこに立ちつづけた。もし彼らの顔に表情が浮かんでいなかったら、アルタイル人は植物なんだとだれもが思ったことだろう。

でも、あんなふうににらむ植物は存在しない。完全な、圧倒的な不承認の表情。はじめて実物を見たとき、わたしは思った。うわっ、ジュディス伯母さんだ。

正確にいうと彼女はわたしの父の伯母で、むかしは月に一度くらいのペースでわが家を訪ねてきた。スーツに帽子、白の手袋という姿で、椅子のへりに腰かけ、わたしたちをにらみつける。そのにらみのせいで、母は、ジュディス伯母が来ると聞かされるたび、掃除と料理の発作を起こした。ジュディス伯母がママの家事や料理をあげつらったというわけではない。そんなことはしなかった。ママが出したコーヒーをすったときも、白手袋をした指をマントルピースの上に滑らせて埃がつくかどうかたしかめたときも、顔をしかめることさえしなかった。そんな必要はなかった。母が必死に会話を引き出そうとするあいだ、石のように沈黙したまま腰を下ろしていた。その態度全体が不承認のしるし。あのにらみかたを見れば、ジュディス伯母がわたしたちのことを、だらしなくて不作法で物知らずで、軽蔑にも値しないと思っているのは明らかだった。

伯母は(「きちんとしつけられた子どもは、話しかけられるまで口を開かないものですよ」とときどき小言をいうのをべつにすれば)いったいなにがそんなに気にくわないのか、ついぞ口にしなかったので、母は狂ったように銀器を磨き上げ、プティ・フールを焼き、妹のトレイシーとわたしに糊のきいたエプロンドレスを着せ、エナメル靴を履かせ、誕生日プレゼント(一ドル札を入れたバースデー・カード)のお礼をちゃんといいなさいと命令し、家全体を塵ひとつなく掃き清め、徹底的に磨き上げた。リビングルーム全体を改装することまで実行したが、なにひとつ役に立たなかった。ジュディス伯母はあいかわらず侮蔑を放射していた。

いくら気丈な人間でも、これは堪《こた》える。母は、ジュディス伯母の訪問のあと、冷たく絞った布をひたいにのせて横になることがしばしばだった。アルタイル人は、面会にやってきた高官や科学者や政治家に対して、それとおなじ効果をもたらした。はじめての対面のあと、知事は二度と彼らに会おうとしなくなったし、支持率が二十パーセント台の下のほうに低迷して、もうこれ以上、怒れる市民の顔に耐えられなくなっていた大統領は、彼らとの対面を最初から拒否した。

そのかわり、国防総省、国務省、国土安全保障省、下院、上院、連邦緊急事態管理庁それぞれの代表から成る超党派委員会を立ち上げ、アルタイル人を研究して、彼らとのコミュニケーションをはかるよう命じ、その試みが失敗に終わったあとは、天文学、人類学、地球外生物学およびコミュニケーションそれぞれの専門家による第二の委員会を招集し、そのあとにつづく第三の委員会には、リクルートすることができたあらゆる人材と、アルタイル人もしくは彼らとのコミュニケーションの可能性に関してなんらかの仮説らしきものを持つあらゆる人間が片っ端から加えられることになり、そこでわたしが登場する。

わたしはアルタイル人が到着する以前も以後も、エイリアンに関する一連のコラムを新聞に書いていた（観光客、携帯電話でしゃべりながらドライブすること、I－70の交通状況、デートに誘うまともな男を見つける困難さ、ジュディス伯母さんなどなどに関するコラムに加えて)。

わたしは十一月末、〝妻や子どもたちともっと時間を過ごすために〟委員会を抜けた言語の専門家のひとりと交替で、メンバーに加わった。わたしを指名したのは委員長のモースマン博士だったが(明らかに、わたしのコラムがユーモアを意図したものだということを理解していなかった)、それは問題ではなかった。というのも、彼はわたしの意見に(もしくは委員会のどのメンバーの意見にも)いっさい耳を貸すつもりがなかったからだ。

その時点で、委員会には、言語学者三名、人類学者二名、宇宙論学者、気象学者、植物学者(アルタイル人がやっぱり植物だった場合のため)、霊長類、鳥類、昆虫の行動の専門家(アルタイル人がそのどれかだった場合のため)、エジプト学者(彼らがピラミッドを建設していたと判明した場合のため)、アニマル・サイキック、空軍大佐、米軍法務部の弁護士、海外の慣習の専門家、非言語コミュニケーションの専門家、兵器の専門家が各一名と、モースマン博士その人(わたしが知るかぎり、彼はなんの専門家でもなかった)、それに、コロラド・スプリングスに近いという土地柄から、ひとつの真のみち《ワン・トゥルー・ウェイ》マキシ教会《マクシチャーチ》の指導者、スレッシャー師が参加していた。アルタイル人は末世の使者であるというのがスレッシャー師の持論だった。

「神が彼らをこの地にお遣わしになったのは理由があるのです」と彼はいった。だったらなぜコロラド・スプリングスに遣わさなかったのかと訊いてみたかったが、しかし彼もまた他人の話に耳を貸すのが不得手だった。

わたしが委員会に加わった時点で、こういう人たちおよびその前任者たちがあげた唯一の成果は、アルタイル人を先導してさまざまな場所へ連れていくことだった。悪天候を避け、彼らの研究用に大学ホール内にしつらえられたさまざまな研究室へ連れていくとか。もっとも、ビデオで見たかぎり、委員会がいうこと、することに対して彼らがなにか反応しているとは思えなかった。モースマン博士や他のメンバーに従うことは、彼ら自身の考えのように見える。とりわけ、毎晩九時になると向きを変え、するする・よたよた外に出て、宇宙船内に姿を消してしまう以上。

アルタイル人が最初にそれをやったとき、地球を離れようとしているのだと思って、関係者全員がパニックに陥った。「エイリアン出発。もう飽きた?」というのが夜のニュースのヘッドラインだった。これは、はっきりした証拠にもとづいて打った見出しじゃなくて、彼らが人びとに与えた影響から導かれた結論じゃないかと思う。つまり、母船に帰って、テレビでデイリー・ショーのジョン・スチュアートを見ている可能性だってあるわけだから。なのに、翌朝、彼らがまたあらわれたあとでさえ、ある種のデッドラインがあるのだという仮説は廃《すた》れなかった。つまり、ある一定の期間内にわれわれが彼らとのコミュニケーションに成功しないと、この惑星は灰になってしまう。ジュディス伯母さんも、わたしにまったくおなじような焦り――彼女の要求水準を満たさないと、こんがり焼かれてしまう——をもたらしたものだった。

　しかし、わたしは彼女のお眼鏡にかなうことがついぞなかったのに、とりたててなにも起きなかった。例外は、一ドル札を同封したバースデー・カードを送ってこなくなったことぐらいだ。だから、アルタイル人がスレッシャー師と何度か対面したあとも（彼はたえず聖書を読み聞かせて、彼らを改宗させようとしていた）人類を消し去らなかったのなら、きっとこの先もそうするつもりはないだろう。

　しかし彼らは、同様に、地球でなにをしているのかを話すつもりもないようだった。委員会はほとんどすべての言語で彼らに話しかけた。ペルシア語、ナバホ族の暗号会話《コードトーク》、コクニーのスラング。音楽を奏で、太鼓を叩き、あいさつを書きつけ、パワーポイントを使ったプレゼンテーションを披露し、ロゼッタ・ストーンを見せた。米式手話言語《アメスラン》とパントマイムも試したが、アルタイル人が聴力を有することは明らかだった。だれかが話しかけるか、プレゼントをさしだす（もしくは祈りを捧げる）たびに、彼らの不承認の表情はさらに険しくなり、完全な侮蔑の表情になる。ジュディス伯母さんとそっくりに。

　わたしが加わるころには、委員会は、うちの母親がリビングルームを改装したときと同程度のやけっぱち状態に到達し、好意的な反応を示してくれることを願って、デンヴァーおよびコロラド州各地の観光名所に案内し、感心してもらおうとしていた。

「そんなことをしても無駄ですよ。母はカーテンや壁紙を新しくしたけど、なんの効果もなかったんですから」とわたしは進言したが、モースマン博士は耳を貸さなかった。

わたしたちは彼らをデンヴァー美術館とロッキー山脈国立公園と神々の庭《ガーデン・オブ・ザ・ゴッズ》（奇岩で知られるコロラド・スプリングス近くの名勝）とデンヴァー・ブロンコスの試合に連れていった。アルタイル人はそこに突っ立ったまま、不承認の波を放射していた。

モースマン博士は不屈だった。「あしたはデンヴァー動物園に連れていく」

「動物園っていうのはどうなんでしょう。つまり、もしかしたら彼らにヒントを与える結果になるんじゃないかと」とわたしはいったが、モースマン博士は耳を貸さなかった。

さいわい、アルタイル人は動物園の動物にも、あるいは市民公会堂《シヴィック・センター》のクリスマス電飾やバレエの『くるみ割り人形』にも反応しなかった。それから、わたしたちはショッピングモールへ行った。

その時点で、委員会のメンバーは十七人にまで縮小していたが（言語学者のうち二名とアニマル・サイキックが辞めていた）、観察者の集団としてはじゅうぶん大人数だから、アルタイル人が群衆にもみくちゃにされるリスクもあった。しかし、メンバーの大半は、実地観察を必要としない〝べつの方向からのアプローチを研究する〟と称して、視察ツアーに同行しなくなっていた。つまり、現地への行き帰り、移動用のヴァンの中で彼らにじっとにらまれるのに耐えられなくなったという意味だ。

だから、モールに出かけた日に同行した委員会メンバーは、モースマン博士、芳香の専門家であるワカムラ博士、スレッシャー師、それにわたしの四人だけだった。取材にやってくるマスコミの人間さえいなかった。アルタイル人がはじめて到着したときは、三大ネットワークとCNNが大々的に報道した。しかし、エイリアンがなにもしないまま二、三週間たつと、ネットワークは『エイリアン』『ボディ・スナッチャー』『メン・イン・ブラックⅡ』のもっとエキサイティングなシーンを放映するほうに方向転換し、その後はすっかり関心を失って、パリス・ヒルトンや迷子のクジラの報道を再開した。わたしたちに同行したただひとりのカメラマンであるレオは、モースマン博士がわたしたちの外出をビデオで記録するために雇ったアルバイトのティーンエイジャーで、モールの中に入ったとたん、「彼女《カノジョ》にクリスマスプレゼントを買いたいんだけど、撮影をはじめる前に、ひとっ走り行ってきてもいいかな？　つまりさ、ぶっちゃけた話、あの人たちはどうせあそこに突っ立ってるだけでしょ」

　そのとおりだった。アルタイル人はショップ数軒分の距離をするする・よたよた進んでからそこで停止し、シャーパーイメージとGAPのウィンドウ・ディスプレイと、足を止めぽかんと口を開けて六人のアルタイル人を見つめる野次馬たち（やがて彼らの表情に怖《お》じけづいて目をそらし、足早に去ってゆく）を公平ににらみつけていた。

　モールは、ショッピングバッグを提げたカップル、ベビーカーを押すパパママ、子どもたち、それに緑の聖歌隊服を着たミドルスクールの少女たちの一団で大混雑だった。聖歌隊は出番を待っているらしい。毎年このシーズン、モールは市内の学校の合唱団や教会の聖歌隊を招き、フードコートで合唱してもらうのが恒例だった。少女たちはくすくす笑いながらぺちゃくちゃしゃべり、ひとりの幼児が「ぜったいやだ！」とどなり、ジュリー・アンドリュースが有線放送のスピーカーから「〝もろびとこぞりて《ジョイ・トゥ・ザ・ワールド》〟」と歌い、スレッシャー師はヴィクトリアズ・シークレットのウィンドウのパンティ姿、ブラ姿、天使の翼姿のマネキンを指さし、「あれを見たまえ！　なんと罪深い！」と叫んでいた。

「こちらへ」モースマン博士は、幌馬車隊のリーダーのように片腕を振りながらアルタイル人を先導し、「彼らにサンタクロースを見せたいんだよ」といった。わたしは、三人横並びで歩いてきた男の子たちを避けて脇に寄り、アルタイル人とのあいだを遮断された。

そのとき突然、はっと息を呑む音がしたかと思うと、モールは有線放送のBGMだけを残して静まりかえった。「いったい――」とモースマン博士が鋭い声をあげ、わたしは男の子トリオを押しのけて前に出ると、なにが起きたのかを見た。

アルタイル人は店と店とのあいだのスペースの真ん中におだやかに座り、にらんでいた。それに目を奪われた買物客が周囲に人垣をつくる。やがて、モールの支配人らしきスーツ姿の男性が急ぎ足でやってくると、「いったいどうしたんです？」とたずねた。

「すばらしい」とモースマン博士がいった。「さまざまな場所に連れていけば、いつかはきっと反応するだろうと思っていた」わたしのほうを向くと、「きみは彼らのうしろにいたな、ミス・イェイツ。彼らはどうして腰を下ろしたんだね？」

「わかりません。わたしの位置からだと彼らが見えなくて。もしかしたら——」

「レオを呼びたまえ」とモースマン博士が命じた。「彼がビデオに撮っている」

それはどうかと思ったけれど、レオをさがしにいった。レオは、鮮やかなピンク色をした小さな袋を手に、ヴィクトリアズ・シークレットから出てくるところだった。「メグ、なにがあったの？」

「アルタイル人が床に座ったのよ」

「どうして？」

「それをつきとめようとしているの。ビデオ、撮ってないわよね」

「うん。いっただろ、彼女にプレゼントを——まいったな、モースマン博士に殺されちゃう」レオはピンクの袋をジーンズのポケットにつっこんだ。「まさかこんな——」

「とにかく、いまからでもビデオをまわして」とわたし。「だれか携帯電話のカメラで撮ってる人がいないかさがしてみる」子どもにサンタを見せようとやってきた人間がこれだけたくさんいるんだから、だれかがカメラを持っているはずだ。うっかりモースマン博士に近づかないように気をつけながら、わたしはアルタイル人を見つめる野次馬の輪に視線を走らせた。博士はモールのこの棟と中の全員を隔離する必要があるとモール支配人に訴えている。

「全員ですか？」支配人がごくりとつばを飲んだ。

「ああ、それが不可欠だ。アルタイル人は明らかに、見聞きしたなにかに反応し――」

「嗅いだにおいに反応したのかもしれない」とワカムラ博士が口をはさんだ。

「なにに反応したのかが判明するまで、だれひとり、ここを離れることを認めるわけにはいかない」モースマン博士はいった。「彼らとのコミュニケーションを成功に導く鍵なのだ」

「でも、クリスマスまであと二週間なんですよ」モール支配人はいった。「はいそうですかと閉鎖するわけには――」

「きみは明らかに理解していないようだが、この地球の命運がかかっているかもしれないのだよ」

そうではないことを祈った。とりわけ、現場を撮影した人がだれもいないらしいとあっては。しかしいまは、野次馬全員が携帯電話をとりだし、あのにらみにもめげず、アルタイル人たちのほうに向けている。わたしは輪の中を見渡し、子どもや孫の姿を撮影していた親か、もしくは――

聖歌隊だ。少女たちの親の中には、ビデオカメラを持ってきた人間がひとりぐらいいるはずだ。緑のローブを着た少女たちの一団のもとに急ぎ足で歩み寄り、「すみません」と声をかけた。「わたしはアルタイル人の同行者なんですが――」

　失敗だった。少女たちはたちまちわたしを質問攻めにしはじめた。

「どうして座ったの？」

「どうしてしゃべらないの？」

「どうしていつも怒ってるの？」

「あたしたち歌える？　出番がまだなんだけど」

「ここにいろっていわれたけど、いつまでいればいいの？　六時にフラティロンス・モールで歌うことになってるのに」

「エイリアンは人間の体に卵を産んでおなかからぽんって飛び出すってほんと？」

「あなたたちの中に、だれかビデオカメラを持ってきた人はいない？」質問の洪水に負けじとわたしは声を張り上げたが、一向に埒《らち》が明かないので、「聖歌隊指揮者の人と話があるんだけど」

「レッドベター先生のこと？」

「先生の恋人なの？」

「いいえ」と首を振りつつ、聖歌隊指揮者らしき人物をさがした。「どこにいるの？」

「あそこ」女の子のひとりが、スラックスにブレザー姿の痩せた長身の男性を指さした。

「レッドベター先生とデートするの？」

「いいえ」わたしはそちらに向かって歩き出した。

「どうして？　すっごく素敵なのに」

「彼氏いるの？」

「いいえ」と答えたとき、彼のそばにたどりついた。「ミスター・レッドベター？　メグ・イェイツともうします。アルタイル人を研究している委員会のメンバーで――」

「よかった。あなたこそまさに、ぼくが話をしたいと思っていた人物ですよ、メグ」

「あいにく、いつまでかかるかはわたしにもわからないんです。六時にべつの合唱の予定があると女の子たちに聞きましたけど」

「ええ。それにぼくは今夜リハーサルが一件。でも、話したいことはそれじゃないんだ」

「その人、彼氏いないんだって、レッドベター先生」

邪魔が入った隙に、わたしは急いで用件を伝えた。「聖歌隊の保護者のみなさんの中に、いましがた起こったことをビデオで撮影した人がいないかと――」

「たぶん。ベリンダ」レッドベター先生は、わたしに恋人がいないと告げた少女に向かって、「お母さんを呼んできて」

ベリンダは人混みの中へ歩き出した。

「彼女のママは、ぼくらが教会を出たときからビデオをまわしてました。もし彼女が現場を撮ってなくても、たぶんカニーシャのママが撮ってる。もしくはチェルシーのパパが」

「ほんとに助かります」とわたし。「うちのカメラマンが撮影に失敗して。なにがアルタイル人の行動の引き金を引いたのかを調べるのに、映像が必要なの」

「つまり、なにが彼らを座らせたかってこと？　だったらビデオなんか必要ない。答えはぼくが知ってる。歌だよ」

「どんな歌？　わたしたちがモールに着いたとき、聖歌隊は歌っていなかったし、どのみちアルタイル人はすでに音楽を聞かされてます。まったく反応しなかった」

「どんな音楽？　『未知との遭遇』の音階みたいなやつ？」

「ええ、まあ」と弁解がましく答えた。「それにベートーベン、ドビュッシー、チャールズ・アイヴズ。あらゆる有名作曲家の曲をひとわたり」

「でも、ヴォーカル入りじゃなくて、インストゥルメンタルだったんじゃない？　ぼくがいってるのは歌だよ。有線から流れるクリスマス・キャロル。彼らが座るところを見たんだ。あれはまちがいなく――」

「レッドベター先生、うちのママに用事なんですよね」ベリンダが、ビデオカメラを携えた大柄な女性を連れてもどってきた。

「うん。カールスンさん、きょう、聖歌隊を撮影してましたよね。そのビデオを見たいんです。モールに着いたところから」

カールスン夫人はいわれるがまま、テープをその箇所まで巻きもどし、カメラをさしだした。レッドベター先生は一分ほど早送り再生した。

「よかった、ちゃんと撮れてる」といってまた巻きもどし、小さな液晶画面がわたしに見えるようにビデオカメラをこちらに向けた。「ほら」

画面には、側面に〈ファースト・プレスビテリアン教会〉と書かれたバスが映っていた。そのバスから少女たちが降りてくる。一列になってモールに向かい、クレート・アンド・バレルの店の前に集まって、くすくすぺちゃくちゃしゃべっているが、音量が低すぎて言葉が聞きとれない。

「ボリュウムを上げてもらえます？」とレッドベター先生が頼むと、ミセス・カールスンはボタンを押した。

少女たちの声が聞こえてきた。

「レッドベター先生、あとでフードコートに行ってプレッツェル食べてもいいですか？」

「レッドベター先生、ハイジのとなりに立つのはいやなんです」

「レッドベター先生、バスにリップグロスを忘れてきちゃったんですけど」

「レッドベター先生――」

アルタイル人が映る余地なんかなさそうだ。待って、そこ。緑のローブの少女たちのうしろにいるのは、モースマン博士とビデオカメラを持ったレオ、それにアルタイル人も見えた。でも、アルタイル人はちらっと映っただけで、はっきりとは見えない。「あいにく

——」

「しっ」レッドベター先生がいって、音量ボタンをまた押して。「聞いて」

レッドベター先生はボリュウムを最大まで上げていた。スレッシャー師が「あれを見たまえ！　なんと罪深い！」と叫ぶのが聞こえる。

「有線放送の音楽が聞こえるかい、メグ？」とレッドベター先生がたずねた。

「なんとか。これ、なんの曲？」

「『もろびとこぞりて』」と答えて、液晶画面をわたしのほうに向けた。カールスン夫人は、アルタイル人を正面から撮影できる位置に移動したらしく、画面から障害物が消え、モースマン博士のあとについて進むアルタイル人の姿が映し出された。彼らがなにか特定のものを——ベビーカーかクリスマス飾りかヴィクトリアズ・シークレットのマネキンかトイレの案内板か——にらみつけていないかと液晶に目を凝らしたが、もしなにかをにらんでいたとしても、判別できなかった。

「こちらへ」とビデオのモースマン博士がいった。「彼らにサンタクロースを見せたいんだよ」

「よし、このへんだ」とレッドベター先生。「よく聞いて」

「〝羊飼い群れを守る夜に……〟」と有線放送の聖歌隊がキンキン声で歌う。

スレッシャー師が「罰当たりな！」とどなり、少女たちのひとりが「レッドベター先生、合唱のあとでマクドナルドへ行ってもいいですか？」とたずね、そしてそのとき、アルタイル人たちがくたくたっとした動きで唐突に床に崩れ落ちた。クリノリン姿のスカーレット・オハラがいきなり座りこむときみたいな感じで。

「なんて歌ってるか聞こえた？」とレッドベター先生がたずねた。

「いいえ――」

「〝もろびと大地に坐して〟だよ。ほら」といって巻きもどす。「ここ」

また再生ボタンを押した。背景ノイズに混じって聞こえる有線放送の音楽に耳をそばだてながらアルタイル人を見つめた。「〝羊飼い群れを守る夜に〟」と聖歌隊が歌う。「〝もろびと大地に坐して〟」

レッドベター先生のいうとおりだった。アルタイル人は、〝坐して《シーテッド》〟という言葉が歌われた瞬間に座った。わたしは彼を見た。

「ほらね」とレッドベター先生はうれしそうにいう。「歌が座れといったから座ったんだ。たまたまぼくは有線放送に合わせて歌っていたから気がついた。悪い癖なんだよ。いつも女の子たちにからかわれてる」

でもこの九カ月間、わたしたちが話しかけてきたことすべてに反応しなかった彼らが、どうしてクリスマス・キャロルの言葉に反応するんだろう？

「このテープ、借りてもいいかしら」とたずねた。「委員会のメンバーに見せなきゃ」

「もちろん」といって、レッドベター先生はカールスン夫人のほうを向いた。「どうかしら」カールスン夫人は気の進まない口ぶりで、「ベリンダが出たときのテープは一本残らずとってあるんですよ」

「ダビングして、オリジナルのテープはすぐにお返ししますよ」と先生が請け合った。

「そうだよね、メグ？」

「ええ」

「よし。テープはぼく宛てに送ってもらえれば、ベリンダの手にわたるようにするから。それでいいですか？」とカールスン夫人にたずねる。

夫人はうなずき、ビデオカメラからテープをとりだしてこちらにさしだした。

「ありがとうございます」と礼をいい、急いでもどってみると、モースマン博士はまだ支配人と議論していた。

「モール全体をあっさり閉鎖するなんて無理ですよ」と支配人が訴えている。「一年でいちばんのかき入れ時なんですから――」

「モースマン博士」とわたしは口をはさんだ。「アルタイル人が座ったときのテープを入手しました。撮影したのは――」

「その話はあとだ」と博士はいった。「レオに、アルタイル人が見たかもしれないものすべてを撮影するよう伝えてくれ」

「でもレオはいま、アルタイル人を撮影しています。もし彼らがなにかべつの行動を起こしたら？」とたずねたが、博士は聞いていなかった。

「彼らが反応したかもしれないものすべての映像記録が必要だ。店、買物客、クリスマス飾り、その他すべて。そのあと警察に電話して、駐車場を封鎖するように要請したまえ。だれも外に出すなと」

「封鎖？」と支配人がいった。「これだけのお客さんをここにひきとめておくわけにはいきませんよ！」

「ここにいる全員をモールのこの区画から退去させて、聞き取り調査を実施できる場所に移す必要があるな」

「聞き取り調査？」支配人はいまにも卒倒しそうな表情で訊き返した。

「そうとも。彼らの行動の引き金を引いたものをだれかが目撃しているかも――」

「たしかに目撃した人がいます。その人物のことでお話が――」とわたしはいったが、モースマン博士は耳を貸さなかった。

「全員の姓名、連絡先、供述が必要だ」と支配人に向かっていう。「それに、伝染病の検査も。アルタイル人が座ったのは、気分が悪くなったせいかもしれない」

「モースマン博士、彼らは病気じゃありません」とわたし。「彼らは――」

「その話はあとだ」と博士。「レオには伝えたかね？」

わたしはあきらめた。「いま伝えてきます」と答えて、アルタイル人を撮影しているレオのところへ行き、モースマン博士の指示を伝えた。

「アルタイル人がもしまたなんかしたら？」レオは、床に座ってまわりをにらんでいる彼らを見ながらいった。ひとつためいきをつき、「博士が正解だな。しばらくは動き出しそうにないや」カメラをぐるっと動かして、ヴィクトリアズ・シークレットのウィンドウを撮影しはじめた。「いつまでここに閉じ込められると思う？」

わたしはモースマン博士の言葉を伝えた。

「やれやれ。これだけの人全員から聞き取り調査するって？」といいながら、レオはウィリアムズ・ソノマの店のウィンドウに移動する。「今夜は予定があるのに」

これだけの人たち全員、今夜なにか予定があるはずだ。群衆を見わたしながら心の中で思った。赤ん坊をのせたベビーカーを押す母親たち、小さな子ども、高齢者のカップル、ティーンエイジャー。それに、一時間後にはべつのモールで合唱の予定を控えた五十人のミドルスクールの少女たち。モースマン博士が耳を貸さないのは、聖歌隊指揮者の責任じゃない。

「全員を収容できるだけの広さの部屋が必要だ」とモースマン博士が話している。「それに、事情聴取に使う、隣接した部屋」それに対して支配人が、「ここはショッピングモールなんですよ、グアンタナモ基地じゃなくて！」とどなっている。

わたしはモースマン博士と支配人から用心深くあとずさり、群衆のあいだをすり抜け、少女たちに囲まれて立っている聖歌隊指揮者のほうへ歩いていった。

「でも、レッドベター先生」と聖歌隊のひとりが話している。「すぐもどってきますから。プレッツェルの店はすぐそこだし」

「ミスター・レッドベター、ちょっとお話が」とわたしはいった。

「いいですとも」少女たちに向かって、「ほら、静かにして」

「でも、レッドベター先生――」

それを無視して、「クリスマス・キャロル仮説について、委員会はなんと？」

「まだ委員会にはかるチャンスがなくて。いいですか。あと五分でモール全体が封鎖されます」

「でもぼくは――」

「ええ。このあとまだ公演があるんですよね。もしそれに出るつもりなら、いますぐ行ったほうがいいわ。そっちの出口から」と、東の出入口を指さした。

「ありがとう」レッドベター先生は熱をこめていった。「でも、きみは面倒なことにならない？」

「聖歌隊の供述書が必要になったら電話するわ。番号は？」

「ベリンダ、ペンと、なにか書くものを」ベリンダはペンをさしだしてから、自分のバックパックをひっかきまわしはじめた。

「いいよ。時間がない」彼はわたしの手をつかむと、てのひらに数字を書きつけた。

「あたしたちには手に書いちゃだめだっていうくせに」

「きみたちはだめだ」とレッドベター先生はいった。「ほんとにありがとう。助かったよ、メグ」

「行って」わたしはモースマン博士に不安な視線を投げた。あと三十秒で動かないと、脱出は不可能になる。それだけの短時間で五十人の女生徒を呼び集めて行動させるのはとても無理だ。それどころか、指示を聞かせるのも無理。

「みんな《レイディーズ》」といって、レッドベター先生は聖歌隊を指揮するように両手を上げた。「整列」

すると驚いたことに、全員がただちにその言葉にしたがい、静かに列をつくると、笑い声ひとつたてず、〝レッドベター先生？〟もなく、すみやかに東の出口に向かって歩き出した。レッドベター先生に対するわたしの評価は急上昇した。

人混みを押し分けて急ぎ足で引き返すと、モースマン博士と支配人はまだ議論をつづけていた。レオはモールの先のほうまで進み、ベライゾン・ワイヤレスの携帯電話ショップを撮影中。東出口からは離れている。よかった。モースマン博士がわたしを見てもそちらが視界に入らないよう、右側から博士に近づいた。

「しかし、トイレはどうするんです？」と支配人がどなっている。「モールのトイレの数は、これだけのお客さま全員用にはとても足りませんよ」

聖歌隊はもうほとんど全員がモールの外に出ている。最後のひとりが出て、レッドベター先生がそれにつづくのを見守った。

「ポータブルトイレを調達しよう。ミス・イェイツ、ポータポッティの手配を頼む」モースマン博士がわたしのほうを向いていった。わたしがその場を離れていたことにまったく気づいていないのは明らかだ。「それと、国土安全保障省の人間を電話に出してくれ」

「国土安全保障省！」支配人は涙声になった。「マスコミに知られたら商売あがったりですよ」支配人は口をつぐみ、アルタイル人を囲む群衆を見わたした。

群衆のあいだから集合的なあえぎが漏れ、それから沈黙が降りた。どこかの時点でだれかが有線を切っていたらしく、モールの中は完全に静まりかえっていた。

「いったい——通してくれ」といってモースマン博士が沈黙を破った。なにが起きているのかを見ようと、買物客の輪を押し分ける。わたしはそのあとにつづいた。アルタイル人はゆっくり立ち上がろうとしていた。その動きは、ひもでぴんとひっぱられるときといくらか似ていなくもなかった。

「助かった」支配人が心底ほっとした口調で言った。「もう終わったんだから、営業を再開してもだいじょうぶですね」

モースマン博士は首を振った。「これはまたべつの行動の前触れか、あるいは第二の刺激に対する反応かもしれん。レオ、彼らが立ち上がりはじめる直前になにがあったのか、ビデオで確認したい」

「撮ってませんよ」とレオがいった。

「撮ってない？」

「モールの中のものを撮れっていったじゃないですか」とレオは答えたが、モースマン博士は聞いていなかった。アルタイル人を見ている。彼らは向きを変え、東出口に向かってゆっくりと、するする・よたよた進んでいた。

「あとを追え」モースマン博士はレオに命じた。「彼らから目を離すな。そして今回はしっかりビデオに撮れ」

それからわたしのほうに向き直り、「きみはここに残って、防犯カメラのテープがあるかどうかたしかめてくれ。それと、事情聴取の必要が生じた場合に備えて、ここにいる全員の姓名と連絡先を聞き取っておくように」

「モールを出るまでに必要ですか？」

「いまはいい。アルタイル人は出発しようとしている。次にどこへ行くかは神のみぞ知るだ」といって、モースマン博士は彼らのあとについて歩き出した。「さっきの出来事をだれかがビデオに撮っていないかたしかめてくれ」

結局、アルタイル人たちは、モールに来るときに乗ったヴァンのところにもどっただけだった。そこに立ってにらんでいる彼らをまたヴァンに乗せ、モースマン博士はDUに引き返した。わたしが大学ホールにもどってみると、彼らはワカムラ博士といっしょにメインラボにいた。わたしは四時間近くのあいだモールに残り、名前と電話番号を聞き取りながら、クリスマスの買物客が「小さな子をふたり連れて、もう六時間もここにいるのよ。六時間！」とか、「おかげで孫のクリスマス・コンサートを見逃したわ」とかの愚痴を聞かされた。レッドベター先生と七年生の少女たちをこっそり外に出してやることができてよかった。でなければ、べつのモールでの合唱にはぜったい間に合わなかっただろう。

全員の名前と文句を聞き終えると、モール支配人のところへ防犯カメラのテープの有無を聞きにいった。さらに文句をいわれるのを覚悟していたが、支配人は営業を再開できるのに有頂天で、ただちにテープを引き渡してくれた。

「このテープ、音声も入ってます？」とたずねると、ノーという返事。「モールに流しているクリスマス音楽も、テープはないですよね？」とだめ元で訊いてみたところ――ふつうは有線放送のクリスマス・チャンネルを使っている――驚いたことに答えはイエスで、支配人はCDをさしだした。そのCDと防犯カメラのビデオテープとをバッグにしまい、自分の車を運転して大学にもどり、モースマン博士と話をしようとメインラボへ向かった。

そこにいたのはワカムラ博士だった。フードコートのにおい各種——アメリカンドッグ、ポップコーン、寿司——をアルタイル人に噴射して、そのどれかを嗅いで彼らが座らないかどうかを実験していた。「モールの芳香のどれかに反応したにちがいないと確信している」とワカムラ博士はいった。

「じつをいうと、もしかしたら彼らは——」

「問題は、そのにおいがどれなのかつきとめることだけだよ」といいながら、ピザのにおいをアルタイル人に噴射した。彼らはにらんだ。

「モースマン博士はどこに？」

「となりの部屋だ」ファネルケーキのエッセンスを噴射しながら、ワカムラ博士は答えた。

「委員会のほかのメンバーと会議中」

びくびくしながらとなりの部屋をのぞいた。

「モールのフロア素材を調べる必要がありますね」とショート博士が話している。「アルタイル人は木と石のちがいに反応したのかもしれない」

「空気のサンプルも必要です」とジャーヴィス博士。「大気の中に、彼らにとって有毒な成分があり、それに反応したのかもしれない」

「有毒な成分？」スレッシャー師がいった。「それをいうなら、罰当たりな成分でしょう！　みだらな下着をまとった天使とは!!　アルタイル人が悪の巣窟にあれ以上深く踏み込むことを拒否し、抗議のしるしとして座りこんだことは明らかだ。エイリアンでさえ、罪を見ればそれとわかる」

「ジャーヴィス博士の説には反対ですね」とショート博士がスレッシャー師を無視していった。「モールの空気組成が美術館やスポーツセンターの空気のとちがうはずはないでしょう。つきとめなきゃいけないのは変数ですよ。音はどうです？　ファクターになりませんか？」

「ええ」とわたしは口を開いた。「アルタイル人は――」

「監視テープは入手できたかね、ミス・イェイツ？」とモースマン博士が口をはさんだ。

「アルタイル人が座る直前で、テープの頭出しをしておいてくれ。彼らがなにを見ていたのか知りたい」

「彼らが見ていたもののせいじゃなかったんです」とわたし。「彼らは――」

「それと、モールに電話して、フロア素材のサンプルを入手してくれたまえ。なんの話だったかな、ショート博士？」

わたしは防犯カメラのテープと買物客のリストをモースマン博士のデスクに置き、オーディオラボへ行ってプレーヤーにCDをかけ、クリスマス・ソングを聞いた。『サンタが街にやってくる』『ホワイトクリスマス』『もろびとこぞりて』――

　これだ。〝羊飼い群れを守る夜に、もろびと大地に坐して、みつかいあらわれ、光てらす〟。宇宙船の着陸を歌った歌だとアルタイル人が考えた可能性はあるだろうか。それとも、反応したのはなにかぜんぜんべつのもので、タイミングが偶然一致しただけとか？

　たしかめる方法はひとつしかない。メインラボにもどると、ワカムラ博士がアルタイル人の鼻の下に、火をつけたろうそくをさしだしていた。

「うわ、なんですか、それ？」とたずね、鼻にしわを寄せた。

「ヤマモモ木蓮《もくれん》だよ」

「ひどいにおい」

「白檀スミレのにおいを嗅ぐべきだね」とワカムラ博士はいった。「彼らが座ったとき、すぐとなりの店は、キャンドル・イン・ザ・ウィンドだった。キャンドルのにおいに反応したのかもしれない」

「反応ありました？」いまこの場合だけはアルタイル人のこの表情も百パーセント適切だと思いながらたずねた。

「ないね。トウヒ西瓜にも反応なし。非常に異質《エイリアン》なにおいがするんだが。モースマン博士は、防犯カメラのテープになにか手がかりを見つけた？」ワカムラ博士は期待に満ちた口調でたずねた。

「モースマン博士はまだ見てもいないわ」とわたし。「この実験が終わったら、アルタイル人を船までエスコートしていく役はわたしが引き受けましょうか」

「ほんとに?」ワカムラ博士はうれしそうにいった。「そうしてくれると助かるよ。彼らの表情はほんとにうちの義母そっくりでね。いますぐでも、連れていってもらえる?」

「ええ」わたしはアルタイル人に歩み寄り、ついてくるように合図した。すでに九時近い時刻だったので、彼らが向きを変えず、まっすぐ船にもどることを予想していた。が、そうはならなかった。彼らはわたしのあとについて廊下を歩き、オーディオラボに入った。

「ちょっと試してみたいことがあるの」といって、わたしは『羊飼い群れを守る夜に』をかけた。

「〝羊飼い群れを……〟」と聖歌隊が歌う。ぴくりとも動かないアルタイル人の表情を見守った。レッドベター先生の説はまちがいだ。なにかべつのものに反応したにちがいない。曲なんか聞いてもいない。「〝……守る夜に、もろびと大地に坐して……〟」

アルタイル人たちは座った。

レッドベター先生に電話しなきゃ。CDプレーヤーをとめ、彼がわたしの手に書いた番号に電話した。

「はい、こちらはカルヴィン・レッドベターです」と録音された本人の声が応える。「あいにくただいま電話に出られません」リハーサルがあると話していたのを遅まきながら思い出した。「リハーサルの件でしたら、スケジュールは以下のとおりです。木曜午後八時、マイル・ハイ女声合唱団、モントヴュー・メソジスト教会にて。金曜午前十一時、内陣聖歌隊、トリニティ・エピスコパル教会にて。金曜午後三時、デンヴァー交響楽――」留守なのは明らかだ。それに、忙しすぎて、アルタイル人にかまけているひまなんか到底ないことも明らかだ。

電話を切り、アルタイル人のほうを見た。まだ座っている。そのとき、彼らにあの歌を聞かせたのはまずかったかもしれないという考えが頭に浮かんだ。どうしたらまた立たせられるのか、見当もつかない。モールでは有線が切られていたから、アルタイル人が立ったのは音楽のせいじゃない。モールの中のなにかが刺激になったのなら、わたしは彼らといっしょにひと晩じゅうここにいることにもなりかねない。しかし数分後、彼らはあのひもをひっぱられるような妙ちきりんな動きで立ち上がり、わたしをにらみつけた。「〝羊飼い群れを守る夜に〟」と彼らに向かっていってみた。「〝もろびと大地に坐して〟」

アルタイル人は立ったままだった。

「〝もろびと大地に坐して〟」とわたしはくりかえした。「坐して。座って。座れ！」

なんの反応もない。

もう一度、曲をかけた。彼らはキューに合わせて座った。それでも、歌詞が命じることをしているのだという証拠にはならない。歌声の音だけに反応している可能性もある。最初に彼らがやってきたとき、モールは喧騒に満ちていた。彼らが聞きとることのできた最初の曲が『羊飼い群れを守る夜に』だったというだけのことで、彼らは歌う声を聞くと座るのかもしれない。アルタイル人がまた立ち上がるのを待ってから、『羊飼い群れを守る夜に』の前に入っている二曲を再生した。ビング・クロスビーの歌う『ホワイトクリスマス』にも、ジュリー・アンドリュースの歌う『もろびとこぞりて』にも、曲と曲のあいだの休止にも、彼らは反応しなかった。だれかが歌っていることに気づいている気配さえない。

「〝羊飼い群れを守る夜に……〟」と聖歌隊が歌いはじめ、わたしは、アルタイル人たちが非言語的ななにかに反応している場合を考えて、できるかぎり平静さと無表情を保った。

「〝……もろびと大地に坐して――〟」

アルタイル人は正確におなじ箇所で座った。ということは、まちがいなくこの特定の言葉がきっかけだ。あるいは、この歌を歌っている声。あるいは音符の特定の配列。あるいはリズム。あるいは音符の周波数。

なんだとしても、今夜それを解明するのは無理だ。もう十時近い。アルタイル人を宇宙船にもどす必要がある。彼らが立ち上がるの待って、にらみつける彼らを宇宙船が待つ外へと連れ出し、わたしは家に帰った。

留守番電話のメッセージ・ランプが点滅していた。たぶんモースマン博士が、モールにもどって大気サンプルを採取してこいと電話してきたんだろう。再生ボタンを押した。

「どうも。きょう、ショッピングモールで会ったレッドベターです」聖歌隊指揮者の声がいった。「覚えてるよね？　ちょっと話したいことがあって」彼は、自分の携帯電話の番号を告げ、ついでに自宅の番号も、「手を洗って消えちゃったかもしれないから」と、もう一度くりかえした。「十一時には家に帰ってるから。それまでは、どんなことがあっても、エイリアンにこれ以上クリスマス・キャロルを聞かせないで」

どっちの番号も応答がなかった。リハーサル中、携帯電話の電源は切っているのだろう。腕時計に目をやった。十時十五分。イエローページをひっつかみ、モントヴュー・メソジスト教会の住所を調べ、車に乗って出発した。途中、ちょっと遠回りしてアルタイル人の宇宙船の前を通り、船がまだそこにあることと、舷窓から銃を突き出したり不吉な光を点滅させたりしていないことを確認した。杞憂だった。宇宙船がいつものとおりスフィンクスのような姿で大地に坐しているのを見て安心した。ちょっとだけ。

教会に到着したのは二十分後だった。リハーサルがもう終わっていてすれ違いになるのが心配だったが、駐車場にはまだたくさん車がとまっていたし、ステンドグラスの窓からは明かりが洩れている。しかし、正面玄関の扉は施錠されていた。側面にまわってみると、そちらの扉は開いていた。中から歌声が聞こえてくる。その歌声を頼りに、暗い廊下を歩き出した。

言葉の途中でぱったり歌がやんだ。しばらく耳をすましていたが、一向に再開されないので、廊下に並ぶドアをひとつずつ試してみることにした。最初の三つは鍵がかかっていたが、四つ目のドアは開いた。中は内陣だった。こちらに背を向けたミスター・レッドベターに対面するかたちで、女声聖歌隊が真正面に整列していた。

「十ページの最初」とミスター・レッドベターが指示した。

いてくれて助かった。そう思いながら、こっそり内陣のうしろに立った。

「〝御使いたちの歌声に〟から」そういってオルガン奏者にうなずき、指揮棒を上げる。

「待ってください、ブレスはどこですか？」と女性のひとりがたずねた。「〝歌声に〟のあと？」

「いや、〝夜〟のあとです」ミスター・レッドベターは譜面台の上の楽譜を見ながら答えた。「それから、十三ページのいちばん下」

べつの女性がたずねた。「アルトのパートをやってもらえますか？　〝ひざまづき〟から？」

どう考えても、リハーサルはまだ当分かかりそうだ。終わるまで待っている余裕はない。聖歌隊のほうに向かって通路を歩き出すと、メンバー全員が楽譜から顔を上げ、わたしをにらみつけた。ミスター・レッドベターがうしろをふりかえり、その顔をぱっと輝かせた。女性たちに向き直り、「すぐもどる」というと、通路をこちらに走ってきた。「メグ」すぐ前まで来て、「やあ。いったい――」

「リハーサルの邪魔をしてごめんなさい。でも、伝言を聞いて――」

「邪魔じゃないよ。ほんとに。どっちみちもうほとんど終わりだから」

「クリスマス・キャロルをこれ以上聞かせるなってどういう意味？　伝言を聞いたのは、モールで流れていたほかの曲を何曲か聞かせたあとだったから――」

「どうなった？」

「なんにも。でも、あなたの伝言だと――」

「どの曲？」

「『もろびとこぞりて』と――」

「四番までぜんぶ？」

「いいえ。CDにはフルコーラス入ってなかったから。一番と、それから、〝主の愛の奇跡〟が出てくるやつ」

「一番と四番か」遠い目をして、歌詞を急いでさらうように唇を忙しく動かしている。

「それならたぶんだいじょうぶだな――」

「どういう意味？　どうしてあんな伝言を？」

「アルタイル人が『羊飼い群れを守る夜に』の歌詞に文字どおりに反応したんだとしたら、クリスマス・キャロルには危険な歌詞がたくさん――」

「うん。たとえば『われらはきたりぬ』とか。聞かせてないよね？」

「ええ。『もろびとこぞりて』と『ホワイトクリスマス』だけ」

「レッドベターさん」聖歌隊のひとりが前のほうから呼びかけてきた。「いつまでかかるんですの？」

「すぐもどります」彼はまたわたしのほうを向いて、「『羊飼い群れを守る夜に』はどこまで聞かせた？」

「〝もろびと大地に坐して〟までだけ」

「二番や三番は？」

「いいえ。いったい――」

「レッドベターさん」さっきの女性がじれったげにいった。「帰らなきゃいけないひともいるんですよ」

「すぐ行きますから」それから、わたしに向かって、「五分待って」というと、通路を駆けもどった。

わたしはうしろのほうの信徒席に腰かけ、賛美歌集を手にとると、『われらはきたりぬ』をさがした。言うは易く行うは難し。賛美歌には番号が振ってあるが、配列にこれといった規則はないらしい。索引がないかとうしろのページを開いてみた。

「危険？」

「でも、『いざ来たれ、異邦人の救い主よ』がまだ終わってません」若くて美人の赤毛がいった。

「それは土曜の夜にやろう」とミスター・レッドベター。

索引を見ても、『われらはきたりぬ』がどこにあるのかわからなかった。数字が横に並んだ行――5．6．6．5．と8．8．7．D．――と、その下には、暗号みたいな妙な言葉――ラバン、ハースリー、オリーヴの眉、アリゾナ――の列（数字は韻律、言葉は曲名を示す）。アルタイル人は、クリスマス・キャロルに埋め込まれたなにかの暗号に反応している可能性があるだろうか。『ダ・ヴィンチ・コード』みたいに。そうじゃないことを祈った。

「何時に集まればいいですか？」と女たちがたずねている。

「七時」とミスター・レッドベター。

「でも、それだと『いざ来たれ、異邦人の救い主よ』をおさらいする時間がないんじゃないですか？」

「それに『サンタが街にやってくる』は？」と赤毛がたずねた。「セカンド・ソプラノのパートがありませんけど」

わたしは索引をあきらめ、賛美歌のページをめくりはじめた。シンプルな賛美歌集ひとつ解読できなくて、まったく異質な種属のメッセージをどうして理解できるだろう。もしあれがなんらかのメッセージだとしての話だが。彼らは音楽を聞こうとして座りこんだのかもしれない。花を見ようと足を止めるみたいに。それとも足が痛くなっただけかも。

「どんな靴を履けばいいですか？」と聖歌隊のだれかが質問した。

「履きやすい靴を」とミスター・レッドベター。「長いあいだ立ちっぱなしでいることになるからね」

賛美歌集のページをめくりつづけた。『みつかい歌いて』がここにあった。ということは、きっとこのあたりだ。『たいまつ手に手に』……。どこかこのへんのはず。『クリスマスの夜、もろびと歌いて』――

聖歌隊の女性たちがとうとう帰り支度をはじめた。「では土曜日に」といって、ミスター・レッドベターが戸口から全員を送り出し、赤毛の美人ひとりがあとに残った。戸口のところで彼をひきとめ、「思ったんですけど、先生があとに残って、あたしといっしょにセカンド・ソプラノのパートをもう一度さらってもらえないかと。ほんの二、三分で済みますから」

「今夜は無理だな」とミスター・レッドベターはいった。赤毛はこちらを向いてわたしをにらみつけた。わたしにもそのにらみの意味ははっきりわかった。

「いってくれたら、土曜日にやるよ」そういって彼女のうしろで扉を閉め、わたしのとなりに腰を下ろした。「ごめん。土曜日に大きな公演があるもんだから。さて、と。エイリアンの件。どこまで話したっけ？」

『われらはきたりぬ』まで。歌詞の言葉が危険だって」

「ああそう、そうなんだよ」わたしの手から賛美歌集をとると、慣れた手つきでぱらぱらとめくり、すばやく正しいページを開いて指さした。「四番。〝悲しみ、喘ぎ、血を流し、死して〟——アルタイル人が冷たき石の奥津城《おくつき》に閉じこもるのはきみも願い下げだろ」

「ええ」とわたしは勢いよくうなずいた。『もろびとこぞりて』もだめだとさっきいってたけど、どんな歌詞があるの？」

「かなしみ、罪、大地にはびこる茨（『民みな喜べ』の英語詞より）」

「彼らはなんでも賛美歌のいうとおりにするんだと思う？　従うべき命令みたいに思ってるの？」

「どうかな。でも、もしそうだとしたら。クリスマス・キャロルには、ありとあらゆる種類の、彼らに従ってほしくないことが出てくる。屋根の上を駆けまわるとか、たいまつを手にするとか、赤ん坊を殺すとか——」

「赤ん坊を殺す？　どのキャロルの話？」

「『ねむれよおさなき子よ』」彼はまたぱらぱら賛美歌集をめくってすばやく別のページを開いた。「ヘロデ王のことを歌った歌だよ。ほら——」歌詞を指さした。「〝今日命じた……目に入るなべての子どもをば切り捨て果てよ、と〟」

「わっ、たいへん。そのキャロル、モールでも流してたはず。CDに入ってたから。思い切って会いにきてほんとによかった」

「ぼくのほうも、きみが来てくれてほんとによかった」といってにっこりする。

「『羊飼い群れを守る夜に』をどこまで聞かせたか気にしてたけど、あの曲にも子殺しが出てくるの？」

「いや。でも二番には、〝恐れ〟と〝大きな恐怖〟と〝悩める心をつかみて〟が出てくる」

「アルタイル人にはぜったいしてほしくないことね。でも、どうしたらいいのかわからない。この九カ月、委員会はアルタイル人とコミュニケーションを確立しようと、いろいろやってきた。あの歌がはじめてだったのよ、彼らがなにかに反応したのは。でももしクリスマス・キャロルを聞かせられないとしたら――」

「そうはいってないよ。聞かせる曲が暴力的な行為につながる可能性がないことをまず確認する必要があるというだけのこと。モールで流していたBGMのCDがあるといったよね？」

「ええ。それを再生したの」

「ミスター・レッドベター？」おそるおそるという感じの声がして、頭の禿げかかった聖職者カラーの男が戸口から顔を覗かせた。「あとどのぐらいかかります？　そろそろ戸締まりをしないと」

「おっと、すみません。マッキンタイア師《さん》」ミスター・レッドベターはそういって立ち上がった。「すぐにおいとまします」通路を走っていって楽譜をひっつかみ、またもどってくると、「いたみ《エィクス》には出るんですよね？」とマッキンタイア師にたずねた。

痛み？　きっと聞き違いだ。

「さあ、どうでしょうなあ」とマッキンタイア師。「わたしのハンドルはずいぶん錆びついてますから」

ハンドル？　いったいなんの話だろう。

「とくに『ハレルヤ・コーラス』はねえ。最後に歌ってから、もう何十年もたちますから」

ああ、ヘンデルか。ハンドルじゃなくて。

「トリニティ・エピスコパルの聖歌隊とあした十一時に『ハレルヤ・コーラス』のリハーサルをするんで、もしご希望なら、いっしょにおさらいができますよ」

「そうさせていただくかも」

「すばらしい。ではおやすみなさい」そう挨拶すると、わたしを先導して内陣の外に出た。

「車はどこに？」

「教会の正面に」

「よかった。ぼくの車もだ」側面の扉を開け、「アパートメントまで、ぼくの車のあとをついてきて」

ジュディス伯母さんが不興げにわたしをにらみ、「良家の若い淑女は殿方のアパートメントをひとりで訪ねたりはけっしてしないものですよ」という姿が目に浮かんだ。

「モールでかかってた音楽のCDを持ってきたっていったよね」

結論に飛びついた報いがこれだ。そう思いながら車に乗り、彼の車のあとについて運転しながら、ミスター・レッドベターはあのセカンド・ソプラノとデートするんだろうかと考えた。

「車の中でずっと考えてたんだけど」アパートメント・ビルに着いて車から降りると、彼はいった。「まずやるべきなのは、『羊飼い群れを守る夜に』のどの要素に彼らが反応したかをつきとめることだ。曲なのか——以前にも音楽を聞かせたことがあるという話は覚えてるけど、でもこの特定の音符の配列が鍵だったという可能性はあるからね——それとも歌詞なのか」

彼らに向かって歌詞を口でいってみたことを話した。

「オーケイ。ということは、次の問題は、鍵を握っているのは伴奏か」部屋の鍵を開けながら、「テンポか。それともキーか」

「キー?」彼の手の中のキー・ホルダーを見ながら訊き返した。

「うん。『ジャンピング・ジャック・フラッシュ』は見たことある?」

「いいえ」

「最高の映画だよ。ウーピー・ゴールドバーグの。あの映画では、スパイの暗号を解く鍵が、キーなんだよ。文字どおり。Bフラット。『羊飼い群れを守る夜に』はCのキーだけど、でも『もろびとこぞりて』はDだ。『もろびとこぞりて』に反応しなかったのはそれが理由かもしれない。それとも、特定の楽器の音にしか反応しないとか。ベートーベンはどの曲を聞かせた？」

「第九」

ミスター・レッドベターはむずかしい顔になった。「だったらその可能性はまずないな。でも、『羊飼い群れを守る夜に』の伴奏には、ギターか、マリンバか、なにかべつの楽器が使われていたのかもしれない。まあ、すぐわかるよ。さあ、どうぞ」ドアを開けると、たちまちベッドルームに姿を消し、「冷蔵庫にソーダがあるから」と声をかけてきた。

「座っててくれ」

言うは易く行うは難し。カウチ、椅子、コーヒー・テーブルはすべて、CD、楽譜、衣類に埋めつくされていた。「ごめん」ラップトップを持ってもどってきたミスター・レッドベターがいった。PCを本の山のてっぺんに置き、洗濯物の山を椅子からどけて、わたしが座る場所をつくってくれた。「十二月はいつも最悪なんだ。それに今年は、例年の礼拝コンサートとクリスマス・カンタータの山に加えて、いたみ《エィクス》を振ることになってて」

　聞き違えではなかった。「エイクス？」

「うん。A‐C‐H‐E‐S。全市祝日全宗派合唱会《オールシティ・ホリデー・エキュメニカル・シング》。ACHES。あるいは、うちの七年生の娘《こ》たちにいわせると、〝痛みと苦しみ《エイクス・アンド・ペインズ》〟。大規模なコンサートで——いや、まあ、正しくはコンサートじゃないんだけどね。客席の聴衆まで含めて、全員が歌うから。でも、市内すべての合唱団や聖歌隊が参加する」カウチの上に積んであったLPの山を床に下ろし、わたしの向かいに座った。「デンヴァーでは毎年開かれてるんだよ。コンベンション・センターで。合唱会に行ったことはある？」わたしが首を振ると、「相当びっくりすると思うよ。去年は三千人の聴衆と四十四の聖歌隊が参加した」

「あなたが指揮を？」

「うん。じつをいうと、教会聖歌隊とか、七年生の女声合唱団の指揮よりはずっと楽な仕事なんだよ。けっこう楽しいしね。昔はオール・シティ・メサイアだった。ほら、みんなで集まって、ヘンデルの『メサイア』をいっしょに歌うやつ。でも、その後、ユニテリアン派から冬至祭の歌を入れてほしいとリクエストがあって、そこから雪だるま式に話がふくらんでいった。いまは『ハヌカーの歌』や、『あなたに楽しいクリスマスを』（映画『若草の頃』の挿入歌）や『クワンザの七夜』を、クリスマス・キャロルや『メサイア』の抜粋といっしょにやるようになってる。ところで『メサイア』といえば、アルタイル人に聞かせちゃいけない曲のひとつだね」

『メサイア』にも子殺しが出てくるの？」

「首の骨が折れる。〝汝は鉄の杖で彼らを打ち〟、それから〝砕くであろう〟と。負傷、打撲、切断、嘲り、笑いから侮蔑まで」

「じつをいうと、アルタイル人はもうすでに侮蔑のオーソリティよ」

「でも、願わくは、国々を揺り動かしたり、闇で地をおおったりすること（『メサイア』第一部の歌詞より）のオーソリティにはなってほしくないね」

そういってから、ミスター・レッドベターはラップトップを開いた。「オーケイ。まず最初に、『羊飼い群れを守る夜に』をスキャンしてみる。それから、伴奏を除いて、ヴォーカルだけで再生できるようにする」

「なにか手伝う？」

「きみは……」といって奥の部屋にまた姿を消し、高さ三十センチの楽譜と楽譜集の山を抱えてもどってくると、わたしのひざの上にどさりとのせた。「アルタイル人に聞かせたくない歌の全リストをつくってくれ」

わたしはうなずき、『ホリー・ジョリー・クリスマス・ソングブック』をめくりはじめて驚いた。クリスマス・キャロルといったら平和と善意を歌うものだと思っていたのに、暴力的な歌詞がこんなにたくさんあったなんて。子殺しが出てくるのは『ねむれよおさなき子よ』だけじゃなかった。『きょうはクリスマスの日』にも、罪、争い、戦士といっしょに出てくる。『久しく待ちにし』にも争いと、それに妬《ねた》みと諍《いさか》い。『ひいらぎと蔦は』には茨と血と熊《ベアーズ》。『慈しみ深き王ウェンセスラス』は残虐と、民衆に肉を与えることと、彼らの血を凍らせることと、心臓病について歌っている。

「クリスマス・キャロルがこんなに残酷だなんて知らなかった」

「イースター・ソングを聞くべきだよ」とミスター・レッドベターがいった。「チェックするついでに、〝坐して《シーテッド》〟という単語が出てくる歌がないかさがしてみて。もしあれば、彼らが反応するのがその単語なのかどうかたしかめられるから」

わたしはうなずき、歌詞を読む作業を再開した。『生けるものすべて、おののきて黙《もだ》せ』では、すべての人間が座らずに立っている。それに加えて、恐怖と、震えと、天の食べもののためにわれとわが身を捧げることを歌う一行があった。『まきびと羊を』には〝血〟が出てくる。羊飼いたちは座らずに横たわっている。

〝坐して〟が出てくるのはどのクリスマス・ソングだろう？　『ジングルベル』には、ミスなんとかがだれかのとなりに座っている場面がなかったっけ？

あった（原詩の二番には、「ミス・ファニー・ブライトがぼくのとなりに坐して（Miss Fanny Bright was seated by my side）」という一節がある）。それと、『ワッセル、ワッセル』には、焚火のそばに腰を下ろすくだりがあるが、〝坐して〟はなかった。

さらに調べつづけた。非宗教的なクリスマス・ソングもキャロルに匹敵するくらいたちが悪い。『ナッティン・フォー・クリスマス』みたいな子どもの歌でさえ、だれかの頭をバットでぶん殴ることが楽しく歌われているし、『おばあちゃんがトナカイに轢かれちゃった』（獣医のドクター・エルモが歌い、自主製作盤から出発して大ヒットを記録したカントリー風のコミック・ソング）系の歌は一ジャンルを築いているらしい。『おばあちゃん殺しのフルーツケーキ』、『車に轢かれてぺっちゃんこトナカイ』、『おじいちゃんが裸のサンタを訴えた』。

歌詞が暴力でない場合でさえ、〝あまねく大地を統べ〟とか〝われらすべてを治め〟とか、アルタイル人が地球征服のお誘いだと誤解しかねないフレーズが入っている。

無害なキャロルがあるはずだと思って、索引で（賛美歌集とちがって、『ホリー・ジョリー』にはちゃんと索引があった）『馬槽《まぶね》の中で』を引いてみた。〝……横たわるやさしい顔……星、空に輝き……〟暴力とは無縁だ。これなら問題なく安全リストに加えられる。〝愛……めぐみ……そしてわたしたちを天に導き、ともに暮らさせてください〟罪のない歌詞だが、アルタイル人はぜんぜんちがう意味に解釈するかもしれない。気がついてみると、わし座だかどこだか、アルタイル人の出身星に向かう宇宙船に乗っていた、なんてことにはなりたくない。

わたしたちは午前三時近くまで作業をつづけた。その頃には、〝もろびと大地に坐して〟の歌、伴奏、音階（ミスター・レッドベターがピアノ、ギター、フルートで演奏し、わたしが録音したもの）、アルタイル人に聞かせても安全な歌の短いリストと、〝座る〟や〝腰を下ろす〟という言葉が出てくる歌のさらに短いリストが完成していた。

「ありがとう、ミスター・レッドベター」とわたしはコートを着ながらいった。

「カルヴィンだ」

「カルヴィン。とにかくありがとう。ほんとに助かったわ。アルタイル人に歌を聞かせた結果は連絡します」

「冗談だろ、メグ」とカルヴィンはいった。「ぼくもその場に同席させてくれ」

「でもあなたは──例のACHESに備えて、聖歌隊のリハーサルがあるんでしょ」留守番電話で聞いた過密スケジュールを思い出しながらいった。

「うん。交響楽団と内陣聖歌隊と幼稚園聖歌隊とハンドベル聖歌隊のクリスマス・イブ礼拝と──」

「うわ。なのにこんな遅くまで睡眠時間を削ってつきあわせちゃって。ほんとにごめんなさい」

「聖歌隊指揮者は、十二月は睡眠をとらないんだよ」カルヴィンは軽い口調でいった。

「ぼくがいいたかったのは、リハーサルの合間と、明朝十一時までなら時間がとれるってこと。アルタイル人は朝何時に起こせる？」

「宇宙船から出てくるのは、ふつう朝七時ごろ。でも委員会のほかのメンバーが彼らを呼び出すかもしれない」

「朝のコーヒーも飲まないうちから、あのぴかぴかの顔と対面するって？　賭けてもいいけど、アルタイル人はきみが独占できるよ」

たぶんそのとおりだろう。ジャーヴィス博士が一日アルタイル人たちの相手をするために自分を奮い立たせる必要があったと話していたのを思い出した。博士いわく、「彼らはぼくの五年生のときの先生そっくりなんだよ」

「あなたはほんとに朝一番にアルタイル人と対面したいの？」とたずねた。「あのにらみと？」

「期待していたソロをもらえなかったソプラノの子からにらまれるのとくらべたら、どうってことないよ。だいじょうぶ、アルタイル人を相手にするのなんか朝飯前だ。彼らがなにに反応しているのか、早くつきとめたくてうずうずするね」

わたしたちがつきとめた新事実はゼロだった。

カルヴィンが予言したとおり、翌朝アルタイル人があらわれたとき、大学ホールの外で待っている人間はほかにだれもいなかった。

わたしは彼らをせき立ててオーディオラボへ連れていき、ドアをロックすると、カルヴィンに電話をかけた。カルヴィンはスターバックスのコーヒーとひと抱え分のＣＤを持ってただちにやってきた。

「わちゃあ！」スピーカーのそばにたたずむアルタイル人を見て、カルヴィンは叫んだ。

「ソプラノの子と比較したのはまちがいだった。このにらみは七年生級だね。『いや、聖歌隊コンサート中にメールを打つのは禁止。ラメ入りパウダーも禁止』といったときのにらみだ」

わたしは首を振った。「これはジュディス伯母さんのにらみよ」

「頭と頭をぶつけてばらばらにするパートをうっかり彼らに聞かせなくてほんとによかったよ」とカルヴィンはいった。「地球にやってきた目的が人類をみな殺しにすることじゃないっていうのはたしか？」

「いいえ。だから、彼らとコミュニケーションを確立しなきゃいけないのよ」

「たしかに」カルヴィンはそういって、ゆうべ録音した伴奏部分を再生した。

反応なし。ピアノ、ギター、フルートで弾いた旋律を流したときも反応なし。しかし、ヴォーカルのパートだけを抜き出したものを再生すると、アルタイル人はただちに座った。

「まちがいなく歌詞だ」とカルヴィンはいった。そして、『ジングルベル』を聞かせると、〝となりに坐して《シーテッド・バイ・マイ・サイド》〟の箇所でまた腰を下ろしたことも、その説を裏付けるように思えた。

しかし、カルヴィンがミュージカル『ガイズ&ドールズ』の〝座ってよ、ボートが揺れるから〟と、オーティス・レディングの『シティン・オン・ザ・ドック・オブ・ザ・ベイ』の最初のパートを再生したときは、どちらでも座らなかった。

「ということは、〝坐して《シーテッド》〟っていう言葉ね」とわたし。

「あるいは、クリスマス・ソングに反応するのか。聞かせてもだいじょうぶなキャロルはほかにない？」

「〝坐して〟が入ってるのはないわ。『前歯のない子のクリスマス』には〝座って《シティング》〟が出てくる」

わたしたちはそれを聞かせた。反応なし。しかし、彼がミュージカル『メイム』のナンバー、『ささやかなクリスマスを』を聞かせると、アルタイル人は〝座って《シティング》〟という言葉が出たとたんに座った。

カルヴィンはフレーズの途中で曲を切り——アルタイル人がわたしたちの肩の上に座るのは願い下げだった（歌詞の該当箇所は〝肩の上に座る小さな天使が欲しい〟）——、わたしを見た。

「じゃあどうして彼らはこの〝座って〟には反応するのに、『前歯のない子のクリスマス』の〝座って〟には反応しないのか？」

それは『前歯のない子のクリスマス』がどうしようもなくひどい歌だからよ、といいたい誘惑に駆られたが、それをこらえて、「声？」とためしにいってみた。

「もしかしたらね」カルヴィンはＣＤの山をひっくりかえし、同じ歌をスタットラー・ブラザーズが歌っている録音を見つけ出した。アルタイル人はさっきとまったくおなじ箇所で座った。

ということは、声ではない。クリスマスでもない。カルヴィンが『1776年』のオープニングナンバーをかけると、大陸会議がジョン・アダムズに向かって〝座れ《シット・ダウン》〟という命令を歌うところで、アルタイル人たちはまた座った。それに、〝座る〟という動詞でもない。『ハヌカーの歌』をかけると、彼らはその場でおごそかに回転《スピン》した。

「オーケイ。ということは、宗派に関係ないことはわかったわけだ」とカルヴィン。

「ありがたいことに」彼らがクリスマス・キャロルに反応するとスレッシャー師が知ったらなんというかを想像しながら、わたしはいった。しかし、〝地球がまた回る《ターン》〟という歌詞が出てくる冬至祭の歌を聞かせたときは、彼らはただじっと立ってにらんでいた。

「Sではじまる言葉？」とわたし。

「もしかしたらね」カルヴィンは、『スノー・クリスマス』『サンタが街にやってくる』『スージー・スノーフレーク』をつづけざまにかけた。反応なし。

十時四十五分、カルヴィンは聖歌隊リハーサルのために中座した。「トリニティ・エピスコパル教会にいる。もし向こうでぼくをつかまえたいと思ったら、正午に来て。そしたらいっしょにうちのアパートメントへ行ける。彼らが反応した歌詞の周波数パターンを分析したいんだ」

「了解」と答えて、ワカムラ博士のもとにアルタイル人たちを送り届けた。クラブツリー&イヴリンの店に漂っていた芳香を噴霧したいというワカムラ博士をにらみつけるアルタイル人を残し、わたしはモースマン博士のオフィスへ上がったが、留守だった。「塗料のサンプルを採取しにモールへ行ったよ」とジャーヴィス博士がいった。

携帯にかけてみた。「モースマン博士、ちょっと実験してみたんですが、それによるとアルタイル人は――」

「あとにしてくれ。いまはACSからの重要な電話を待っているところだ」といって博士は電話を切った。

オーディオラボへ行って、ケンブリッジ少年合唱団、バーブラ・ストライサンド、ベアネイキッド・レディースのクリスマス・アルバムを聞き、〝座る〟や〝まわる〟の同類を含み、なおかつ流血沙汰を含まない歌をさがした。〝回転する〟が出てくる例も調べた。冬至祭の歌では〝回転する〟に反応しなかったが、それがなにかの証拠になるかどうかはよくわからない。アルタイル人は、『前歯のない子』の〝座っている〟にも反応しなかったのだ。

正午、トリニティ・エピスコパル教会へカルヴィンに会いにいった。リハーサルはまだ終わっていなかったし、聞いているかぎり、まもなく終わりそうな気配もなかった。カルヴィンは指揮をはじめてはすぐ中断して、「バス、二拍はやい。アルト、〝歌って〟のところはAフラットだよ。じゃあもう一回、八ページの一番上から」

聖歌隊はそのセクションをさらに四回くりかえしたが、わたしの耳に聞き分けられる範囲ではなんの向上もなく、カルヴィンは、「よし、きょうはここまで。ではまた土曜の夜に」といってリハーサルを終えた。

「何回練習しても、あの入りのところはぜったいうまくできないね」合唱でバスを担当するメンバーたちが楽譜をしまいながらぼやいているのが聞こえた。頭が禿げかけたゆうべの司祭、マッキンタイア師はすっかりうちひしがれた顔だった。

「やっぱり歌うのはやめたほうがよさそうです」とカルヴィンに向かっていう。

「とんでもない」カルヴィンはマッキンタイア師の肩に手を置いて、「だいじょうぶですよ。きっとうまくいきますから。まあ、見ていてください」

「ほんとにそう思ってるの？」マッキンタイア師が出ていってから、カルヴィンにたずねた。

彼は笑って、「いまの練習を聞いてるととても信じられないのはよくわかるよ。ぼくだってとても無理だと思うけど、でもどういうわけか、リハーサルでどんなにひどくても、本番になるとなんとかうまくやってのける。いつもそうなんだ。人間性に対する信頼をとりもどさせてくれるよ」と、そのとき、カルヴィンが眉根にしわを寄せた。「うちに来て、周波数パターンを調べるんだと思ったのに」

「そのつもりだけど。どうして？」

カルヴィンはわたしのうしろを指さした。ふりかえると、アルタイル人たちがマッキンタイア師といっしょに立っていた。

「外で見つけたんです」とマッキンタイア師がにこやかにいった。「もしや、迷子になってしまったんじゃないかと思いまして」

「うわ、まいった。きっとわたしのあとをついてきちゃったんだ。ほんとにごめんなさい」と謝罪したが、マッキンタイア師はアルタイル人を前にしてもとりたてて萎縮していないように見えた。そのことをたずねてみると、マッキンタイア師いわく、

「ええ、平気ですよ。わたしの説教が気に入らないときの会衆の顔にくらべたら、半分も不愉快そうに見えない」

「連れてもどったほうがよさそうね」とわたしはカルヴィンにいった。

「いや。もうここにいるんだから、いっそのこと、うちに連れていって、もっといろんな歌を聞かせてみよう。もっとデータがいる」

アルタイル人六人をなんとかわたしの車に押し込んで、カルヴィンのアパートメントへ向かった。彼が周波数パターンを分析しているあいだに、わたしはもう何曲か彼らに歌を聞かせた。反応するかどうかに歌のクォリティや歌い手が関係しないことは明らかだ。ウィリー・ネルソンの『プリティ・ペーパー』では座ろうとしなかったくせに、子どもたちがひどいキンキン声で歌う一九四〇年代の録音の『小さなマフェットさん』ではきっちり座った。

言葉の意味でもない。ラテン語版の『信仰篤き者みな《アデステ・フィデレス》』を聞かせたときは、聖歌隊が歌

う〝tibi sit gloria〟（あなたに栄光が与えられる）の〝sit〟のところで座った。
アルタイル人に聞こえないよう、カルヴィンをキッチンまでひっぱっていってその話を告げると、「耳にした歌詞を文字どおりに受けとってる証拠だよ」

「ええ。ということは、二重の意味がある歌詞をうっかり聞かせないように気をつけなきゃいけないってことね。『ひいらぎ飾ろう《デック・ザ・ホールズ》』もだめ。だれかを殴る《デック》かもしれないから」

「もちろん、『馬槽《まぶね》に横たわりて《レイド》』と歌う歌もだめ（〝馬槽でセックスして〟ともとれる）」といってカルヴィンがにやっと笑った。

「笑いごとじゃないわ。この調子だと、なにも聞かせられなくなる」

「きっとなにかあるはずだよ」

「なに？」と、わたしはいらいらしながらたずねた。『恋に寒さを忘れて』には〝燃える心〟が出てくるし、『クリスマス季節《タイド》』は津波を引き起こすかもしれない。〝今日われらの中に生まれたまえ〟（賛美歌１１５番『ああ、ベツレヘムよ』より）は、なんだか『エイリアン』の一場面みたいだし」

「わかってる。だいじょうぶ、なにか見つかるよ。ほら、手を貸そう」カルヴィンはキッチン・テーブルをかたづけ、楽譜、レコードアルバム、CDの山を運んでくると、わたしを自分の向かいに座らせた。

「ぼくが歌をさがすから、きみは歌詞をチェックして」

わたしたちは作業にかかった。

「これはだめ……これもだめ……『クリスマスの鐘』は？」

「だめ」歌詞をチェックして答えた。「〝憎しみ〟、〝死んで〟、〝絶望〟が出てくる」

「元気を出して」とカルヴィンがいった。さらに音楽を検討するあいだ、しばし沈黙が流れた。「ジョン・レノンの『ハッピー・クリスマス』は？」

わたしは首を振った。「〝戦争〟、それに〝闘い〟と〝恐れ〟も」

また間があり、それからカルヴィンが口を開いた。「クリスマスにほしいのはきみだけ《オール・アイ・ウォント・フォー・クリスマス・イズ》だよ《・ユー》」

わたしははっとしてカルヴィンを見上げた。「いまなんて？」

「『恋人たちのクリスマス《オール・アイ・ウォント・フォー・クリスマス・イズ・ユー》』とカルヴィンはくりかえした。「歌の題名だよ。マライア・キャリーの」

「ああ」わたしは歌詞を調べた。「もしかしたらだいじょうぶかも。殺人も暴力も出てこない」

しかし、カルヴィンは首を振った。「考えてみると、やめたほうがよさそうだ。愛は戦争より危険なものになりかねないから」

わたしはリビングルームのほうをのぞいた。アルタイル人が戸口越しにわたしをにらみつけている。「地球の女を奪うためにやってきたんだとはとても思えないけど」

「ああ。でも、だれに対しても余計な知恵はつけたくないからね」

「そうね。もちろんそんなことは願い下げ」

わたしたちは歌さがしを再開した。「『クリスマスは我が家で』は？」カルヴィンがパティ・ペイジのアルバムをかざしていった。

『我が家で』は検閲をパスしたが、アルタイル人はそれに反応しなかった。あるいは、エド・エイムズが歌う『クリスマスのロバのバラード』にも、ミス・ピギーが歌う『サンタ・ベイビー』にも。

アルタイル人の反応にはなんの規則性も理由もないように思えた。キーもピッチも声もばらばら。アンドリュース・シスターズには反応するのに、ランディ・トラヴィスには反応しない。それに、声でもない。ジュリー・アンドリュースの〝起きろ、起きろ、寝ぼすけさんたち〟には反応したのに、おなじアンドリュースの『シルバー・ベルズ』ではくすりとも笑わず（まあ、それには驚かなかったけれど）、騒ぎもしなかった。しかし、おなじ歌の中で、信号が赤や緑にまたたくという箇所にさしかかると、六人全員がまばたきした。なのに、『羊飼いよ、起きて星に従え』をかけたときは、彼らは座ったままだった。

「ジュリー・アンドリュースの『クリスマス・ワルツ』をためしてみて」とアルバムのジャケットを見ながらいった。

カルヴィンは首を振った。「これにも愛が出てくる。きみ、つきあってる人はいないっていったよね」

「ええ。でも、アルタイル人とつきあう気はないわ」

「よかった。〝またたく〟が出てくる歌ってほかになにか思いつく？」

カルヴィンが交響楽団のリハーサルに出かける時間になっても、わたしたちの理解度は最初のころからまったく進歩していなかった。わたしはアルタイル人をワカムラ博士のもとに連れ帰り（彼らを見ても、博士はとりたてうれしそうな顔をしなかった）、〝またたく〟が出てくる歌をさがしたが見つからず、夕食をとり、カルヴィンのアパートメントにもどった。

カルヴィンはすでに帰宅して、作業を再開していた。わたしは楽譜をチェックしはじめた。「『もろびと声あげ』は？　〝こうべを垂れて〟が出てくるけど」といったとき、電話が鳴った。

カルヴィンが受話器をとった。「なんだい、ベリンダ？」しばし耳を傾け、それからわたしのほうを向くと、「テレビをつけて」とリモコンをさしだした。

わたしはテレビをつけた。マーヴィン・ザ・マーシャンがこれから地球を焼きつくしてやるとバッグス・バニーに向かってしゃべっている。「CNNだ」とカルヴィン。「40チャンネル」

わたしはチャンネルを切り替え、ただちに後悔した。スレッシャー師がオーディオラボの前でマスコミの大群に向かって演説しているところだった。「――二日前のショッピングモールにおけるアルタイル人の行動の答えがついに見つかったことをこうして発表できるのをうれしく思います。モールの音響システムから流れていたクリスマス・キャロルが――」

「うわ、最悪」とわたし。

「防犯カメラのテープには音声が入ってないと思ってたのに」とカルヴィン。

「ええ、入ってなかったわ。きっとだれかほかにビデオを撮ってた客がいたのよ」

「――アルタイル人がそれら聖なる歌を耳にしたとき」とスレッシャー師がしゃべっている。「彼らはそのメッセージの真実に圧倒されたのです。神の祝福された言葉が持つ力によって――」

「うわ、最悪」とカルヴィン。

「――彼らは罪を悔い改め、大地にひざまずいたのです」

「ちがう。座っただけよ」

「過去九ヵ月、科学者たちは、アルタイル人がこの星を訪れた理由をさがし求めてきました。彼らは、われらが聖なる救い主のほうに目を向けるべきだったのです。なぜなら、すべての答えは、主イエスの中にあるからです。アルタイル人はどうしてここにやってきたのでしょう？　救われるためです！　生まれ変わるためにやってきたのです。いまからその証拠をお目にかけましょう」スレッシャー師はクリスマス・キャロル集のCDをかざした。

「うわ、最悪！」とわたしたちは同時に叫んだ。わたしは携帯電話をひっつかんだ。

「古《いにし》えの賢者たちとおなじように」とスレッシャー師は話している。「彼らはキリストをさがし求めてやってきました。キリスト教こそが唯一の真の宗教だというあかしです」

モースマン博士が電話に出るまでには無限の時間がかかった。やっとつながると、わたしはいった。「モースマン博士、アルタイル人にはぜったいクリスマス・キャロルを聞かせないように——」

「あとにしてくれ。いまは記者発表の最中だ」といって、モースマン博士は電話を切った。

「モースマン博士？」わたしはリダイヤル・ボタンを押した。

「そんな時間はない」カルヴィンは車のキーとわたしのコートをひっつかみ、「さあ。ぼくの車で行こう」といって、わたしを従えて階段を駆け下りた。「マスコミが大勢つめかけていたから、もしスレッシャー師がなにかうっかりしたことをいったら、全世界のユダヤ教徒、ムスリム、仏教徒、魔術崇拝者、それに非福音主義のキリスト教徒が怒り狂うことになる。運がよければ、まだ彼が記者の質問に答えているうちに向こうへ着けるよ」

「もし間に合わなかったら？」

「アルタイル人が心乱れた人々を片っ端から捕まえはじめ（『羊飼い群れを守る夜に』の二番の英語詞より）、ぼくらは聖戦に直面する」

もうちょっとで間に合うところだった。カルヴィンが予言したとおり、質問は山ほど浴びせられた。とりわけスレッシャー師が、堕胎と、同性愛者の結婚と、あらゆるレベルの選挙で共和党員を選出する必要性とに関して、アルタイル人の見解が自分の見解と一致したと述べたあとは。

しかし、叫びたてるマスコミが登り段や戸口や廊下にあふれているせいでその中を通り抜けるのは容易なことではなく、わたしたちがようやくオーディオラボに着いたとき、スレッシャー師は、マジックミラーの向こうにひざまずいているアルタイル人たちを誇らしげに指さし、リポーター連中に向かって、「ごらんのとおり、彼らはクリスマスのお告げを聞いて悔い改め、ひざを屈して――」

「うわ、最悪。きっと『さやかに星はきらめき』を聞かされてる。それとも『星をしるべに』か」

「なにをかけた？」とカルヴィンが大声でたずね、ひざまずいているアルタイル人たちを指さした。

「ひとつの真のみちマキシ教会クリスマスCDだ」スレッシャー師がケースをかざして誇

らしげにいった。その模様を記者たちはカメラで撮影し、ビデオをまわし、メモをとり、おなじ曲をネットからiTunesでダウンロードしている。『真のキリスト教徒のためのクリスマス・キャロル集』。

「いや、そうじゃなくて、どの曲？」

「個々のキャロルに、彼らにとってなにか特別な意味があるんですか？」と記者のひとりが質問をどなった。「アルタイル人がモールで聞いていたのはどのキャロルですか？」そのあいだ、わたしはモースマン博士をなんとか説得しようとしていた。

「音楽をとめてください」

「とめる？」モースマン博士は、記者たちの声に負けじと声を張り上げ、「アルタイル人とのコミュニケーションがついに進展を見せはじめたというこのときに？」

「どの歌を聞かせたのか教えてくれ！」とカルヴィンが叫んだ。

「おまえは何者だ？」とスレッシャー師。

「わたしの連れです」と答えてから、モースマン博士に向かって、「いますぐ音楽をとめて。クリスマス・キャロルの中には危険な歌もあるんです」

「危険だと？」モースマン博士が吠え、記者たちがいっせいにこちらを向いた。

「どういう意味です、危険というのは？」と記者が口々に質問する。

「危険だという意味です」とカルヴィン。「アルタイル人はなにも悔い改めたりしていない。彼らは――」

「アルタイル人が生まれ変われないと非難するなどもってのほかだ！」とスレッシャー師がいった。「賛美歌作者の霊感に満ちた言葉に彼らが反応し、ひざまずくのをわたしはこの目で見た――」

「彼らは『シルバー・ベル』にも反応したんです」とわたしはいった。『ハヌカーの歌』にも」

「『ハヌカーの歌』？」記者たちが訊き返し、わたしたちはまた質問攻めにされた。「つまり彼らはユダヤ人だと？」「ユダヤ正教、それとも改革派？」「モルモン・タバナクル合唱団はどうです？　反応したんですか？」

「宗教とはなんの関係もありません」とカルヴィン。「アルタイル人は歌に出てくる特定の言葉の文字どおりの意味に反応しているんです。彼らがいまこの瞬間に聞いている歌詞の中にも、危険な結果を招きかねないものが――」

「罰当たりな！」と、スレッシャー師が咆哮した。「聖なるクリスマスのお告げがどうして危険につながる？」

「『クリスマスの日が来た』は幼い子どもを殺せと歌っているし、他のキャロルの歌詞にも、血や戦争や炎の雨を降らせる星々が出てきます。だからいますぐ音楽をとめなきゃいけないの」

「あとの祭りだ」カルヴィンがマジックミラーの向こうを指さした。

アルタイル人はいなかった。「どこだ？」記者連中が叫びだした。「どこに消えた？」そして、スレッシャー師とモースマン博士はともにわたしのほうを向き、彼らをどうしたのかと詰問した。

「彼女を責めても無駄ですよ。アルタイル人の居場所を知らないことに関しては、あなたたちといっしょですから」と、カルヴィンは聖歌隊指揮者の声でいった。

その声がもたらした効果は、七年生たちに対する効果とおなじだった。モースマン博士はわたしを解放し、マスコミ関係者は口を閉じた。

「さて、教えてください。あなたがさっきかけていた曲はなんですか？」とカルヴィンがスレッシャー師にたずねた。

「『世のひと忘るな』だ」とスレッシャー師。「もっとも古く、もっとも愛されてきたクリスマス・キャロルのひとつだぞ。考えるだけでもばかばかしい。だれだろうと、あの曲を聞くことでなんらかの危険が――」

「『世のひと忘るな』のせいでアルタイル人は消えたと？」記者たちが質問を叫びはじめた。「どんな歌詞なんです？　戦争は出てきますか？　子殺しは？」

「〝世のひと忘るな〟」とわたしは口の中で歌い出しをつぶやき、歌詞のつづきを思い出そうとした。「〝クリスマスは神の御子イェスの……〟」

「アルタイル人はどこへ行ったんです？」記者たちがどなる。

「〝……喜びと慰めのおとずれ……〟」とつぶやきながら、カルヴィンのほうを見やると、彼もおなじように口を動かしていた。「〝……みすくいたまえる……われらが道を……〟」

「彼らはどうしたんだと思いますか？」とひとりの記者がどなった。

カルヴィンはわたしを見やり、「道をはずれたんですよ」とむっつり答えた。

アルタイル人は他のラボにも、キャンパスの他の建物にも、彼らの宇宙船にもいなかった。すくなくとも、宇宙船のランプが降りてきて彼らが中に入るところを目撃した人間はひとりもいなかった。彼らが大学のキャンパスや周囲の通りを移動しているところを見た人間もいなかった。

「この件に関しては、きみに全責任をとってもらうよ、ミス・イェイツ」とモースマン博士はいった。「緊急配備を頼む」と警察官に命じ、「それに緊急事態宣言《アンバーアラート》の発令を」

「それは子どもが拉致されたときのための警報ですよ」とわたしはいった。「アルタイル人は誘拐されたわけじゃ——」

「まだわからん」とモースマン博士は切り口上でいった。警察官のほうを向き、「ＦＢＩにも連絡してくれ」

警察官はカルヴィンに向かってたずねた。「モースマン博士の話では、あなたはエイリアンが〝道をはずれた〟という言葉に反応したといったそうですね。あの歌の中に、ほかになにか危険な歌詞は？」

「悪──」とわたしは口を開きかけた。

「いいえ」とカルヴィンは首を振った。モースマン博士が警察官に対して、国土安全保障省に連絡してコード・レッドの発令を求めるよう命じている隙に、わたしをせき立てて歩道を歩き、アルタイル船の背後に回った。

「どうして教えなかったの？」とわたしは詰問した。「〝悪魔の力〟は？　〝嘲笑〟は？」

「しいっ」カルヴィンはささやき声でいった。「モースマン博士はすでに国土安全保障省に連絡している。空軍に助けを求めるような事態は願い下げだよ。それに核攻撃とか。どのみち、彼らにいちいち説明している時間はない。ぼくらでアルタイル人を見つけ出さなきゃ」

「どこに行ったか、心当たりはある？」

「ない。すくなくとも、彼らの船はまだここにある」と宇宙船に目を向ける。

アルタイル人が鍵のかかったラボから抜け出せたことを考えると、それに意味があるかどうかはなんともいえない。そう口にすると、カルヴィンはうなずいた。

「〝道をはずれた〟に反応しているんじゃないという可能性さえある。馬槽か羊飼いをさがしにいったのかもしれない。それに、ちがうバージョンの歌詞もある。『真のキリスト教徒のためのクリスマス・キャロル集』は古いほうを採用しているかもしれない」

「その場合は、ラボにもどって、彼らが聞いた歌が正確にどんな歌詞だったのかをたしかめる必要があるわね」気分が落ち込んだ。モースマン博士はわたしを逮捕させる可能性が高い。

どうやらカルヴィンもおなじ結論に達したらしく、「向こうにはもどれない。リスクが高すぎる。それに、スレッシャー師より先にアルタイル人を見つけなきゃいけない。スレッシャー師が次になにを聞かせようとするか知れたもんじゃないからね」

「でも、どうやって——」

「もし彼らがほんとうに道をはずれたのなら、いまもまだこの近辺にいるかもしれない。きみは自分の車でキャンパスの北側の通りをチェックしてくれ。ぼくは南側を調べる。携帯は持ってる?」

「ええ。でも車がないわ。あなたのアパートメントに置いたままだから。ほら、あなたの車に乗ってきたでしょ」

「アルタイル人の移動に使ったあのヴァンはどう?」

「でも、ずいぶん目立つんじゃない?」

「みんながさがしているのは徒歩のエイリアン六人で、ヴァンじゃないよ。それに、もし彼らを見つけたら、収容するものが必要になる」

「そのとおりね」わたしは学部の駐車場に向かって歩きながら、モースマン博士がおなじことを思いついていませんようにと祈った。

思いついていなかった。駐車場はがらんとしていた。もしかしたら、アルタイル人の考える〝道をはずれた〟場所はここかもしれないと思いながらヴァンのスライド式の後部ドアを開けたが、そこに彼らの姿はなく、大学の北三キロ以内のすべての通りにも見つからなかった。わたしはユニヴァシティ・ブールヴァードに車を走らせ、それから速度を落として、アスファルトの上でぺちゃんこになっているアルタイル人を見つけたらどうしようとおびえつつ、脇道を行ったり来たりしはじめた。

暗くなってきた。カルヴィンに電話をかけた。「影もかたちもないわ。もしかしたらモールにもどったのかも。これからモールへ行って――」

「いや、それはやめたほうがいい。モースマン博士とFBIが行ってる。CNNで見てるところだよ。いまはヴィクトリアズ・シークレットを捜索中。それに、アルタイル人はモールにはいない」

「どうしてわかるの？」

「ぼくのアパートメントにいるからさ」

「そうなの？」安堵のあまり、体の力がいっぺんに抜けた。「どこで見つけたの？」

カルヴィンは答えなかった。「こっちに来るとき、大通りは避けるようにしてくれ。それと、車は路地にとめて」

「どうして？　彼らはなにをしたの？」とたずねたが、カルヴィンはもう電話を切っていた。

カルヴィンのアパートメントに着いてみると、アルタイル人たちは居間の真ん中に立っていた。『世のひと忘るな』の別バージョンの歌詞をチェックしようと思って家にもどったら、彼らがここでぼくを待ってたんだよ」とカルヴィンが説明した。「車は裏通りにとめた？」

「ええ。このブロックの反対側の端に。彼らはなにをしたの？」答えを聞くのがこわいような思いで、質問をくりかえした。

「なんにも。すくなくとも、ＣＮＮに報道されるようなことはなにも」と身振りでテレビを示した。警察がキャンドル・ショップを捜索している現場が映っていた。音声は消してあったが、画面の下のほうに、〝エイリアン、無許可離隊《AWOL》〟とテロップが出ている。

「だったらどうしてこんなに秘密に気を遣うの？」

「いまアルタイル人を発見させるわけにはいかないんだよ。彼らの行動の理由をつきとめるまでは。今回は道をはずれただけだったけど、この次もそういう無害な行動で済むとはかぎらない。それに、きみのアパートメントに行くわけにはいかない。住所がモースマンに知られてるからね。だから、ここに立て籠もるしかないんだ。ぼくといっしょにこの件を調べていること、だれかに話した？」

わたしは思い出そうとした。モールからもどったあと、モースマン博士にカルヴィンのことを話そうとしたが、カルヴィンの名前もいわないうちに話をさえぎられた。スレッシャー師が「おまえは何者だ？」とカルヴィンを誰何《すいか》したときも、「わたしの連れです」としかいわなかった。

「あなたの名前はだれにもいってない」

「よかった。それに、アルタイル人がここに来るところはたぶんだれにも見られてないはずだ」

「どうしてわかるの？　ご近所は？」

「アルタイル人は、アパートメントの中でぼくを待ってたからさ。いま立っているまさにその場所で。だから彼らには、ピッキングか、壁抜けか、テレポートの能力がある。どれに賭けるかといわれたら、ぼく個人はテレポーテーションに賭けるね。委員会が彼らの居場所に関してなんの手がかりもないのは明らかだし」といってテレビを指さした。アルタイル人の手配写真みたいな映像の下のほうに、〝こういうエイリアンを見かけたらすぐご連絡を〟というメッセージと連絡先の電話番号が出ている。「それにさいわい、コンサートの合間に買物に行かなくても済むように、このあいだスーパーでまとめ買いしたばかりなんだ」

「コンサート！　それに全市合唱会《オールシティ・シング》！　すっかり忘れてた」と罪悪感でいっぱいになった。

「今夜はリハーサルの予定じゃなかったの？」

「キャンセルしたよ。それに、必要なら、明朝のリハーサルもキャンセルできる。合唱会の本番はあしたの夜だからね。この件をつきとめる時間はたっぷりある」

もし委員会に見つからずに済めば、とテレビを見ながら思った。いまはフードコートを捜索している。アルタイル人がどこにも見つからないとわかったら、いずれはわたしも姿を消していることに気づき、わたしたちをさがしはじめるだろう。それに、きょうの記者たちは、レオとちがって、みんなビデオカメラをまわしていた。カルヴィンの写真を通報先の電話番号といっしょにテレビに出せば、教会聖歌隊か七年生のだれかがまちがいなく電話して、彼の身許を教えるだろう。

つまり、はやく仕事にかかったほうがいいということ。これまでにまとめた歌と反応のリストを手にとった。「どこからはじめる？」LPの山をチェックしているカルヴィンにたずねた。

「『フロスティ・ザ・スノーマン』はパス」とカルヴィン。「もうこれ以上、追いかけっこには耐えられそうにないから」

「じゃ、『わたしは驚きながらさまよう』（別題『何故にイエスは』）はどう？」

「そりゃ傑作だ」カルヴィンは真顔になって、「〝ひざまずく〟に反応するのはわかってるわけだから、それからはじめるのはどう？」

「オーケイ」わたしたちは、〝ひざまずき、みつかいの声を聞け〟（『さやかに星はきらめき』より）と〝来たりてひざまずいて拝め〟（『あら野のはてに』より）と〝その身を低くかがめ〟（『あめなる神には』より）などを聞かせた。反応する曲もあれば、しない曲もあり、これといった理由は見つからなかった。

『まきびと羊を』には〝うやうやしく拝跪《はいき》し〟が出てくるわ」とわたしがいうと、カルヴィンはその曲の入ったアルバムをさがしに寝室のほうに歩き出した。

カルヴィンはテレビの前で足を止めた。「こっちに来て、これを見たほうがいいよ」といって、ボリュウムを上げた。

「われわれの予想に反し、アルタイル人はモールにいませんでした」とモースマン博士が話している。「つい先ほど明らかになった事実ですが、当委員会のメンバーのひとり、マーガレット・イェイツが、やはり行方不明になっております」ラボの騒動を撮影した映像がモースマン博士とリポーターの背後にあらわれた。音楽をとめてとわたしが叫んでいる場面。どのキャロルを聞かせたのかと問いただすカルヴィンがいつ画面に映ってもおかしくない。

　わたしは携帯電話をつかむと、はかない希望を抱いてモースマン博士の番号を呼び出した。願いは委員会が携帯電話の発信場所を探知できないことと、テレビ出演中の博士が電話に出てくれること。

モースマン博士は電話に出た。さいわいなことにカメラは博士をアップにしたため、背後のビデオ映像はほんのちょっぴりしか見えなくなった。

「どこからかけている?」とモースマン博士が詰問した。「アルタイル人を見つけたのかね」

「いいえ。でも、いるかもしれない場所の心当たりがあるんです」

「どこだ?」

「彼らが道をはずれたのだとは思いません。あの歌のべつの言葉に反応したんじゃないでしょうか。〝休む〟か、あるいは――」

「やはりそうか」と、スレッシャー師がモースマン博士の前にしゃしゃり出た。「彼らは、〝われらが救い主キリストがクリスマスの日に生まれたことを忘れるな〟という歌詞に反応したにちがいない。そして、教会に行ったのです。彼らは、いまこの瞬間にも、ひとつの真のみちにいる」

わたしが考えていたのとはちがったが、すくなくとも、ひとつの真のみちマキシ教会の写真がアップになるほうが、カルヴィンの写真よりはずっとましだ。

「これで二時間は稼げる。彼の教会はコロラド・スプリングスだから」といって、わたしはテレビの音量を下げた。アルタイル人に歌を聞かせて反応と無反応を記録する作業を再開したが、三十分後、寝室にルイ・アームストロングのCDをさがしにいったカルヴィンは、またテレビの前で立ち止まり、眉根にしわを寄せた。

「どうしたの？」ひざにのせていた楽譜の山をカウチに置いて立ち上がると、アルタイル人たちの横をすり抜けてカルヴィンのところへ行った。「餌に食いつかなかった？」

「いや、だいじょうぶ、ちゃんと食いついたよ」といいながらカルヴィンがボリュウムを上げる。

「アルタイル人はベツレヘムにいるものと思われます」デンヴァー国際空港の出発ボードの前に立ち、モースマン博士が話している。

「ベツレヘム？」とわたし。

「歌詞の中で二度も言及されている」とカルヴィンがいった。「ともかくも、彼らがイスラエルに行ってくれるんなら、こっちにはもっと時間ができる」

「国際的な騒動のタネもできる。中東だなんて、冗談じゃないわ。モースマン博士に電話しなきゃ」しかし、博士は携帯電話の電源を切っているようだった。ラボにも連絡がつかない。

「スレッシャー師には電話できるよ」とカルヴィンがTV画面を指さした。

スレッシャー師は記者に囲まれて自分のレクサスに乗り込むところだった。「いまからわたしはアルタイル人のもとに向かいます。今夜、われわれは礼賛崇拝式典を開催します。

その席で、彼らがキリスト教徒たる証《あかし》と、彼らをはじめて主のみもとに導いたクリスマス・キャロルとを聞くことができるでしょう——」

カルヴィンはテレビの電源を切り、「ベツレヘムまでのフライトは十六時間かかる」と励ますようにいった。「もちろん、ぼくらがこの謎の解明するのにそれほど長くはかからないはずだ」

電話が鳴った。カルヴィンがさっとこちらに視線を投げ、それから受話器をとった。

「もしもし。ああ、どうも、ミスター・スタインバーグ。伝言は聞いてませんか？ 今夜のリハーサルはキャンセルしたんですが」しばらく相手の声に耳を傾け、「十二ページのご自分のパートが心配だったら、合唱会の前におさらいをしましょう」もうしばらく話を聞いてから、「だいじょうぶ、うまくいきますよ。いつもそうなんですから」

その言葉が、アルタイル人の謎を解くことにもあてはまればいいんだけど。でないと、わたしたちは誘拐の罪を着せられることになる。あるいは、宗教戦争の引き金を引くか。しかし、どちらにしても、スレッシャー師が彼らに〝ゆっくりと消えゆく《slowly dying》〟（『レット・イット・スノウ』より）とか〝呪われし地に茨生え〟（『民みな喜べ』より）とかを聞かせることを思えば、それよりはまだましだ。

ということは、アルタイル人がなんに反応しているかを早急につきとめなければ。わたしたちはドリー・パートンとマンハッタン・トランスファーとトレド男声四部合唱団《バーバーショップ・クワイア》とディーン・マーティンを聞かせた。ディーン・マーティンは失敗だった。この二日間ろくに寝ていなかったから、最初の数小節のあと、気がつくと船を漕いでいた。はっと体を起こしてアルタイル人に注意を集中しようとしたけれど、無駄だった。次に気がつくと、わたしの頭はカルヴィンの肩の上にあり、彼が、「メグ？　メグ？　アルタイル人は眠るのか？」とたずねていた。

「眠る？」わたしは背すじをのばして目をこすった。「ごめんなさい。うとうとしてたみたい。いま何時？」

「四時ちょっと過ぎ」

「朝の？」

「ああ。アルタイル人は眠る？」

「ええ。すくなくとも、わたしたちはそう考えてる。脳波の波形が変化するし、刺激に反応しなくなるから。まあ、それをいうなら、彼らはいつも反応しないんだけど」

「眠っているとき、なにか目に見えるしるしはある？　目を閉じるとか、横になるとか」

「いいえ。水をやり忘れた花みたいに、ちょっとしおれた感じになるだけ。それと、にらみつける威力がちょっとだけ衰える。どうして？」

「試してみたいことがあるんだ。寝てていいよ」

「ううん、だいじょうぶ」とあくびを噛み殺した。「睡眠を必要としている人がいるとしたら、それはあなたでしょ。この二晩、わたしのせいで徹夜させちゃったし。合唱会の指揮もあるのに。あとはわたしが引き継ぐから、あなたはリハーサルに——」

カルヴィンは首を振った。「ぼくはだいじょうぶ。いっただろ、一年のこの時期はいつも寝ないんだ」

「じゃあ、その試したいアイデアって？」

「『きよしこの夜』の一番を聞かせたい」

「〝眠りたもう〟か」

「そう。ほかに動詞は出てこない。それに、『きよしこの夜』だったら、少なくとも五十種類の録音で持ってる。ジョニー・キャッシュ、ケイト・スミス、ブリトニー・スピアーズ——」

「五十のバージョンをぜんぶ聞かせなきゃいけないの？」とたずねながらテレビに目をやった。分割画面にイスラエルの地図と、ひとつの真のみちマキシ教会の外観が映っている。

ボリュウムを上げると、レポーターの声がいった。「教会の中では、数千人の信徒がアルタイル人の出現を待ち受けています。スレッシャー師によれば、いつあらわれてもおかしくないとのことです。二十四時間のハイパワー連続祈禱が——」

また音量を下げた。「だいじょうぶそうね。ええと、なんの話だっけ」

「『きよしこの夜』は、ありとあらゆる人が歌ってる。ジーン・オートリー、マドンナ、バール・アイヴス……。声、伴奏、キー、すべてがちがう。どのバージョンに彼らが反応するか――」

「そしてどのバージョンに反応しないかがわかれば、なにに反応しているかの手がかりが得られるかもしれない、と」

「そのとおり」カルヴィンはCDのケースを開けた。プレーヤーにCDを入れて、トラック4を押す。「行くよ」

エルヴィス・プレスリーの声が歌う「〝きよしこの夜〟」が部屋を満たした。カルヴィンはカウチにもどってきてわたしのとなりに腰を下ろした。「〝馬槽《まぶね》の中に〟」まで来ると、わたしたちはふたりとも身を乗り出して、期待に満ちた目でアルタイル人を見つめた。

「〝眠りたもう／いとやすく〟」とエルヴィスが寝かしつけるように歌ったが、アルタイル人はあいかわらず硬直したように突っ立っている。「〝眠りたもう／いとやすく〟」のリフレインのあいだもそのままだった。

歌うシマリス三兄弟《チップマンク》のアルビンがソロで歌う『きよしこの夜』にも反応はなかった。セリーヌ・ディオンの『きよしこの夜』にも。

「にらみの威力が落ちたようには見えないな」とカルヴィン。「変化があるとすれば、むしろ強くなってる気がする」

そのとおりだった。「ジュディ・ガーランドをかけたほうがいいんじゃない」

カルヴィンはジュディ・ガーランドと、ドリー・パートンとハリー・ベラフォンテをかけた。反応なし。「もし五十種類のどれにも反応しなかったら？」

「そのときはべつの曲を試すよ。『おばあちゃんがトナカイに轢かれちゃった』も二十六バージョン持ってるから」といってからにやっと笑い、「冗談だよ。もっとも、『外は《ベイビー！》寒い《イッツ・コールド・アウトサイド》よ』だったらほんとに九種類持ってるけど」

「セカンド・ソプラノ用に？」

「いや。しいっ、静かに。このバージョン、大好きなんだよ。ナット・キング・コール」

わたしは口をつぐんで『きよしこの夜』に耳を傾けながら、アルタイル人はどうして眠り込まずにいられるんだろうと思った。ナット・キング・コールの声はディーン・マーティンの声よりさらにリラックス効果が高い。わたしはカウチにゆったり背中をあずけた。

「〝星は光り……〟」

また眠りこんでしまったらしい。次に気がつくと音楽は止まっていて、外は昼の明るさになっていた。腕時計に目をやった。午後二時。アルタイル人は前とまったくおなじ場所に立ち、にらんでいる。カルヴィンは、片手にあごをのせ、背中をまるめてキッチンの椅子に座り、心配そうな顔で彼らを見つめていた。

「なにかあったの？」テレビに目をやった。スレッシャー師が話している。テロップにいわく、〝スレッシャー、全銀河キリスト教十字軍を派遣〟。まあ、〝中東に空爆〟じゃないのがまだしもだ。

カルヴィンはゆっくりと首を振った。

「『きよしこの夜』に反応はなかった?」

「あったよ」とカルヴィン。「ナット・キング・コール版にきみが反応した」

「知ってる。ごめんなさい。アルタイル人のこと。『きよしこの夜』のどれにも反応しなかった?」

「いや、反応したよ。ひとつのバージョンにだけ」

「でも、よかったじゃない。あとは、彼らが反応する曲がほかとどうちがうのかを分析すればいいわけでしょ。どのバージョンだったの?」

答えるかわりに、カルヴィンはCDプレーヤーに歩み寄り、再生ボタンを押した。鼻にかかった女声合唱が「〝きよしこの夜〟」と声高らかに歌いはじめ、ガッタンゴットンの不協和音をかき消すように大音量で流れる。「なにこれ?」

「ミュージカルの『四十二番街』のブロードウェイ・コーラスがタップダンスをしながら歌う『きよしこの夜』。ブロードウェイのクリスマス特別チャリティ企画でリリースされたやつ」

もしかしたらカルヴィンの勘違いで、ほんとうは眠っていないんじゃないかと思いながらアルタイル人のほうに目をやったが、この騒音にもかかわらず、彼らの体はぐったりとたるみ、頭はほとんど床に触れそうになって、安らかといってもいい状態に見えた。そのにらみの威力は、ジュディス伯母さんフルスロットルから、おだやかな非難にまで低下していた。わたしは『四十二番街』のコーラスガールたちのタップと声をかぎりに叫ぶ『きよしこの夜』にもうちょっと耳を傾けた。「ある種、心に訴えてくるものがあるわね」とわたし。「とくに、〝救いの御子は！〟ってシャウトするところ」

「ああ。ぼくらの結婚式ではこれをかけてほしいね。アルタイル人も明らかに、すばらしい審美眼をぼくらと共有している。でも、それをべつにすると、これがなにを意味しているのかよくわからない」

「アルタイル人はミュージカル曲が好きってこと？」といってみた。

「勘弁してくれ。だとしたら、スレッシャー師がなにをはじめることやら。それに、『座ってよ、ボートが揺れるから』には反応しなかった」

「でも、『メイム』のあの歌には反応した」

「それに、『1776年』の歌にも。でも、『ミュージックマン』や『RENT』には反応しなかった」カルヴィンはいらだたしげにいった。「それで話はまたふりだしにもどる。なんに反応しているのか、さっぱり手がかりがない！」

「そうね。ほんとにごめんなさい。こんなことにあなたを巻き込んだりして。ACHESの指揮があるのに」

「開演は七時だ」カルヴィンはLPの山をひっかきまわしながら、「ということは、まだ四時間ある。彼らが反応する『きよしこの夜』の別バージョンをもうひとつ発見できれば、アルタイル人がいったいどういう基準で行動しているのかをつきとめられるかもしれない。ああくそ、『スター・ウォーズ』のクリスマス・アルバムはいったいどこへ行ったんだろう」

「やめて。こんなのばかげてる」カルヴィンの手からアルバムの山をとりあげた。「あなたはもうくたくただし、大仕事が控えている。睡眠時間ゼロであんなおおぜいの人たちを指揮するなんて無理。こっちはあとまわしにできる」

「でも――」

「人間はひと眠りしたほうが頭が働くの」わたしはきっぱりいった。「目が覚めたら、きっと完璧な解決策が目の前に浮かんでるわ」

「もしそうじゃなかったら？」

「その場合は、まず合唱団を指揮して、それから――」

「合唱団」カルヴィンは考え込むようにいった。

「それとも全市合唱会だかエイクスだかペインズだかを指揮して。そのあいだわたしはここに残って、あなたがもどるまでアルタイル人にもうすこし『きよしこの夜』を聞かせて――」

人たちをわたしの頭ごしに見やった。「『羊飼い群れを守る夜に』も。それに『四十二番街』の『きよしこの夜』は、ソロじゃない唯一のバージョンだ」両手でわたしの肩をつかみ、「みんなコーラスなんだよ。だからジュリー・アンドリュースの歌う『羊飼いよ、起きて星に従え』や、スタビー・ケイの『座ってよ、ボートが揺れるから』には反応しなかったんだ。彼らは集団の声だけに反応するんだ」

わたしは首を振った。「『起きろ、起きろ、寝ぼすけさんたち』を忘れてる」

「おお。たしかにそうだ」カルヴィンはがっくりした顔になった。「待って!」ジュリー・アンドリュースのCDにとびつき、プレーヤーにつっこむ。「たしか、ジュリー・アンドリュースがソロで歌って、途中からコーラスが入ってくるんだと思った。ほら、聞いて」

カルヴィンがいうとおりだった。コーラスが、〝起きろ、起きろ〟と歌っていた。

「ショッピングモールのCDで『もろびとこぞりて』を歌ってたのはだれだった?」

「ジュリー・アンドリュースひとりだけ。それと、ブレンダ・リーが『ロッキン・アラウンド・ザ・クリスマス・ツリー』を歌ってた」

「そしてジョニー・マティスが『あら野のはてに』」とカルヴィンがうれしそうにいう。

「でも、『ハヌカーの歌』は、アルタイル人が反応したけど、歌っていたのは……」CD

ジャケットに目をやって、「シャローム・シンガーズ。これだよ、まちがいない」またLPをひっかきまわしはじめた。

「なにをさがしてるの？」

「モルモン・タバナクル合唱団のアルバムだよ。『きよしこの夜』を歌ってるはずなんだ。アルタイル人に聞かせて、もし眠り込んだら、この仮説が正しいことが――」

「でも、もう眠ってるわよ」つくってから一週間経ったフラワー・アレンジメントみたいにしおれて立っているアルタイル人を指さした。「どうやって――」

カルヴィンはもう発掘を再開していた。ケンブリッジ少年合唱団のアルバムをひっぱりだし、ジャケットからレコード盤を出して、ラベルを見ながら、「これに入ってるはずだ……よし、あった」とつぶやき、ターンテーブルに載せた。少年たちの美しい合唱が、「〝目覚めよ、高く歌え、世の救い主、イェスを〟（『目覚めよ、高く歌え』より）」と歌った。

アルタイル人たちはただちに直立し、わたしたちをにらみつけた。

「あなたのいうとおりね」とわたしは低い声でいったが、カルヴィンは聞いていなかった。LPをターンテーブルから下ろし、またラベルに目を走らせながら、「おいおい、ぜったい『きよしこの夜』は入ってるはずだろ。『きよしこの夜』はみんな歌ってるんだから」とつぶやいている。それからLPをひっくりかえし、「やっぱり！」といってターンテーブルにもどし、鮮やかな手つきで針を落とすと、「〝……馬槽《まぶね》の中に〟」と少年たちの天使のような声が歌い出した。「〝……眠りたもう〟」

アルタイル人たちは、〝眠り〟のりの音も出ないうちにしおれた。「まちがいない！」とわたしは叫んだ。「コーラスが共通項よ」

カルヴィンは首を振った。「もっとデータがいる。ただの偶然という可能性もあるから。『羊飼いよ、起きて星に従え』の合唱版をさがさないと。それに、『座ってよ、ボートが揺れるから』も。『ガイズ＆ドールズ』はどこに置いた？」

「でも、あれはソロだった」

「最初のパートはね。ぼくらがかけたパートはソロだった。あとのほうで全ギャンブラーが歌に参加する。全曲聞かせるべきだったんだよ」

「それはできなかったのよ、忘れた？」アルバムを彼にさしだし、「ひっぱって溺れさせるとかっていう箇所があったでしょ。賭博に飲酒はいうまでもなく」

「ああ、そうだった」カルヴィンはヘッドフォンをつけて耳を傾け、しばらくしてからジャックを抜いた。「〝座って……〟」と男声のコーラスが元気よく歌い、アルタイル人たちは座った。

わたしたちは『前歯のない子のクリスマス』と『羊飼いよ、起きて星に従え』の聖歌隊バージョンを再生した。アルタイル人は座り、立ち上がった。

「きみのいうとおりだ」プラターズが歌う『まきびと羊を』を聞いてアルタイル人がひざ

まずいたあと、カルヴィンはいった。「共通項はこれだ、まちがいない。でもどうして？」

「わからない」わたしは認めた。「もしかしたら、聖歌隊より人数の少ない声でいわれたことは理解できないのかも。彼らが六人いる理由もそれで説明がつく。それぞれが特定の周波数を聞きとって、ひとつひとつでは意味をなさなくても、六人集まると——」

カルヴィンは首を振った。「アンドリュース・シスターズを忘れてるよ。ベアネイキッド・レディースも。それに、彼らが反応している要素が聖歌隊だったとしても、いったいここでなにをやっているのかはあいかわらず謎のままだ」

「でもこれで、どうすれば彼らに話をしてもらえるかはわかった」わたしは『ホリー・ジョリー・クリスマス・ソングブック』をつかんだ。「『信仰篤き者みな《アデステ・フィデレス》』の英語版の聖歌隊バージョンは見つかる？」

「たぶん」とカルヴィン。「どうして？」

「〝われら御身に会わん〟っていう歌詞が出てくるからよ」わたしは『もろびと声あげ』の歌詞に指を走らせながら答えた。

「それに〝夜を守る友よ《ウォッチマン、テル・アス・オブ・ザ・ナイト》、夜の話をしてくれ〟もある。それに〝大いなるよき知らせを伝え〟（『ああ、ベツレヘムよ』より）も。どれかひとつには反応するはずだ」

けれど、反応しなかった。ピーター・ポール＆マリーが〝世界に告げよ〟（賛美歌第2篇172番『世界に告げよ』より）と命じても（〝山の上で〟の件《くだ》りはカットして再生した）、やはり反応なし。アルタイル人はフォーク音楽がお気に召さないのか、あるいはアンドリュース・シスターズがフロックだったのか。

あるいは、わたしたちがまちがった結論に飛びついたのか。おなじ曲を、今度はボストン・コモンズ合唱団バージョンで試してみたが、やはり反応なし。『ひいらぎ飾ろう』（〝わたしが話しているあいだに〟）または『陽気な聖ニコラスさん』（〝だれにもいってはいけません〟から、〝だれにも〟と〝はいけません〟をカット）にも。あるいは、一番から六番までどの歌詞にも〝話して〟が出てくる『心やさしい動物たち《ザ・フレンドリー・ビースツ》』にも。

カルヴィンは時制が問題かもしれないと考えて、『リトル・セント・ニック』（〝テイル〟と〝トールド〟）と、『キャロル・オブ・ザ・ベルズ』（〝テリング〟）を流したが、無駄だった。「もしかしたら言葉が問題なのかもしれない。〝話す《テル》〟という言葉を知らないだけかも」とわたしはいったが、彼らは〝いう〟にも〝いってる〟にも〝いった〟にも、〝メッセージ〟にも〝宣言〟にも反応しなかった。

「きっと聖歌隊の件がまちがいだったんだ」とカルヴィンはいったが、そういうことでもなかった。彼が寝室で全市合唱会に備えてタキシードに着替えているあいだに、ベアネイキッド・レディースのCDから『あら野のはてに』と『屋根の上のサンタ』の一部を流すと、アルタイル人はどんぴしゃりのタイミングでひざまずき、ジャンプした。

「地球はアスレチック・ジムで、エクササイズのクラスに参加しているつもりなのかもね」セント・ポール寺院聖歌隊が歌う『クリスマスの十二日』に合わせてアルタイル人たちが飛び跳ねているところに入ってきたカルヴィンがいった。「〝呼んでいる〟という言葉は彼らになんの影響もなかったんだろうね」

「ええ」カルヴィンの蝶ネクタイを結んでやりながら、「それに〝この短いあいさつを贈るよ〟（『ザ・クリスマス・ソング』より）も効果なし。じつは音楽にはまったくなんの意味もなくて、言葉が歌われているのと同時にたまたま座ったりジャンプしたりひざまずいたりしているだけかもしれないと思ったことはない？」

「いや。関連があるのはまちがいないよ。でなきゃ、ぼくらがまだその関連性をつきとめられずにいることに対して、あんなにいらいらした顔をするわけがない」

そのとおりだった。アルタイル人のにらみは、どちらかといえば威力を増し、彼らの姿勢そのものが不満を放射している。

「もっとデータがいる、それだけだ」といいながら、カルヴィンが黒い靴をとりにいく。「もどりしだい、いっしょに――」口をつぐんだ。

「なに？」

「見たほうがいいよ」カルヴィンがテレビを指さした。画面には宇宙船の写真が映っている。すべての照明が点灯し、側面のあちこちの排気口から排気ガスが噴射されている。カルヴィンがリモコンをつかんでボリュウムを上げた。

「アルタイル人は船にもどり、出発の準備をしていると考えられています」とニュースキャスターがいった。わたしはアルタイル人のほうを見やった。あいかわらずそこに突っ立っている。「点火サイクルの分析結果から、発進は六時間以内と予想されています」

「どうする？」とカルヴィンにたずねた。

「謎を解くさ。聞いただろ。離昇まであと六時間ある」

「でも合唱会は？」

カルヴィンはわたしのコートをこちらにさしだした。「この件が聖歌隊に関係しているのはまちがいない。合唱会には、ありとあらゆる聖歌隊が集まって、ぼくの指揮を待っている。アルタイル人を連れてコンベンション・センターに行って、道中なにか思いつくことを祈ろう」

道中、なにも思いつかなかった。「船に連れ帰るべきかも」といいながら、わたしはコンベンション・センターの駐車場に車を乗り入れた。「わたしのせいで彼らが置いてけぼりになっちゃったら？」

「彼らはETじゃないよ」

通用口に駐車して車を降り、ヴァンのスライド式の後部扉を開けようとすると、「いや、アルタイル人はヴァンに残しておこう」とカルヴィンがいった。「連れ出す前に、隠す場所を見つける必要がある。車をロックして」

ロックしたところで意味があるとは思えなかったが、とりあえずいわれたとおりロックすると、カルヴィンのあとについて〝聖歌隊専用〟と書かれた通用口を抜け、迷路のように曲がりくねる通路を歩き出した。左右には、〝セント・ピーターズ少年合唱団〟とか〝レッド・ハット・グリー・クラブ〟とか〝デンヴァー・ゲイ男声コーラス〟とか〝スィート・アデリーンズ・ショー・コーラス〟とか〝マイル・ハイ・ジャズ・シンガーズ〟とか部屋割りの紙を貼ったドアが並んでいる。ビルの正面ではなにか騒ぎが起きたらしく、主通路を横断するとき、金と緑と黒のローブをまとった人々が、口々にしゃべりながら右往左往しているのが見えた。

カルヴィンは次から次にドアを開けては部屋の中に飛び込み、首を振りながら出てきて、またドアを閉めることをくりかえした。「アルタイル人に『メサイア』を聞かせるわけにはいかないんだけど、ここからでもまだ大ホールの騒音が聞こえる。どこか防音になってる部屋が必要だな」

「それとも、もっと遠くの部屋」わたしは先に立ってずんずん廊下を歩き、小ホールにぶつかって折り返した。そして、会議室から出てきたカルヴィンの七年生たちと鉢合わせした。ミセス・カールスンがビデオをまわし、もうひとりの母親が娘たちを整列させようとしていたが、カルヴィンの姿を見るやいなや、みんな彼のまわりに群がってきて、口々に訴えた。「レッドベター先生、どこにいたんですか？　来ないのかと思ってました」とか、「レッドベター先生、ミセス・カールスンから携帯電話の電源を切るようにいわれたけど、マナーモードにするだけじゃだめですか？」とか、「レッドベター先生、シェルビーとあたしはペアになってますけど、でもシェルビーがダニカと組みたいっていってて」とか。カルヴィンはそれにかまわず、「カニーシャ、衣裳に着替えているとき、よそがリハーサルしてる音は聞こえた？」

「どうして？」とベリンダが訊き返した。「あたしたち、入場の呼び出しを聞き逃したんですか？」

「聞こえたかい、カニーシャ？」となおもたずねる。

「ちょっとだけ」

「じゃあ、やっぱりだめか」カルヴィンはわたしのほうを向き、「いちばん端の部屋を調べてくる。ここで待ってて」というなり廊下を走り出した。

「おととい、ショッピングモールにいたひとね」ベリンダがわたしに向かって、とがめるような口調でいった。「レッドベター先生とつきあって《ゴーイング・アウト》るの？」

アルタイル人がなにをやっているのかをつきとめないと、わたしたち全員がいっしょに消えて《ゴーイング・アウト》しまうかもしれないのよと思いながら、「いいえ」と答えた。

「できてるの？」とチェルシーがたずねた。

「チェルシー!」ミセス・カールスンがぞっとしたように叫んだ。
「ねえ。どうなの?」
「あなたたち、整列しなきゃいけないんじゃないの?」とわたし。
カルヴィンが全力疾走でもどってきた。「だいじょうぶだろう」とわたしに向かってい
う。「かなり防音されてるみたいだから」
「どうして防音じゃなきゃだめなんですか?」とチェルシー。
「きっと、どんなに激しい音をたてても外に聞こえないようによ」とベリンダがいい、チ
ェルシーがチュッと舌を鳴らした。
「入場の時間だ、レイディーズ」カルヴィンが指揮者の声でいった。「整列」
その効果は驚くべきものだった。少女たちはただちにペアを組み、二列に並びはじめた。
「全員が大ホールに入るまで待ってから、ヴァンにもどって彼らを連れてきてくれ」カル
ヴィンがわたしを脇に呼び寄せていった。「オーケストラや組織委員会の連中を紹介して、
何分か時間を稼ぐよ。きみがアルタイル人を部屋に入れるまでは、歌が聞こえないように。
部屋の中にはテーブルがあるから、それをドアに押しつけてバリケードにするんだ」
「もしアルタイル人が出ていこうとしたら?　バリケードじゃとめられないのは知ってる
でしょ」
「ぼくの携帯に電話してくれ。防火訓練だとかなんとかいって中断するから。いいかい?

できるかぎり短く済ませる」カルヴィンはにっこりした。『クリスマスの十二日』はなし。心配ないよ、メグ。かならずつきとめられる」

「だから先生の恋人だっていったでしょ」

「そうなんですか、レッドベター先生？」

「さあ行こう、レイディーズ」カルヴィンはそういうと、少女たちを率いて廊下を歩き、大ホールに入った。最後のひとりを収容してホールのドアが閉まったとき、わたしの携帯が鳴った。モースマン博士だった。「もうさがさなくていい。アルタイル人は船の中にいる」

「どうしてわかるんです？　姿を見たんですか？」やっぱりヴァンに置いてくるんじゃなかった。

「いや。しかし、船が点火プロセスを開始した。NASAの当初の予測よりペースが速い。いまは、離昇まで四時間しかないといっている。きみはどこにいる？」

「もどる途中です」走っているのをさとられまいと、息が弾むのを必死にこらえつつ外の駐車場に向かう。ヴァンはとめたときとおなじ場所に無傷で残っていた。

「では、急ぎたまえ」モースマン博士がぴしゃりといった。「マスコミが集まっている。きみには、具体的にどうやってアルタイル人を脱出させたかを説明してもらおう」わたしはヴァンのドアを開けた。

車内にアルタイル人の姿はなかった。うわ、かんべんして。「この大失態の責任はすべてきみにある」とモースマン博士。「もし国際的な影響が生じた場合には――」

「できるだけ早く行きます」といって電話を切り、運転席側にまわろうときびすを返したところで、アルタイル人たちと鉢合わせした。ずっと、わたしのすぐうしろに立っていたらしい。「びっくりさせないでよ。さあ、来て」彼らをせき立ててコンベンション・センターに連れ込み、ありがたいことに歌声ではなく話し声が響いてくる大ホールの扉の前を通過して、長い通路を進み、カルヴィンがチェックした部屋へと向かった。アルタイル人全員を中に入れると、テーブルを横倒しにしてドアの前に押しつけ、ドアノブの下にテーブルのへりをかませてつっかい棒にすると、ドアに耳を押しつけて大ホールから物音が聞こえてこないかたしかめた。もうそろそろ演奏がはじまっているはずだが、カルヴィンのいったとおり、なにも聞こえない。

さて、次は？　あとわずか四時間で宇宙船が出発するとなれば、一秒たりとも無駄にできないが、しかしこの部屋には使えるものがなにもない――ピアノも、CDプレーヤーも、LPもない。七年生たちの楽屋を使うべきだった。あの子たちなら少なくともiPodかなにか持っていたはずだ。

しかし、聖歌隊が歌うクリスマス・キャロルを何百曲聞かせても、そして彼らがそのすべてに反応しても――おじぎをしたり、ひいらぎを飾ったり、雪を蹴り野山を越えて軽い橇《そり》で滑ったり、彼方の星に導かれたりしても——彼らがなぜ地球にやってきたのか、なぜ出発することにしたのかという謎の解明には一歩も近づかない。あるいは、彼らがなぜ、『四十二番街』のコーラスガールがタップダンスを踊りながら歌う〝眠りたもう、いと安く〟を自分たちに向けた命令だと受けとってしまうのか。そもそも彼らは、〝眠り〟という言葉が——あるいは〝坐して〟とか〝回る〟とか〝またたく〟とかが——なにを意味しているのかわかっているのか。

カルヴィンは、二人以上の声で歌われた言葉しか聞きとることができないんじゃないかという仮説を述べたが、そんなはずはない。はじめて聞く単語なら、当然、その意味はわからないだろう。モールに行ったあの日まで、アルタイル人は〝もろびと大地に坐して〟を一度も聞いたことがなかった。それなのに意味を理解したのだから、それ以前に言葉を聞いたことはあったはずで、それは歌われたものではなく話されたものだったはずだ。つまり彼らは、歌われた言葉も話された言葉もおなじように聞きとれるという結論になる。アルタイル人は言葉を読むこともできた。ロゼッタ・ストーンと、ショート博士が彼らに与えた辞書のことを思い出す。しかし、なんらかの方法で英語を読むことを覚えたとしても、どう発音するかはわからないはずだ。それを認識するには、話された言葉を聞くしかない。

ということは、彼らは過去九ヵ月間、わたしたちがしゃべるすべての言葉に耳を傾け、理解してきたことになる。赤ん坊殺しや地球の破壊に関するカルヴィンとわたしの議論も含めて。彼らが地球を発つことにしたのも無理はない。

でも、もしわたしたちの言葉を理解したのなら、それが意味しているのはふたつにひとつ──わたしたちと話をしたくないか、それとも話すことができないか。座ることをはじめとする彼らの反応は、サイン・ランゲージの試みなんだろうか。

いや、それもちがう。だとしたら、〝座って〟という話し言葉にもあっさり反応できたはずだし、何カ月も前にそうしていたはずだ。それに、もしコミュニケートしようとしているのだとしたら、〝われわれは不愉快だ〟的にこちらをにらんでただ突っ立ってるんじゃなくて、わたしたちの推論が正しい（もしくはまちがった）方向に向かっているというヒントぐらい与えてくれてもよかったんじゃない？　それにわたしは、彼らのあの表情が自然のいたずらだとはただの一瞬も思ったことがない。不満の顔は、見ればそれとわかる。長年、ジュディス伯母さんのあの顔を見てきたんだから……。

ジュディス伯母さん。ポケットから携帯電話をとりだし、妹のトレイシーにかけた。妹が出ると、「ジュディス伯母さんについて覚えていることをぜんぶ話して」

「伯母さんになにかあったの？」妹ははっとしたようにいった。「先週はあんなに──」

「先週？」とわたし。「ジュディス伯母さんはまだ生きてるってこと？」

「ええ。生きてたわよ。先週いっしょにランチを食べたときは」

「ランチ？ ジュディス伯母さんと？ 人ちがいじゃないよね。パパのジュディス伯母さん？ ゴルゴンの？」

「ええ。でも、ほんとはゴルゴンなんかじゃないけど。親しくなると、じつはとってもいいひとなのよ」

「いつもまわりの人間全員を不満顔でにらみつけていたあのジュディス伯母さんが？」

「ええ。ただし、あたしはもう何年もにらまれてないけどね。いったでしょ、親しくなると――」

「具体的にどうやって親しくなったの？」

「バースデー・プレゼントのお礼をいったの」

「それで――？ それだけなんてことはありえない。いつもママから、プレゼントのお礼をちゃんといいなさいと命令されて、わたしもあんたもそうしてたじゃない」

「ええ。でも、ちゃんとしたお礼じゃなかったのよ。〝感謝の意をあらわした手書きの礼状をすぐに出すことが、正しいお礼の唯一のかたちなのです〟」とトレイシーはいった。後半は明らかに引用だ。「これってあたしがまだハイスクールに通ってたころの話なんだけど、学校の授業で、だれかに礼状を書かなきゃいけなくなって。一ドル札が入った例のバースデー・カードをもらったばっかりだったから、ジュディス伯母さんに礼状を出したの。そしたら翌日電話が来て、マナーの大切さに関する長いレクチャーを聞かせてくれた。

それと、エチケットのいちばん基本的なルールをもうだれも守らないのがどんなにショックなことか、若い人でもすくなくともひとりはきちんと礼儀をわきまえている人間がいると知ってどんなにうれしかったかっていう話。で、最後に、『レ・ミゼラブル』をいっしょに観にいかないかと誘ってくれた。そのあとあたしはエミリー・ポストのエチケットの本を一冊買って、それ以来ずっと伯母さんとは仲よくしてるのよ。エヴァンと結婚したときは、お祝いに純銀製の魚ナイフをプレゼントしてくれたくらい」

「手書きの礼状と引き替えに」わたしは心ここにあらずでつぶやいた。ジュディス伯母さんがにらんでいたのは、わたしたちが粗野で不作法だったからだ。アルタイル人があんなに不興げな顔をしているのもそれとおなじ理由で、彼らもまた、手書きの礼状に相当するなにかをじっと待っているんだろうか。

だとしたらどうしようもない。エチケットなるもののルールは不合理で、文化的背景に強く依存することで悪名高い。しかも、頼りになる〝エミリー・ポストの銀河エチケット・ガイド〟は存在しない。加えて、宇宙船の出発までに……わ、なんてこと、もう二時間を切っている。

「ジュディス伯母さんが電話してきたとき、正確になんていったか教えて」ジュディス伯母さんが鍵だという考えをあきらめたくなくて、必死に食い下がった。

「もう八年も前だし――」

「わかってる。なんとか思い出して」

「わかった……ええと、手袋についての注意がたくさんあって、それから、レイバー・デイ以降は白い靴を履いちゃいけないとか、足を組んじゃいけないとか。〝育ちのいい若いレディは、足首を交差させて座るものです〟」

アルタイル人がモールで座ったのは、正しい座りかたを教えるエチケットのレッスンだったとか？　ありそうにないことだが、それをいうなら、ジュディス伯母さんがだれとも話をしようとしなかったのが、ある特定の暦日に着用している靴の色のせいだったという事実も同様だ。

「……結婚するときは、きちんとした招待状を出さなきゃいけないって」とトレイシーがいった。「そのとおりにしたわ。だから、伯母さんは魚ナイフをくれたんだと思う」

「魚ナイフはどうでもいいの。あんたの礼状について、伯母さんはなんていったの？」

「〝ぎりぎり間に合ったわね、トレイシー。あなたの家族のだれかに文明人らしいふるまいを期待するのはもうあきらめようと思っていたところだったのよ〟って」

文明人らしいふるまい。それだ。アルタイル人は、うちのリビングルームに座ってにらんでいたジュディス伯母さんとおなじく、わたしたちが文明化されているというしるしを見せるのを待ってたんだ。そして歌が――訂正、合唱が――そのしるしだった。

しかしそれは、白い靴や結婚式の招待状のように、エチケットの恣意的なルールなのか。

それともなにかべつのものの象徴なのか。

おしゃべりに夢中の七年生たちにカルヴィンが「整列」と命じると、てんでばらばらに動きまわりくすくす笑うカオス状態の少女たちがたちまち一致団結し、きちんとした行儀のいい文明人らしい列をつくったのを思い出した。

一致団結。文明的なふるまいの証としてアルタイル人が待っていたのはそれだったのだ。なのに彼らは、地球に着いてからのこの九カ月、それに類するものをまったくといっていいほど目にしなかった。混迷するばかりの委員会はメンバーが次々に辞めていき、残ったメンバーはだれの話にも耳を貸さない。何回やってもバスがうまくコーラスに入れずにいたあの悲惨なリハーサル。泣き叫ぶ子どもたちを無理やり引きずっていくモールの買物客。聖歌隊が歌う有線放送の『羊飼い群れを守る夜に』は、アルタイル人にとってはじめて見た――訂正、はじめて聞いた――地球人が協調できるという証拠だったのかもしれない。

モールの真ん中で座りこんだのも無理はない。ジュディス伯母さんとおなじく、「ぎりぎり間に合った！」と思ったんだろう。しかし、だとしたら、彼らはなぜ、『レ・ミゼラブル』への招待に相当することをしなかったんだろう？

もしかしたら、自分たちが目にしたのが――訂正、耳にしたのが――思ったとおりのものなのかどうかよくわからなかったのかもしれない。カルヴィンが指揮していたあの悲惨な合唱リハーサルをべつにすれば、彼らは人間が歌うところを見たことがなかった。わたしたちが歌で美しいハーモニーを奏でられるという証拠を見たことがなかったのだ。

しかし、『羊飼い群れを守る夜に』を聞いて、やっぱり可能なのかもしれないと納得し、だから彼らはわたしのあとについてまわり、わたしたちがヒントに気づくことを祈って、ふたり以上の声の合唱を聞くたびに、座ったり眠ったり道にはずれたりして、さらなる証拠を待ちつづけた……。この仮説が正しいとしたら、わたしたちは、こんな防音室ではなく大ホールに行って、合唱会に耳を傾けるべきだ。宇宙船の出発準備が、やっぱりあれはなにかのまちがいだったと判断して、地球人とのコミュニケーションをあきらめたことを意味しているのだとすればなおさらだ。

「来てちょうだい。見てほしいものがあるの」わたしはアルタイル人たちにそういって、立ち上がると、バリケードにしていたテーブルをどかしてドアを開けた。

そこに、カルヴィンが立っていた。

「ああ、よかった。来てくれたのね」とわたしはいった。「わたし——どうして指揮してないの？」

「休憩にして抜けてきた。きみに話があって。たぶんわかったと思う。アルタイル人がなんに反応しているのか」カルヴィンはわたしの腕をつかんだ。「なぜクリスマス・ソングに反応するのか。さっき、『焚火で焼く栗《ザ・クリスマス・ソング》』を指揮しているあいだに、そのことを考えてみたんだ。ほとんどのすべてのクリスマス・ソングに入っているもの」

「なんのこと？　栗が？　サンタクロースが？　鐘？」

「惜しい。聖歌隊だよ」

聖歌隊？　「聖歌隊が歌った歌に反応することはもうわかってるでしょ」わたしはとまどいながらいった。

「聖歌隊が歌った歌というだけじゃないんだ。聖歌隊に関する歌だよ。クリスマス・キャロルは聖歌隊の歌だ。天使合唱団、少年少女合唱団、高歌放吟団《ワッセラーズ》、祝歌隊《キャロラーズ》、ハープにあわせてコーラスする（『ひいらぎ飾ろう』より）。〝いと高きところに我らは聞きたり、御使いたちが（『あら野のはてに』より）〟の天使たちは甘美な歌声で野辺を満たす。『天《あめ》なる神には』では、彼らの歌う歌を全世界が歌い返す。みんな、歌うことについての歌なんだよ」と興奮した口調でいう。「〝楽しき歌声〟、〝御使いうたいて〟。ほら」楽譜のページをめくっては歌詞を指さし、「〝いざ聞け、御使い歌うたえなるあまつ御歌を〟（『さやかに星はきらめき』より）、〝古えの人うたいしごとく〟（『エサイの根より』より）、〝羊飼い守り、御使い歌う〟（『御使いうたいて』より）、〝いさ歌えよ海山島々〟（『民みな喜べ』より）。ランディ・トラヴィスも、スヌーピーと仲間たちも、ポール・マッカートニーも、歌うことについて歌ってるんだ。聖歌隊が歌うことについての歌が鍵だったんだよ。ただ合唱するだけじゃなくて、合唱している内容」カルヴィンは『羊飼い群れを守る夜に』の楽譜をこちらにつきつけ、最後のところを指さした。「〝親善の心を、天より人へ〟。アルタイル人がぼくらに伝えようとしていたのはこれだったんだ」

わたしは首を振った。「いいえ。彼らは、わたしたちがそれを伝えるのを待っていたのよ。ジュディス伯母さんとおなじく」

「ジュディス伯母さん？」

「あとで説明する。いまは、アルタイル人が行ってしまう前に、わたしたちが文明人だということを証明しなきゃ」

「どうやって？」

「わたしたちのほうから彼らに歌いかけるの。というか、全市祝日全宗派合唱会が歌いかけるのよ」

「なにを歌う？」

曲目が問題になるかどうかはよくわからなかった。わたしたちが一致協力してなにかをなしとげられるという証拠を求めていることはたぶんまちがいない。だとしたら、『メレ・カリキマカ』だろうが『ザ・ピース・キャロル』だろうが、まったく同様に効果を発揮するはずだ。でも、できるかぎり明確に表現することを心がけても害はないだろう。それに、スレッシャー師が全銀河キリスト教十字軍の応援材料に使えないような歌ならなおい
い。

「アルタイル人に、わたしたちが文明的な種属だと納得するような歌を歌わなきゃいけな

い。親善と平和を伝えるような歌。とくに平和ね。あと、できれば宗教抜きで」

「譜面をつくる必要がある。時間の余裕はどのぐらいある？　それに、コピーして配らなきゃ――」

携帯電話が鳴った。着信通知を見る。モースマン博士。「ちょっと待って。すぐにわかるから」といって通話ボタンを押した。「もしもし？」

「どこにいる？」モースマン博士がどなった。「宇宙船は最終点火サイクルに入ったぞ」

ぱっとふりかえって、アルタイル人がまだそこにいることを確認した。ありがたいことに、あいかわらずこっちをにらみつづけている。

「最終サイクルにはどのぐらいかかるんですか？」

「わからん。せいぜい十分だろう。いますぐ来ないと――」

わたしは電話を切った。

「で？」とカルヴィン。「時間はどのぐらいある？」

「ゼロ」

「じゃ、いま手もとにあるもので間に合わせるしかないな」カルヴィンは楽譜をめくりながら、「それに、参加者みんながハーモニーを知ってる曲。文明的……文明的……それなら……」目当ての楽譜を見つけたらしく、それに目を走らせている。「……よし、二つ三つ単語を入れ替えれば、これでなんとかなるはずだ。アルタイル人はラテン語がわかると思う？」

「彼らのことだから、可能性はあるわね」

「最初の二行だけで済ませよう。五分待ってくれれば――」

「五分？」

「――変更箇所について、全員に周知徹底できる。いまから五分経ったら、アルタイル人を中に入れてくれ」

「オーケイ」とわたしが返事をすると、カルヴィンは大ホールに向かって走り出した。

両開きの扉を押し開けて中に入ると、大ホールはなにかを待ち受けるようにざわざわした空気だった。ステージのまわりには聖歌隊の列がいくつも並び、茶と金と緑と紫のローブの海が広がっている。楽譜に顔を隠した合唱者たちが、小声で言葉を交わしはじめた。どうやらカルヴィンはたったいま説明を終えたばかりのようだ。聖歌隊と客席の人々は、自分の楽譜にせわしなくメモを走り書きしたり、鉛筆をまわしたり、たがいに質問を交わしたりしている。ステージの片側に着席したオーケストラは、キーキーブーブーピーピーの不協和音を奏でながら楽器の準備に余念がない。

反対の側には、マイル・ハイ女声合唱団が整列していた。入ってきたわたしを見て、おとといのリハーサルを邪魔されたことをソプラノがアルトに教えたらしく、全員がわたしのほうを向いてにらみつけた。

「自分たちが知っている言葉で歌えないなんて不合理だと思うわ」うしろの席では、手袋に帽子にベールという姿の年配女性が連れに向かって話している。

連れの女性はうなずき、「いわせてもらえば、この全宗派なんとか全体がちょっと行き過ぎね。つまり、そりゃ、人類はひとつですよ。でも、エイリアンは？」

こんなのうまくいくわけがない。そう思いながら、カルヴィンの七年生たちが座っている席のほうに目を向けた。たがいの椅子の背の上に身を乗り出し、くすくす笑いながらガムを嚙んでいる。ベリンダは携帯電話でだれかにメールを打ち、カニーシャはiPodを聞いている。チェルシーはさっきからずっと手を上げて、「レッドベター先生、レッドベター先生、シェルビーがあたしの楽譜をとったんです」と訴えている。

オーケストラ席では、打楽器奏者がシンバルの音を試している。絶望的だ。心の中でそうつぶやいて、にらみつけるアルタイル人を見やった。

文明的どころか、わたしたちが知性を有していると納得させることさえ不可能だ。

わたしの携帯電話が鳴った。これだ。らくだの背骨を折る最後の藁《わら》一本。あわてて電話をとりだした。いまや大ホールの全員が、あのシンバル奏者まで含めて、わたしをにらんでいる。「なんて不作法な！」白手袋の年配の女性がいった。

「宇宙船が秒読みを開始したぞ！」モースマン博士の声が耳もとで吼えた。

わたしは通話終了ボタンを押して電話を切った。「は・や・く」カルヴィンに向かって口だけ動かすと、彼はうなずいて指揮台に上がった。

指揮棒で譜面台を叩くと、ホール全体がしんと静まりかえった。「『信仰篤き者みな《アデステ・フィデレス》』」とカルヴィンがいい、全員が楽譜を開いた。

『アデステ・フィデレス』? カルヴィンはいったいどういうつもりなんだろう。『信仰篤き者みな』(別題『神の御子は』)は、わたしたちに必要なものじゃない。頭の中で歌詞を再生してみた。〝ベツレヘムに生まれたもう……いそぎゆきて拝まずや〟だめだめ、宗教的なのはやめて!

しかし、あとの祭りだった。カルヴィンは両手を広げ、てのひらを上にすると、その手を上げた。大ホールの全員が立ち上がる。カルヴィンがオーケストラに向かってうなずくと、団員は『アデステ・フィデレス』の導入部を奏ではじめた。アルタイル人のほうに目をやると、彼らはふだん以上に非難がましい顔でにらんでいた。わたしは彼らと出口のあいだに移動した。

イントロはおしまいに近づいている。カルヴィンがちらっとこちらを見た。わたしは、ささやかなりとも励ましになることを祈りつつせいいっぱいの笑みを返し、幸運のおまじないに人さし指と中指を交差させた手をかざしてみせた。カルヴィンはうなずき、それからまた指揮棒を上げ、振り下ろした。

「合唱会に行ったことはある？」という質問にわたしが首を振ったとき、カルヴィンは、「相当びっくりすると思うよ」といった。そのとおりだった。

大ホールには四千人近い人々がいるはずだが、その全員が完璧なハーモニーで歌ってい た。歌っているのが『チップマンク・ソング』でも、畏敬の念を抱いたかもしれない。しかし、彼らが歌っている歌詞は、もし仮に、カルヴィンとわたしが注文に合わせて書いたとしても、これ以上完璧にはできないだろうと思うほどだった。「歌え、地上の合唱団よ」と、人々はトリルで歌った。「歌え、天上の人々のために」そしてアルタイル人たちは、通路をするする・よたよた進んでいって、カルヴィンの足もとに座った。

わたしは外の廊下にとびだし、モースマン博士に電話した。

「船はどうなってます？」

「どこにいる？」博士が詰問した。「こちらに来る途中だといわなかったか？」

「道が混んでて。船はどうなってます？」

「点火シーケンスを中断し、照明をシャットダウンした」

よかった。ということは、この作戦はうまくいってるんだ。

「船はただ大地に坐している」

「そう来なくっちゃ」とわたしは口の中でつぶやいた。

「どういう意味だ？」博士がとがめるようにいった。「スペクトル分析によれば、アルタイル人は船内にいない。きみといっしょにいるんじゃないのか？　どこだ？　彼らになにをした？　もしも――」

わたしは通話を切り、携帯の電源を落として、ホールの中にもどった。『アデステ・フィデレス』が終わり、『きけやうたごえ』（別題『あめにはさかえ』）になっていた。アルタイル人はあいかわらずカルヴィンの足もとに座っている。

「〝……朝日のごとく輝き昇り〟」と会衆は歌い、そしてアルタイル人は昇《た》った。さらに昇りつづけて、通路からゆうに二フィートの高さに達した。全員がいっせいに息を呑み、宙に浮かぶ彼らを見つめた。だめ、やめないで。わたしは心の中で叫び、前へと急いだが、すでにカルヴィンがすばやく事態を掌握していた。彼がジュディス伯母さん級のにらみを向けたとたん、七年生の少女たちはごくりと唾を呑み、また歌いはじめた。一瞬後には他の全員もわれにかえり、『きけやうたごえ』の最後の部分に加わった。

歌が終わると、カルヴィンはわたしのほうを向き、口だけ動かして〝次はどうする？〟と質問した。

〝歌いつづけて〟と口を動かす。

〝なにを？〟

わからないというしるしに肩をすくめ、それから、〝これはどう？〟と口を動かし、プログラムの四番めを示した。

カルヴィンはにっこり笑うと合唱団に向き直り、「次は『清き調べ空にきこえ』を歌います」と発表した。ページをめくる音が響き、人々は歌いはじめた。高度が下がる徴候はないかと用心深くアルタイル人のようすをうかがったが、あいかわらず浮遊している。そして合唱団が「〝妙《たえ》なる歌ながるるとき〟」と歌ったとき、彼らのにらみがわずかにその苛烈さを弱めたように見えた。

「〝天つ歌に調べ合わせ、星とともに君を祝わん〟」と人々は歌い、そのとき大ホールの扉が勢いよく開いて、モースマン博士とスレッシャー師と数十人のFBI捜査官・警察官・記者およびカメラマンが雪崩《なだ》れ込んできた。「動くな！」とFBI捜査官のひとりが叫んだ。

「罰当たりな！」とスレッシャー師が咆哮した。「見よ！　魔女に同性愛者にリベラルども！」

「その若い女を逮捕しろ」とモースマン博士がわたしを指さした。「それに、指揮をしている若い男――」博士は口をつぐみ、舞台の上に浮かぶアルタイル人たちを見て息を呑んだ。いっせいにフラッシュが光り、リポーターはマイクに向かってしゃべりはじめ、スレッシャー師はある局のTVカメラに正対して両手を組んだ。「おお、神よ」とカメラに向かって叫ぶ。「サタンの悪霊をアルタイル人から祓《はら》いたまえ！」

「だめ！」わたしは七年生たちに叫んだ。「歌いつづけて！」しかし、少女たちはもう歌うのをやめていた。わたしは必死の形相でカルヴィンのほうを見た。「指揮をやめないで！」だがすでに警官たちが彼に手錠をかけようと動き出していた。空気が洩れはじめた風船のように宙を漂いながらゆっくりと降りてくるアルタイル人を用心深く迂回して、カルヴィンに近づいていく。

「そしてこれらの罪人に彼らの過ちをお教えください」とスレッシャー師が吟唱している。

「こんなことしちゃだめよ、モースマン博士」わたしは必死にいった。「アルタイル人は――」

博士はわたしの腕をつかみ、近くにいた警察官のほうへひきずっていった。「このふたりを誘拐罪で告発したまえ。それに彼女に関しては、共謀罪による告発を要求する。この件の一切の責任は彼女に――」モースマン博士は口をつぐみ、わたしの背後を見つめた。

背後をふりかえった。アルタイル人たちがわたしのすぐうしろに立ち、にらんでいる。わたしに手錠をかけようとしていた警察官は、手首から手を離してあとずさった。リポーターやＦＢＩも後退する。

「閣下」数歩あとずさりつつ、モースマン博士がいった。「委員会はこの件にいっさい関わりがないことをご承知おきください。すべてこの若い女性の責任です。彼女は……」

「歓迎の辞、たしかにうけたまわった」中央のアルタイル人がそういうと、わたしに向かって一礼した。「こちらからも答礼をさしあげる」

驚きのつぶやきが大ホールに広がり、モースマン博士はしどろもどろの口調で、「え、英語がおできになるので？」

「もちろんですとも」とかわりに答えて、わたしはアルタイル人に一礼した。「とうとうみなさまがたとコミュニケートすることができてうれしく思います」

「わたくしどもはあなたがたを天つ人々の仲間として歓迎します」と端のアルタイル人がいった。「そして、親善、地に平和、栗というあなたの申し出に報いましょう」

「われらもまた、贈りものを携えて来たりしことを確言します」と反対の端のアルタイル人がいった。

「奇跡だ！」とスレッシャー師が叫んだ。「主は彼らを癒された！　彼らの唇を閉ざしていた錠を解かれた！」その場にひざまずき、祈りを捧げはじめた。「主よ、わたくしどもの祈りをお聞き届けくださり、ありがたくもこの奇跡を――」

モースマン博士がぱっと進み出た。「閣下、僭越《せんえつ》ながらまず最初にわたくしが人類を代表いたしまして、この卑しい惑星にみなさまがたをお迎えするご挨拶を申し上げます」両手を広げて、「アメリカ合衆国政府になりかわり――」

アルタイル人たちは博士を無視した。「あなたがたの世界に対する評価は誤りだったのではないかと思いはじめていたところでした」と前に話したアルタイル人がわたしに向かっていった。そして彼女の――彼の？――となりのアルタイル人が、「あなたがた種属が完全な知性を有しているのかどうかを疑っていたのです」

「ええ」とわたしはいった。「自分でもときどき疑うことがあります」

「あなたがたが調和という概念を理解しているかどうかについても疑念を抱いておりました」反対の端のアルタイル人がいって、カルヴィンのほうを向き、その手首をとがめるようににらみつけた。

「レッドベターさんの手錠をはずさせたほうがいいと思いますけど」と、わたしはモースマン博士にいった。

「もちろんだ。もちろんだとも」博士は警察官に身振りで合図した。「ちょっとした誤解だと彼らに説明してくれ」博士がわたしの耳もとでそうささやくと、アルタイル人は視線を動かして博士をにらみ、それから警察官をにらんだ。

カルヴィンの手錠がはずされると、端のアルタイル人がいった。「その疑念が誤りだったことを知り、われらは先人としてうれしく思います」

わたしたちもうれしいわ。「この惑星にみなさんをお迎えできて光栄です」

「さて、みなさん。これからわたしといっしょにDUにもどっていただければ」とモースマン博士が口をはさんだ。「ワシントンに行って大統領と対面する手はずを――」

アルタイル人がまたにらみはじめた。うわ、やめて。わたしはすがる思いでカルヴィンのほうを見た。

「代表団のみなさんに対する歓迎のあいさつはまだ終わってないんですよ、モースマン博士」とカルヴィンがいった。それからアルタイル人のほうを向き、「わたしたちの歓迎の歌の残りを歌いたいと思います」

「喜んで聞かせていただきましょう」と中央のアルタイル人がいい、彼ら六人はただちに向きを変えると、通路を歩いていって腰を下ろした。

「あなたがたも座ったほうがいいと思いますけど」とわたしはモースマン博士とFBI捜査官に向かっていった。

「この人たちに楽譜を見せてあげてくれませんか」カルヴィンが近くの席の人たちに声をかけた。「合うパートをさがすのを手伝ってあげてください」

「いっしょに歌うつもりなど毛頭ない。こんな魔女やホモや――」スレッシャー師が憤然と声をあげると、アルタイル人全員がいっせいにそちらを向き、彼をにらみつけた。スレッシャー師は腰を下ろし、ヤムルカをかぶった年配の男性が自分の譜面を彼のほうにさしだした。

「『ハレルヤ・コーラス』の歌詞はどうすればいい？」カルヴィンがわたしの耳もとでそうささやいたとき、アルタイル人が立ち上がり、通路をこちらのほうにもどってきた。

「喜びに満ちたあなたがたの歌を変える必要はありません。もとのままの歌詞で聞くことを望みます」と中央のアルタイル人がいった。

「この惑星の神話や迷信に大きな関心があります」と、端のアルタイル人がいった。「馬《ま》槽《ぶね》の幼な子、クワンザの大燭台《メノラー》の明かり、子どもたちにおもちゃと歯を持ってくること。もっと多くを知りたいと願っています」

「質問がたくさんあります」とそのとなりのアルタイル人がいった。「幼な子が生まれたのが砂漠の地だったのなら、ヘロデ王はどうして子どもたちを橇《スレイ》に乗せることができたのでしょうか」

「橇に乗せる？」モースマン博士がいぶかしげにつぶやいた。カルヴィンが問いかけるようにわたしを見た。

「〝すべての幼き子を殺せ《スレイ》〟よ」とささやく。

「それに、ひいらぎが楽しいなら、どうして吠《バーク》えるのでしょう（『ひいらぎと蔦は』の歌詞に、The holly bears a bark（ひいらぎには樹皮があり）という一節がある）」と端のアルタイル人がいった。「それと、レッドベター先生、ミズ・イエイツはあなたの恋人なんですか？」

「あいさつが済んだあとで、質問や交渉、贈りものの時間はたっぷりある」と、いままで一度もしゃべらなかった、左から二番めのアルタイル人がいった。きっと彼がリーダーだ。もしくは聖歌隊指揮者。というのも、彼が口を開いたとたん、アルタイル人はたちまちふたりひと組のペアになり、通路を歩いていって腰を下ろしたからだ。

わたしはカルヴィンの指揮棒をとって彼にさしだした。

「最初に歌うのはなにがいいと思う？」と彼がたずねた。

「クリスマスに欲しいのはあなただけ《オール・アイ・ウォント・フォー・クリスマス・イズ・ユー》」とわたしはいった。

「ほんとに？　最初はやっぱり『あら野のはてに』か――」

「歌の題名じゃなくて」とわたし。

「おお」といってカルヴィンはアルタイル人のほうに向き直り、「さっきの質問の答えはイエスです」

「これは大いなる喜びの知らせ（『メサイア』より。出典は「ルカによる福音書」2：10）です」

「たくさんの口づけ《ヤドリギ》がなされるべきです」と端のひとりがつけ加えた。左から二番めのアルタイル人がふたりをにらんだ。

「そろそろ歌うことにしましょう」とわたしはいって、最前列の、マッキンタイア師と、ターバンにダーシーキ姿のアフリカ系アメリカ人女性とのあいだに割って入った。

カルヴィンが指揮台に上がり、「『ハレルヤ・コーラス』」というと、全員がいっせいにページをめくった。わたしのとなりの黒人女性が、いっしょに見られるように譜面をこちらにさしだした。「この曲は立って歌うのが正しいエチケットなのよ。ジョージ二世に敬意を表して。はじめてこの歌を聴いたとき、ジョージ二世は立ち上がったといわれてるから」

「じっさいのところは」とマッキンタイア師がささやいた。「ぐっすり眠っているときに曲がはじまって、はっと目を覚ましただけかもしれませんよ。それでも、敬意と賞賛を表して立ち上がるのは適切なマナーですが」

わたしはうなずいた。カルヴィンは指揮棒を振り上げ、大ホール全体が、アルタイル人をべつにして、ひとつになって立ち上がり、歌いはじめた。『アデステ・フィデレス』がすばらしかったとすれば、『ハレルヤ・コーラス』は最高にすごかった。そのときとつぜん、輝かしい古えの歌や甘美な聖歌や鳴り響く喜びについて歌うすべての歌詞の意味がわたしにもわかった。

〝そして全世界は、いま天使が歌う歌を歌い返す〟と、わたしは心の中でつぶやいた。どうやらアルタイル人も、わたしとおなじようにこの音楽に圧倒されていたらしい。五度目の〝ハレールヤッ！〟で、彼らは前とおなじように空中に上昇した。そしてさらに上昇した。さらに上昇し、とうとう高いドーム天井のすぐ下、目がまわりそうな高さにまで到達した。

彼らがどんな気分なのかはわたしにもはっきりわかった。

この一件は、まちがいなくコミュニケーションの突破口になった。全市合唱会以降も、アルタイル人はしゃべるのをやめなかった。もっとも実際には、前とくらべてたいして進歩したわけではなかった。彼らは質問を発するほうが質問に答えるよりずっと得意だった。

たしかに、どこからやってきたのかはやっと教えてくれた。竜座のアルサフィ星。しかし、アルタイルの意味は、〝空飛ぶもの〟（アルサフィは〝料理用三脚台〟を意味する）だったので、彼らはいまでもアルタイル人と呼ばれている。

どうしてカルヴィンのアパートメントにあらわれ、わたしのあとについてきたかも教えてくれたし（「わたしたちは、あなたとレッドベター先生とが調和する興味深い可能性を垣間見たのです」）、彼らの宇宙船の仕組みについて多少なりとも説明し、空軍はそれをきわめて興味深く受けとめた。しかし、彼らがなぜ地球にやってきたかはまだわかっていない。あるいは、なにを求めているのかも。彼らが具体的に要求したのは、モースマン博士とスレッシャー師を委員会からはずすことと、ワカムラ博士を責任者にすることだけだった。彼らはにおいを噴射されるのが——すくなくとも、わたしたちがしてきたことの中では——いちばん好きだったのである。彼らはあいかわらずにらんでいる。

ジュディス伯母さんも右におなじ。全市合唱会の翌日、電話してきて、CNNでわたしの姿を見た、地球を救うという仕事をなしとげたのは立派だと思うけれど、でもあの服装はいったいなに？　コンサートには正装して出かけるものだということを知らないの？　わたしは、今度のことはなにもかもぜんぶ伯母さんのおかげなんですと礼をいい、伯母さんはわたしをじろりとにらんで（電話ごしにもはっきりそれがわかった）電話を切った。

でも、そんなに怒ってはいなかったらしく、わたしが婚約したと聞きつけると、妹のトレイシーに電話して、ウェディング・シャワーに招待されるのを待っていると伝えた。母はいま、狂ったように家を掃除している。

アルタイル人はわたしたちになにをプレゼントしてくれるだろう。魚ナイフか。それとも一ドル札入りのバースデー・カードか。あるいは超光速航法か。

この作品を書いたときは、教会の聖歌隊員として歌ってきた三十年余の経験が大いに助けになった。その長い年月のあいだに、わたしはこれまでに書かれたありとあらゆるクリスマス・キャロルを歌い、クリスマス・キャロルについて知りたいと思う以上のことを学んだ。

これはわたしの持論だが、世界について知るべきことすべては、聖歌隊席で歌うことによって学べる。喜劇、ドラマ、陰謀、ロマンス、復讐、プライド、肉欲、羨望、強欲、慢心……聖歌隊にはそのぜんぶがある。それプラス、人生を生きていくのに有益なことがたくさん見つかる。たとえば——

1　もし、となりで歌う人の音程がフラットなら、自分の音程を保つのはかなり楽だ。もしシャープなら、あきらめるしかない。

2　賛美歌は、三番の歌詞（六番まである賛美歌の場合は、五番の歌詞）がいちばんひどい。

「一番と二番と四番を歌います」と指示する司祭が少なくないのはそのためだ。三番の歌詞には、「悲しみ、喘ぎ、血を流し、命を落として」（『われらはきたりぬ』より）とか、「おお、神秘の謙遜！　おお、至高の断念！」（『十字架のイエス』より）とか、珠玉のフレーズが見つかる。

3　とはいえ、歌詞がひどい賛美歌は、すくなくとも興味が持てる。それに対して、現代の賛美歌のほとんどは、信じられないほど退屈だ。わたしなら、「おお、神よ。畏れおおき神よ」よりは、「呪はれし地にも茨生えず」（『もろびとこぞりて』より）のほうを選ぶ。

4　神の啓示を得た歌がいいものだとはかぎらない。愛唱される賛美歌やクリスマス・キャロルの多くが実際にはひどいしろものだということが、毎年それを歌わされる身になるとよくわかる。とくに大嫌いなのが『ああ、ベツレヘムよ』。クリスマス・イブの礼拝では、司祭が祝歌《キャロル》の由来を語ったのち、聖歌隊がそれを（由来じゃなくて、そのキャロルのほうを）歌うのだが、ある年のこと、『ああ、ベツレヘムよ』がどんな状況のもとで生まれたかが微に入り細に入り語られた。司祭によれば、この詩を書いたのは、フィリップス・ブルックスという名のエピスコパル派の牧師だという。彼は馬に乗って聖地ベツレヘムへと赴き、到着するなり、五時間にわたる礼拝にじっと耐え抜き、その挙げ句、この体験に啓発されて、ただちに机に向かって（ほんとに？　わたしはこの逸話全体がいささか眉唾じゃないかと思っている）、このキャロルを書き上げた。

　説明を聞いたあと、うちの娘が（やはり聖歌隊員で、わたしのとなりに座っていた）わたしの耳もとに口を寄せ、「まあ、気持ちだけはわかってあげなきゃね、ママ」とささやいた。その結果、押し殺した笑い声が聖歌隊席全体に広がり、以降、わたしたち親子は並んで座ることを許されなくなった。

訳者あとがき

ヒューゴー賞／ネビュラ賞の受賞作だけを集めたコニー・ウィリス傑作選の第一弾、『混沌《カオス》ホテル』をお届けする。本書は、二〇一三年七月にランダムハウス傘下のデル・レイから刊行された *The Best of Connie Willis: Award-Winning Stories* の半分――邦訳にあたって二分冊にしたうちの、いわばユーモア篇にあたる（シリアス篇の『空襲警報』は二〇一四年二月刊）。

コニー・ウィリスというと、オックスフォード大学史学部シリーズの三部作（『ドゥームズデイ・ブック』、『犬は勘定に入れません』、『ブラックアウト』／『オール・クリア（1・2）』）にしろ、単発の臨死体験サスペンス『航路』にしろ、とにかく本が分厚いことで有名。そのため、大長篇の書き手というイメージが強いかもしれませんが、序文でみずから書くとおり、ウィリスはまず短篇作家として認められ、その後もずっと中短篇を書きつづけてきた。しかも、この四半世紀は、中短篇の新作を発表するたびにさまざまなSF賞の候補になり、相当な高確率で受賞している。だったら、その受賞作だけを集めたベスト短篇集をつくってしまえばいいんじゃないか――という発想で誕生したのがこの傑作選（ちなみに英国版は、*Time is the Fire: The Best of Connie Willis* と題されている。メインタイトルは、デルモア・シュウォーツの詩、“Calmly We Walk Through This April's Day”が出典）。

世界の二大SF賞と言われるヒューゴー賞（世界SF大会に参加するSFファンの投票で決まる）とネビュラ賞（アメリカSFファンタジー作家協会の会員投票で決まる）のどちらか（もしくは両方）を受賞したウィリスの中短篇すべてを網羅する。収録十篇のうち、ヒューゴー賞受賞作が八篇、ネビュラ賞受賞作が五篇（つまり、両賞受賞が三篇）、合わせて十三冠を誇る。そこに、書き下ろしの序文と各篇あとがきを追加し、巻末にはボーナストラックとしてスピーチ原稿三本を収録する、至れり尽くせりの豪華版（トレード・ペーパーバック版は二〇一四年四月発売予定。Kindle版とオーディオブック版は発売済み）。

もっとも、長めの中篇（ノヴェラ）が多いこともあり、邦訳は文庫一冊に収まりきらず、ごらんのとおり、二冊に分けてお届けすることになった。ふつうなら、原書の収録順に前半と後半に分割するところだが、それだと全十篇が六篇と四篇に分かれてバランスが悪くなるし、二冊の厚さにかなりの差が出てしまう。既刊短篇集との重複などにも配慮した結果、著者の了解を得たうえで、全十篇の配列を最初からやり直し、作品の傾向別にユーモア篇とシリアス篇に分けることにした。ウィリス自身、序文で冗談交じりに、「〝笑える話〟担当と〝悲しい話〟担当と、ふたりのコニー・ウィリスがいる」というネット上の〝噂〟を紹介しているが、本書『混沌《カオス》ホテル』には、そのふたりのうち、前者が担当した受賞作を集めたかたち。原書では、ユーモアとシリアスがおおむね互い違いに並んでいるので、そちらの配列どおりに読みたい方は、お手数ですが、『空襲警報』と二冊そろえてからチャレンジしてください。原書の収録順は以下のとおり（Hはヒューゴー賞、Nはネビュラ賞受賞を示す。既刊の邦訳ウィリス短篇集に収録されているものについては、末尾にそのタイトルを示した）。

N「クリアリー家からの手紙」A Letter from the Clearys, 1982『わが愛しき娘たちよ』
N「混沌《カオス》ホテル」（別題「リアルトホテルにて」「リアルトホテルで」）At the Rialto, 1989
H「ナイルに死す」Death on the Nile, 1993
H「魂はみずからの社会を選ぶ」The Soul Selects Her Own Society, 1996
HN「空襲警報」（別題「見張り」）Fire Watch, 1982『わが愛しき娘たちよ』
H「インサイダー疑惑」Inside Job, 2005『マーブル・アーチの風』
HN「女王様でも」Even the Queen, 1992『最後のウィネベーゴ』

H「マーブル・アーチの風」The Winds of Marble Arch, 1999

H「まれびとこぞりて」（別題「もろびと大地に坐して」）All Seated on the Ground, 2007

HN「最後のウィネベーゴ」The Last of the Winnebagos, 1988『最後のウィネベーゴ』

コニー・ウィリスの邦訳短篇集としては、第一短篇集 *Fire Watch* を全訳した『わが愛しき娘たちよ』（ハヤカワ文庫ＳＦ・品切）と、大森望編訳の日本オリジナル短篇集『最後のウィネベーゴ』（河出文庫）、『マーブル・アーチの風』（早川書房）の三冊がすでに刊行されている。ハヤカワ文庫版『航路』下巻の訳者あとがき付記にも書いたとおり、もともとは、この三冊に収録されていない作品だけを集めた短篇集を出す計画だったが、翻訳権交渉に際し、原著者側から「それなら *The Best of Connie Willis* を出してほしい」とのリクエストがあり、早川書房で検討した結果、決定版ウィリス短篇集として、同書を二分冊で全訳することになった。既刊の邦訳短篇集をお持ちのウィリス愛読者諸氏には、一部収録作が重複することになって申し訳ありませんが、そういう事情なのでご寛恕ください。

また、この機会に、"At the Rialto"（「リアルトホテルで」「リアルトホテルにて」）と、"Fire Watch"（「見張り」）はともに新訳し、それぞれ「混沌《カオス》ホテル」「空襲警報」と改題して、各巻の表題作とした。この二冊セットで、希代のストーリーテラー、コニー・ウィリスの全貌が把握できる仕組みなので、『空襲警報』もぜひどうぞ。

　刊行の経緯についてはそのぐらいにして、以下、本書『混沌《カオス》ホテル』収録の五篇について、解説めいた情報をいくつか（一部、既刊短篇集の訳者あとがきを下敷きにした）。

●**「混沌《カオス》ホテル」**初出：オムニ誌一九八九年十月号
　学説を小説化してコメディに仕立てるというのはウィリスの得意技。「白亜紀後期にて」（『マーブル・アーチの風』所収）では、恐竜の絶滅に関する学説を大学教育の現場に適用するという荒技を見せたが、本篇の下敷きは量子物理学とカオス理論。国際量子物理学会の年次大会がなぜかハリウッドで開催され、量子論を地で行くような騒動があちこちで勃発しててんやわんやの大騒ぎに……という、ドタバタ科学者コメディが語られる。その昔、エントロピー理論（熱力学の第二法則）を下敷きにした家庭小説、パメラ・ゾリーン「宇宙の熱死」というのがありましたが、方向性としては似たようなもんですね。量子論をマクロレベル（というか、日常生活）に適用した〝見立て〟のおもしろさがミソなので、そこがぴんと来ないとどこがおもしろいのかよくわからない――というか、隔《かっ》靴《か》掻《そう》痒《よう》の気分を味わうかもしれないが、なんとなくサイエンスをネタにしているらしいハリウッド観光コメディだと思って読んでも、けっこう楽しめるんじゃないかと思う。

　ウィリスのご亭主は物理学者なので、学会のディテールや右往左往する博士たちの描写はお手のもの。もっとも、あとがきで著者がバラしているとおり、直接の下敷きは、物理学会ではなく、SFWA（アメリカSFファンタジー作家協会）主催のネビュラ賞贈賞イベント（週末を利用して三泊四日とかの日程で開かれるので、Nebula Awards Weekendと呼ばれる）がハリウッドで開催されたときの実体験。大きなホテルを借り切り、メインの贈賞式のほかにも、会議室やボールルームで分科会が行われる——というのは、ワールドコン（世界SF大会）や日本SF大会と共通。

ちなみに、ロンドンで開かれたワールドコンを背景にした（と思われる）のが、本書の片割れ『空襲警報』に収録される「マーブル・アーチの風」。似たような国際会議の話でも雰囲気がまったく違うので、ぜひ読み比べてみてください。

「混沌《カオス》ホテル」の主菜となる量子物理学は、グレッグ・イーガン以降の現代SFでもっとも人気のある題材のひとつ。多世界解釈は並行宇宙ものの理論的バックボーンとして（かなり歪曲されたかたちで）便利に使われているし、シュレーディンガーの猫は、SFに限らずミステリや主流文学の世界でも人気アイテムになっている。本篇では、量子論のあれこれをわかりやすく説明するモデル（メタファー）を探すという名目で、量子論の知見がマクロレベルに拡張されている。カオス理論のほうの用語は、ジェイムズ・グリックの一般向けノンフィクション『カオス　新しい科学をつくる』（大貫昌子訳／新潮文庫）が下敷き。

これに味をしめたのか、ウィリスはその後、M・ミッチェル・ワールドロップの科学ノンフィクション『複雑系　科学革命の震源地・サンタフェ研究所の天才たち』（田中三彦・遠山峻征訳／新潮文庫）を下敷きに使って（推定）、流行についてリサーチする社会学者の女性が複雑系研究者の男性と恋をする科学者ロマンス中篇、*Bellwether*（1996）を発表している。

本篇は、一九九〇年のネビュラ賞ノヴェレット部門を受賞。日本では、文芸誌〈新潮〉の一九九〇年九月号SF特集に浅羽莢子訳で掲載（「リアルトホテルにて」）。その後、安野玲訳で、中村融・山岸真編『20世紀SF5　1980年代冬のマーケット』（河出文庫）に収められた（「リアルトホテルで」）。今回が三度目の邦訳になる。なお、新訳にあたっては双方の既訳を参考にさせていただいた。記して感謝する。

●「**女王様でも**」初出：アイザック・アシモフズSF誌一九九二年四月号

ヒューゴー賞、ネビュラ賞、ローカス賞、アシモフ誌読者賞、SFクロニクル賞、およびスペインのイグノトゥス賞の六冠（すべてショート・ストーリー部門）に輝く風刺コメディ。ヒューゴー賞の受賞スピーチで壇上に立ったウィリスは、開口一番、「この短篇を読んだガードナー・ドゾワがこう言ったんです。『きみもとうとうピリオド・ピースを書いたね』」と語って、場内を爆笑の渦に包み込んだ。野暮を承知で説明すると、period pieceとは、〝一時代を画す作品〟のことだが、periodには他に〝周期〟の意味があり、〝月経〟の婉曲表現としても使われる（日本語の〝生理〟と似たような感じ）。

というわけでこれは、たぶん史上初の月経SF短篇。男性優位のSF史の中で隠蔽されてきた月経にスポットを当てた小説――という意味ではフェミニズムSFだが、作中では一部フェミニズムの教条主義的な主張が笑いのタネになっている。フェミニストの間でも、笑う人がいる一方で怒る人もいると、反応はさまざまだったらしい。

政治的立場の左右に関係なく、不合理でばかげた主義や流行を笑い飛ばすのはウィリスの十八番。〝政治的な正しさ〟（ポリティカリー・コレクトネス）騒動がエスカレートしたあげく、学校でシェイクスピアを教えるのが事実上不可能になるという「からさわぎ」（河出文庫版『最後のウィネベーゴ』所収）や、効率的マネジメント実現のため教育専門の経営コンサルタントが大学の古生物学科に乗り込んでくる「白亜紀後期にて」（『マーブル・アーチの風』所収）など、似たような傾向の風刺SF短篇をいくつか書いている。

月経問題に疎い男性読者のために訳注めいた解説を少々つけ加えると、作中に登場するシャント（shunt）に類するものはすでにある程度まで現実になっている。腕にカプセルを埋め込み、血液中にホルモンを分泌させて排卵を抑制する方式で、妊娠からも月経からも自由になれるが、問題は副作用があること（副作用のないものには、月経血を真空掃除機みたいなやつで吸いとる方式があり、一部の勇気あるフェミニストが実践しているらしい）。

作中のアムネロールは、ホルモン・バランスを崩すことなく子宮内壁（＝月経血）だけを分解するという架空の薬剤。排卵はおこなわれても生理にならず、着床しないから妊娠もしない仕組み。これに反対するサイクリスト側の主張には、いわゆるエコロジカル・フェミニズムっぽい響きがあり、ラディフェミ対エコフェミの架空論争小説としても読めるかもしれない。なお、登場人物名のヴァイオラは『十二夜』、パーディタは『冬物語』と、それぞれシェイクスピアの戯曲が出典。サイクリストの講師、エヴァンジェリンの名は、福音伝道者を意味するevangelistに由来する。

邦訳は、ＳＦマガジン一九九四年一月号に掲載。河出書房新社〈奇想コレクション〉の『最後のウィネベーゴ』に収録された（その後、一篇を追加した河出文庫版が刊行されている）。また、本篇を表題作とする著者朗読のオーディオブック短篇集も出ている（他に、"Why the World Didn't End Last Tuesday"「ナイルに死す」「接近遭遇」「混沌《カオス》ホテル」を収録）。

●**「インサイダー疑惑」**初出：アイザック・アシモフズＳＦ誌二〇〇五年十二月号

『犬は勘定に入れません』や『航路』をお読みになったかたなら、ウィリスがインチキ霊媒やニセ科学やスピリチュアル商売をどんなに嫌っているかはご承知だろう。〝霊視〟が人気を集めるのは日本に限った話じゃない——というか、アメリカのほうがはるかに先輩なのである。今回、ウィリスが標的にしたのはチャネリング。ただし、そこはウィリスのこと、「霊魂なんて存在しないし、すべてのチャネラーはインチキである」などという当たり前の話は書かない。現実世界ではもちろんそのとおりだとしても、小説の中ではどんなことでも起こりうる。懐疑論者の立場から書かれたサイキック商売内幕ものの小説は山ほどあるが、本作のような趣向は前代未聞だろう。

原題の Inside Job とは、〝内部の者の仕業〟とか〝内部犯〟の意味（直訳しても駄洒落のニュアンスが伝わりにくいので、邦題は経済用語に横滑りさせました）。ベヴァリーヒルズを根城にインチキなチャネリング商売で稼ぎまくる女詐欺師に、ある人物の本物の霊（？）が憑依する。その人物とは、あろうことか、オカルト詐欺やニセ科学を攻撃しつづけた懐疑論者のアイドル、H・L・メンケンその人だった……。

と学会会長でSF作家の山本弘氏は、『トンデモ本の世界W』（楽工社）の中で「メンケンはどこにいる？」と題して本篇を詳しく紹介、「それにしても、オカルト批判をこんな形でエンターテインメントにするとは。やられました。まさに『抱腹絶倒一回は三段論法千回に勝る』である」と絶賛している。

といっても、日本ではあまり知られていない人物なので、もう少し詳しくプロフィールを紹介しておこう。

ヘンリー・ルイス・メンケン（一八八〇〜一九五六）は、〝ボルチモアの賢人〟、〝アメリカのニーチェ〟などの異名をとるボルチモア出身のジャーナリスト、雑誌編集者、批評家、アメリカ語研究者。数々の〝メンケン語録〟でも有名で、いくつか例を挙げれば、

「愛とは、知性に対する想像力の勝利である」

「愛とは、この女が他の女とは違うという幻想である」

「理想主義者とは、薔薇はキャベツよりいいにおいがすると気づき、それなら薔薇でスープをつくったほうがキャベツでつくるよりおいしくなるはずだと結論する人々である」

「良心とは、結婚から何年たっても家を訪ねてくる義理の母親である」

「批評とはもっともらしく装った偏見である」

……などなど。科学的な合理精神と辛辣なユーモア、鋭い舌鋒が特徴で、一九二〇年代から三〇年代にかけてのアメリカではもっとも大きな影響力を持つ批評家だったという。日本のジャーナリストで言えば、ほぼ同時代に生きた宮武外骨（一八六七〜一九五五）とか、のちの大宅壮一（一九〇〇〜一九七〇）、花田清輝（一九〇九〜一九七四）みたいな存在だと思えば当たらずといえども遠からずか。

本篇でも語られるとおり、十代の頃から新聞記者として働き、天才少年として名を馳せて、ボルチモア・サン紙に移籍、コラムや記事に健筆をふるう。一九一四年からは、演劇評論家のジョージ・ジーン・ネイサンとともに文芸誌〈スマート・セット〉の編集長をつ

とめた。前編集長は、ウィラード・ハンティントン・ライト、のちのS・S・ヴァン・ダイン（筆名のS・Sはスチームシップの略だと当人は言っているが、じつは〈スマート・セット〉を指すらしい）。そもそもライトが同誌編集長に就任したのはメンケンの推挽《すいばん》によるものだったそうだが、一年で解任されてしまい、メンケンとネイサンがあとを引き受けることになったのだとか（ヴァン・ダインの最初の著書は、メンケン、ネイサンと三人で書いた未訳のヨーロッパ旅行記、『八時十五分以降のヨーロッパ』だった）。

赤字続きの〈スマート・セット〉の資金稼ぎのため、メンケンとネイサンが一九二〇年に創刊した娯楽雑誌が、伝説の〈ブラック・マスク〉。八号まで出したところで権利を一万二千五百ドルで売却し、資金稼ぎの目的を達成する（投資金額は五百ドルだった）。同誌はその後、ダシール・ハメットやレイモンド・チャンドラーらの人気作家を送り出し、ハードボイルドの牙城として知られることになる。

一九二四年、メンケンはネイサンとともに、アルフレッド・A・クノップフ社から新雑誌〈アメリカン・マーキュリー〉を創刊。編集長として辣腕をふるい、創刊当時一万五千部だった部数を八万部以上にまで引き上げた。この雑誌にメンケンが掲載したのが、友人でもあったジェイムズ・M・ケインの短篇「冷蔵庫の中の赤ん坊」（The Baby in the Ice Box, 1933）。小鷹信光氏によれば、この短篇をEQMMに再録したエラリイ・クリーンは、ケインにとってこれが（一年後に発表する第一長篇）『郵便配達夫はいつも二度ベルを鳴らす』のための〝観測気球〟だったと書いているという（ミステリマガジン二〇〇六年三月号より）。小鷹さんの解説からさらに引用すると、

〈この〝血の凍るような〟短篇が誕生したいきさつについてはロイ・フープスの『ケイン伝』（一九八二）その他にいくつか興味深いエピソードが伝えられている。パラマウントでのシナリオライターの職（週給四百ドル）を得て、妻のエリーナとともに東部からハリウッドにやってきたケインは、ひまな時間に南カリフォルニア一帯を車で走りまわっていた。あまり好みの土地ではなかったが、一カ所だけお気に入りの場所があった。映画に出演する動物を飼育している〝ライオン牧場《ファーム》〟だ。その近くでガソリン・スタンドを経営していた男が若い妻によって殺害されるという事件が実際に起こり、この二つをうまく結びつけてつくりあげたのがこの短篇だった（一九三四年に She Made Her Bed の題名で映画化）。〉

H・L・メンケンとミステリの関わりについては、野崎六助『北米探偵小説論』（インスクリプト）にも詳しい。同書は、本作に出てくるアメリカ史上もっとも有名な進化論裁判、一九二五年のスコープス裁判についても詳述している。

当時、アメリカの各州では、公立学校で進化論を教えることを禁じる州法が次々に成立していた。その立役者が、三度にわたって民主党の大統領候補に選出された大物政治家、ウィリアム・ジェニングズ・ブライアン（一八六〇～一九二五）だった。

テネシー州デイトンの理科教師、ジョン・スコープスは、生物の授業で進化論を教えたことを認め、逮捕される。検察側の代表はウィリアム・ジェニングズ・ブライアンその人。被告側の弁護士に法曹界の大スター、クラレンス・ダロウが就任したことで、テネシー州の田舎町の小さな裁判は、一躍、全米の注目の的となる。最終的にスコープスは有罪となり、罰金百ドルを科せられたが、結果的には、ダロウの反対尋問にひっかかって大恥をかいたウィリアム・ジェニングズ・ブライアンのひとり負け。ブライアンは裁判の一週間後に世を去った。

この裁判の顚末は、（人物の名前を架空のものに変更し、脚色を加えたうえで）*Inherit the Wind* の題名で一九五五年に舞台劇となり、六〇年にはスタンリー・クレイマー監督、スペンサー・トレイシー主演で映画化された。日本では劇場未公開だが、「風の遺産」のタイトルでDVDが出ている（TV放映時の邦題は「聖書への反逆」）。本篇にも登場する『世紀の猿裁判』*Great Monkey Trial*（未訳）は、『闇よ落ちるなかれ』で知られるSF／ファンタジー作家、L・スプレイグ・ディ・キャンプが六八年に発表したノンフィクション。また、ダロウがペリー・メイスンばりにブライアンを追いつめてゆく名調子は、アーヴィング・ストーンの「クラレンス・ダロウは弁護する」に活写されている（小鷹信光訳、ミステリマガジン一九七〇年八月号。サイマル出版会『アメリカは有罪だ』所収）。

本篇は、二〇〇五年のヒューゴー賞ノヴェラ部門を受賞。『マーブル・アーチの風』に収録されている。

●「魂はみずからの社会を選ぶ――侵略と撃退：エミリー・ディキンスンの詩二篇の執筆年代再考：ウェルズ的視点」初出：アイザック・アシモフズSF誌一九九六年四月号

SF作家たちが書き下ろすH・G・ウェルズ『宇宙戦争』トリビュート作品を集めたケヴィン・J・アンダースン編のオリジナル・アンソロジー*War of the Worlds: Global Dispatches*のために書かれた論文パロディ小説（アシモフズ誌に先行掲載）。『宇宙戦争』ネタのSFと言えば、横田順彌『火星人類の逆襲』から、スペインのフェリクス・J・パルマ『宙《そら》の地図』まで、古今東西、さまざまな例がありますが、このアンソロジーには、ウィリスのほかに、ロバート・シルヴァーバーグ、グレゴリイ・ベンフォードとデイヴィッド・ブリン（合作）、ジョージ・アレック・エフィンジャーなどが寄稿。それぞれ、ヘンリー・ジェイムズ、ジュール・ヴェルヌ、エドガー・ライス・バローズなど実在の著名人を主役として登場させている。しかし、まさかエミリー・ディキンスンが火星人襲来に関する詩を書いていようとは……。

エミリー・ディキンスンは、ウォルト・ホイットマンと並んでアメリカを代表する詩人であり、アメリカが生んだ最高の女性詩人として広く知られている。もっとも、生前に自分の名前で発表した詩は一篇もなく、まったく無名だった。亀井俊介によれば、

「アメリカ文学は、広大な未開の国土に世界中から集まった種々雑多な人たちの営みをもとにして生まれてきたので、その歴史は短いけれども多彩で、変貌はなはだしく、名声の盛衰もただならぬものがある。だがそういう中でも、ディキンソンほど、無の存在から評価の頂点にまで躍り出た人は、ほかに例を見ない。これは、逆にいえば、彼女の残した詩が、あわただしい展開をしてきた文学世界の中で、強固な自己主張と、広く人々に訴えかける実質を持っているということだ」（亀井俊介編、岩波文庫『対訳 ディキンソン詩集』まえがきより）

特異なスタイルで書かれたエミリー・ディキンスンの詩と、彼女の風変わりな生活習慣を材料に、ウィリスは突拍子もないギャグを次々にくりだしてゆく。

論文スタイルのSFと言えば、日本では石黒達昌の芥川賞候補作「平成3年5月2日、後天性免疫不全症候群にて急逝された明寺伸彦博士、並びに……」がおなじみだが、本篇は文学研究論文の形式を採用。いかにも論文調のもっともらしい論証と注釈を駆使した遊びが楽しい。

本篇は、一九九七年のヒューゴー賞ショート・ストーリー部門を受賞。ハヤカワ文庫SFの山岸真編『90年代SF傑作選（上）』所収。ウィリスの邦訳短篇集にはこれが初収録となる。

●**「まれびとこぞりて」**初出：アイザック・アシモフズSF誌二〇〇七年十二月号

小説の舞台でもあるデンヴァーで開催されたワールドコン、Denvention 3で、二〇〇八年のヒューゴー賞ノヴェラ部門を受賞した中篇。

お題は、ファースト・コンタクトとクリスマス・キャロル。ウィリスは会衆派教会（組合教会）に属する某教会の聖歌隊で長年ソプラノを担当し、あとがきにもあるとおり、「人生に必要なことはすべて教会聖歌隊で学べる」との名言を残している。それだけに、賛美歌と聖歌隊に関する蘊蓄《うんちく》とディテールは鮮やかだが、日本の読者には（教会に縁がある人を除き）題名を聞いてもぴんと来ない歌が多いかもしれない。

本篇タイトル曲の『羊飼い群れを守る夜に』をはじめ、作中に登場する大量のクリスマス・キャロルは、メロディを聞けば、ああ、あれかと思い当たるものがほとんどだが、かくいうわたしも、「アー、アアア、グロ〜リア」と歌われる曲の題名が『あら野のはてに』だったとは今回初めて知りました。曲名で検索すればたいていネット上で音源が聞けるので、気になる人はぜひたしかめてください。もちろん、各種クリスマスCDでも聞けます。わたしは翻訳中、本篇に出てくる曲だけをiTunesのライブラリに入れ、iPodで聞いてました。おかげでたちまちクリスマス・ソング通。

賛美歌の歌詞に関しては、日本基督教団讃美歌委員会編『讃美歌』に準拠したが、英語詞とくらべて日本語詞は情報量が半分以下になっているので、訳詞で省略されている部分

（肝心要《かんじんかなめ》の〝もろびと大地に坐して〟とか）は必要に応じて補った。

本篇は、SFマガジン二〇〇八年十二月号に、「もろびと大地に坐して」の邦題で訳載。本書収録を機に、「まれびとこぞりて」と改題した。〝まれびと（稀人）〟とは、もちろん異人＝エイリアンのこと。最初に訳したときにこの邦題を思いつかなかったのがつくづく残念です。

ちなみに、第三短篇集 *Miracle and Other Christmas Stories* の題名からもわかるとおり、コニー・ウィリスの中短篇群の中でクリスマス・ストーリーは大きな柱になっている（九〇年代以降に限れば、発表する中短篇の半数以上を占める）。このうち「ニュースレター」と「ひいらぎ飾ろう＠クリスマス」の二篇は、『マーブル・アーチの風』に収録。ほかに、「もうひとつのクリスマス・キャロル」（宮内もと子訳／SFマガジン一九九七年十二月号）と、「エミリーの総て」（大森望訳／SFマガジン二〇一三年七月号「コニー・ウィリス特集」）が邦訳されている。

以上、コニー・ウィリスのヒューゴー賞／ネビュラ賞受賞中短篇のうち、ユーモラスな傾向の五篇。お楽しみいただければさいわいです。

最後に、末筆ながらお世話になったみなさんに感謝を。本書の刊行に際しては、早川書房ミステリマガジン編集長の清水直樹氏と、校閲部の竹内みと氏にお世話になった。また、カバーイラストは、本書の姉妹篇にあたる『空襲警報』ともども、おなじみの松尾たいこ氏に描いていただいた。いつもありがとうございます。

なお、『空襲警報』には、「クリアリー家からの手紙」、「ナイルに死す」、「空襲警報」（「見張り」改題）、「マーブル・アーチの風」、「最後のウィネベーゴ」、および付録のスピーチ原稿三本が収録される。本書と併せてお楽しみください。

アーサー・C・クラーク

〈ザ・ベスト・オブ・アーサー・C・クラーク1〉
太陽系最後の日
中村融編／浅倉久志・他訳
初期の名品として名高い表題作、名作『幼年期の終り』原型短篇、エッセイなどを収録。

〈ザ・ベスト・オブ・アーサー・C・クラーク2〉
90億の神の御名
中村融編／浅倉久志・他訳
ヒューゴー賞受賞の短篇「星」や本邦初訳の中篇「月面の休暇」などを収録する第二巻。

〈ザ・ベスト・オブ・アーサー・C・クラーク3〉
メデューサとの出会い
中村融編／浅倉久志・他訳
ネビュラ賞受賞の表題作はじめ『2001年宇宙の旅』シリーズを回顧するエッセイを収録。

都市と星〔新訳版〕
酒井昭伸訳
少年は世界の成り立ちを、ただ追い求めた……『幼年期の終り』とならぶ巨匠の代表作。

楽園の日々
アーサー・C・クラークの回想
山高昭訳
若き著者の糧となったSF雑誌をもとに、懐かしき日々を振り返る自伝的回想エッセイ。

訳者略歴　1961年生，京都大学文学部卒，翻訳家・書評家　訳書『ブラックアウト』『オール・クリア』ウィリス　編訳書『変数人間』ディック　著書『21世紀SF1000』（以上早川書房刊）他多数

HM=Hayakawa Mystery
SF=Science Fiction
JA=Japanese Author
NV=Novel
NF=Nonfiction
FT=Fantasy

ザ・ベスト・オブ・コニー・ウィリス

混沌《カオス》ホテル

〈SF1938〉

二〇一四年一月二十日　印刷
二〇一四年一月二十五日　発行
（定価はカバーに表示してあります）

著者　コニー・ウィリス
訳者　大《おお》森《もり》望《のぞみ》
発行者　早川　浩
発行所　株式会社　早川書房
郵便番号　一〇一‐〇〇四六
東京都千代田区神田多町二ノ二
電話　〇三‐三二五二‐三一一一（大代表）
振替　〇〇一六〇‐三‐四七七九九
http://www.hayakawa-online.co.jp

乱丁・落丁本は小社制作部宛お送り下さい。
送料小社負担にてお取りかえいたします。

印刷・信毎書籍印刷株式会社　製本・株式会社フォーネット社
Printed and bound in Japan
ISBN978-4-15-011938-6 C0197

本書は活字が大きく読みやすい〈トールサイズ〉です。